Du mich auch
算账

世纪文睿
Century Literature

上海世纪文睿文化传播公司 出品

“女性情感逆袭”系列

算账

（德）埃伦·伯格（Ellen Berg） 著
杨 媛译

世纪文景
世纪出版集团 上海人民出版社

目　　录

第一章

赴　约

“太厚颜无耻了，”这位中年女性小声嘟哝着从包里掏出一个小的笔记本电脑。深蓝色制服紧紧地包裹着她的臀部。委婉一些的同龄人或许会说这女人的脸真是老天开了一个差劲玩笑的产物。她闷闷不乐地把停在标有“禁止停车”牌旁的栗色漆越野车的车牌号敲进机器，几秒钟之后，从机器中取出刚打印好的卡片，把它夹在了越野车雨刮器后。

蓓阿特丽丝老远就看见了这位负责管理停车的女警员，她加快了脚步。高跟鞋在沥青路面上发出嗒嗒声，犹如西班牙舞蹈中响板打出的节奏声，绿色的丝质外套在她的身上轻舞。她还是太迟了，实际上她出现的常态亦是如此，总是太迟。一个路人回头望向她，是的，尽管现在是在首都最优雅宽阔的大道上，她仍是不容忽视的一道亮丽风景，金色的头发，高挑的身材，完美时尚的造型，这个女人仿佛是刚刚结束杂志 Vogue 的封面拍摄，对，至少是这样的。

算了，多了一张罚单而已，蓓阿特丽丝心想，算是上天赠送的。她坐进车里发动引擎，看都没看那个穿着制服的女警员一眼。女警员绕过汽车，敲了敲侧车窗，蓓阿特丽丝把车窗摇了下来。

“有什么事么?”她无聊地问。

这股忽然涌上心头的情感让蓓阿特丽丝觉得，女警员对她纯属是仇恨情绪。这个警员仇恨拥有这辆昂贵汽车女人，还有她令人心生嫉妒的身材，她衣服的总价，甚至超过普通人一个月房租好几倍的衣服总价。但这个女人把车子停到了标有“禁止停车”的牌子旁，而且又被抓到了，事实至少如此。

女警员幸灾乐祸地笑着说：“刚好倒霉了！”

蓓阿特丽丝露出她魅力无限的笑容说：“您照一下镜子便知，我们两个之中谁才是倒霉的那个。”

摇上车窗，疾驰而去。蓓阿特丽丝要赴一个重要的约会，她是经常有重要约会的人。而今天晚上又是非常特别的一个。她闯了个红灯，一个在她看来算深黄色的交通信号灯。按着喇叭超了一辆笨重的、暗色玻璃的黑色大轿车。

“笨重的破车，能开得再慢点吗？”她一边骂，一边往导航里输入目的地地址。勃兰登堡州卡恩村湖街。这个听起来可笑的酒店显然位于世界的尽头。也好，算是给自己一个小小的喘息时间。

“您还开着呢吗，还是已经停了？”坐在汽车后排的卡特琳娜从手提电脑上抬头看了一眼，送给前方一个冰冷的眼神。

司机根本就没注意到这些，似昏睡状态般一边驾驶这辆防弹的黑色大轿车，一边跟他的女朋友打电话。他的声音尽管已经小到如窃窃私语，但是卡特琳娜依旧能听懂每一个词。

“我的小乖乖，这是工作嘛，”他充满暧昧语气咕哝着说，“不行呢，今天晚上不行。嗯，明天下午。你会做好吃的吗？你穿你那件黑色的衣服吗？什么？精油按摩？哦，天呢天呢，宝贝儿！”

简直恶心死了，卡特琳娜想。这样一个司机偏偏是为内务部长一家服务的。她可是受不了这样的男人的，但是她受得了的男人是什么样的呢？

“您不觉得在女性形象方面，如果您可以再深思熟虑一下会更合适一些吗？”卡特琳娜尖锐地问道。

“等等，宝贝儿，别挂电话啊，”司机转过身，差点就导致车子撞上前面的摩托车司机了，“塞维尔琳博士夫人[①]，您刚说了什么吗？”

这些男的应该被送到妇女收容所，每天让他们打扫三遍厕所，做那些被惨痛经历折磨的人的倾听者，她们或者能被治愈，卡特琳娜心想。

“工作时间严禁私人电话，”她愤怒地说，“否则不久您将回到看门房的岗位。”

“按您说的，”司机耸着肩回答道，“你这只淫荡的小兔子。我得挂电话了，那个蠢婆娘提醒我了。”他低声对着话筒说道。

卡特琳娜决定不久之后解聘这位司机，对她简直连基本的尊重都没有，她毕竟是国家政治精英中的一员。身着深色条纹西装，发髻梳得一丝不苟，这些无不显示出她是一位自信的事业型成功女性，很遗憾让她遇到这位石器时代的蠢男人。

路途太过漫长，卡特琳娜拨打着电话，回复着邮件，给党派朋友发送短信，通过手机网络进行工作联络，这是如今女政治家们习惯的方式。

终于汽车拐进了一条颠簸的田间小路。她放下手机，关上手提电脑，此刻她右侧出现了一片湖，左侧是一个停车场，小路前方正中央停了一辆红色小汽车，司机按起喇叭，没有反应，他轻声咒骂着倒车绕过小红汽车，急转弯摇晃着开了一个上坡路，在这条路的尽头，也就是一个小山丘上出现了一幢粉红色的小城堡。柱子、城堡、小塔

① 对于具有博士学位的人，习惯在称呼中加上博士二字。

楼，好似芭比娃娃一个特大号的梦中宫殿。

“找到了！”司机满脸喜悦，“湖景风光城堡酒店，我要陪您进去吗？”

卡特琳娜紧闭的双唇蹦出回答：“谢谢，二十一世纪的女性能胜任比做饭、穿妓女一样的衣服、精油按摩之外更多的事情，她们可以独自参加一个派对。”

司机面无表情。

艾薇已经坐在关闭了引擎的小红汽车里很久了，她完全没有兴趣下车，令人讨厌的喇叭声没有一次可以让她改变意愿的。夜幕降临，周围都变成了灰色，实际上她的整个人生也是灰色的，但她之前已经答应来参加这次的聚会，她受过的普鲁士教育命令她此刻不能退缩。

她把后视镜转到可以照到自己的位置，看到这个不起眼的镜像中的自己：小市民阶级的母亲角色，从头到脚的笑料，头发乱得像一个永远在施工的建筑工地，衣服像个粗布麻袋，鞋子更像是为拓展远足活动而有备而来的。

她为什么在家时没有注意到这些呢？为什么她现在才确信她完全穿错了衣服，十万火急地需要寻求发型师的帮助呢？为什么她现在才意识到不如上床睡觉，在夜里号啕大哭一场？更不要提的是那疯长的脂肪组织，简直赋予了她一种香肠般的魅力。她在浴室里所用过的对抗脂肪堆积的啫哩膏多到简直可以抹平大峡谷，只是可惜这些啫哩对她一点用都没有。

她从已经磨损了的包里摸出一个手绢，擦掉了口红，化的妆都没有意义。即使是一只香奈儿的口红也无法欺骗人们的眼睛，她僵硬的弯向下的嘴角，无可救药肿着的眼睛。一想到刚才为挽救婚姻而进行的争吵就情不自禁地落泪，出门前这次争吵恐怕是丈夫送给她分别的礼物，本来是想尝试好好谈谈的，毕竟好长时间以来他终于表现出了一点兴趣。

她看了看表，已经七点半了。估计从七点开始酒店里面已经开始热闹得很了，看停车场上车子的数量就能知道，老同学应该到得相当齐，她的心跳动着，她为什么没把那封该死的信原封不动直接处理掉？为什么她读了信上邀请就尽义务似的答应能来？

一辆栗色越野车从后面靠近了她然后紧贴着开了过去，以至于她车子的挡风玻璃上溅的都是土。艾薇把后视镜又调回了原来的位置。她觉得她整个人完了。可怕的是，等她从车里走出去，每个人都会注意到她。她知道那些同情的目光，那些将从她脸上一一掠过的众人的同情目光，当然这些的前提是，她走下车。其实她早早就戒掉了各种派对活动，更不要说奢望能在派对上游刃有余。

真的可以让她感到游刃有余的恐怕只有家里的厨房了。乡村别墅似的生活，提早进入九十多岁的人生阶段，日子过得已经老气得不能再老气了，但不得不承认，她是热爱厨房的，她此刻还想念着下午烤的苹果蛋糕，给孩子们烤的。哎，孩子，几乎不再愿意待在家里的孩子们，因为孩子们觉得他们的朋友比家里的“老妈子”有趣多了。一会儿她会下车的，就再坐几分钟而已，想着这些，她挺直了身体，擦去了脸颊上的泪水。

第二章

同学聚会

“亲爱的学生们！亲爱的昔日校友们！”话筒一直发出令人厌恶的吱吱声。讲台上这位花白头发的先生不停转动着话筒，他穿的夹克肩上落了不少头皮屑，“我代表全体同事……”吱吱……“欢迎……大家来到高级中学毕业考试二十五周年庆祝会！”他一边说一边转动手里那张满是汗水的演讲纸条。

他为自己的演讲能力感到自豪，在一片掌声、笑声、口哨声中举起了胳膊，像个苦闷的摇滚明星。在他面前站着的是大约一百个女士和先生，他们其实根本配不上女士和先生这两个称谓。“台上的脱衣服！”一个女人在台下尖叫着。“要看三级片！”台下一个男人嚷嚷着，场内气氛已经达到了单身告别之夜的热闹程度。

校长汉斯·瓦尔特·麦耶尔一边摇着头，一边审视着昔日的学生们，他们人挤人地站在布置庄重的宴会厅里，墙壁是灰泥的，宴会厅里摆满了红色丝绒椅。杂乱无章的声音一波一波地响起。致祝词时就提供香槟让大家敬酒真是个错误，喝多了必然就控制不住现场气氛了，他打量着人群，寻找着还能记起的熟悉的脸庞。对啊，艾薇·迪候尔特，以前那个模范学生。还有蓓阿特丽丝·克拉梅尔，那个小调皮捣蛋鬼。他那时真是做着世界上最可怕的职业。

麦耶尔轻咳了一下。难道有哪一年没有特别叛逆的学生吗？他又想起那些学生当年偷偷在厕所被没收的香烟，班级外出时酗酒，还有如果是生物课放电影，总有人趁着黑暗一阵狂吻。这一帮无法驯服的家伙，而且他们至今还是那个样子。

“请大家安静！”他的喊声重叠着，“请大家注意一下。”话筒又发出了吱吱声。

他本来构思了一个极为优美的演讲，配有歌德的引用，美好的昔日回忆片段，当然还有一些虚假的多愁善感在其中，不过这样一个演讲稿他可以收起来了。

“这里，我宣布，啊，自助餐开始。”他用尽最后绝望的声音高喊着。

欢呼声雷动一般。服务生在人群里飞速穿梭，不停地为客人添更多的香槟，人群不停地涌向自助餐的方向。整个大厅早已弥漫着刺鼻的烧烤酱汁的味道。校长汉斯·瓦尔特·麦耶尔是素食主义者。他一边叹气，一边从刚才讲话的舞台上爬下来，乐队正在舞台上做准备。

“刚才不错啊！”一位身着粗呢西装，看起来更加上年纪的先生拍着校长粘着头皮屑的肩膀说。他以前是这个年级的拉丁语老师，显然很高兴，因为不是他去扮演庆祝会主持这个吃力不讨好的角色。“真是遗憾，他们一点都不知道去珍惜您今天的出场啊。哎呀，不过话又说回来，人类对于周遭都是残忍的。”

“这群令人厌恶的家伙，”麦耶尔抱怨着，“他们肯定一无所成，看都看得出来。”

可是实际情况在用自助餐时却是另一番景象：在喜悦的熙攘声中，男人们一个个互相挽着胳膊，这在当年可是他们绝对不可以忍受的，一个个都大声地吹嘘他们的成就。

“嗨，思文，见到你简直太棒了！我在交易所做事呢，我二十多岁时就赚到第一个一百万了。你呢？在哪儿高就？”

“皮肤科医生，舒适的工作，利润大大的。”

“……失败的人，你没听说医疗系统改革吗？”

“啊，不会的，你呢，金融危机的事儿你知道吗？”

到场的女士们跟男士们的表现不太一样，她们一般最开始先沉默地打量一下对方。她们的竞争从服饰搭配以及外表美丽程度上就开始了。皱纹情况、臀围、整体身材简直在几秒钟之内就被扫描到了对方眼中。这场竞争的激烈程度简直像是演员在试镜。她们是女人。她们是四十岁出头的女人。凡是在过去的十几年中在外表这件事上没有花大量金钱，撒大量汗水以及有严格自控力，那么今天，在这里就无情地败了下来。但是当然，这里的每个人都毫无例外地觉得自己是比其他所有人都保养得更好的那个，只是这里说的每个人，不包括艾薇。

艾薇跟那个失败的演讲者一样有着灾难一般的感受。为什么大家都这么不善良呢？她实在不明白。她曾经受过的良好教育不允许她以乱嚷嚷的方式将一位老师从台上赶下来。她似乎一直还有那个受宠学生的感觉。她在手里转动着满满一杯香槟，有点局外人一般站在那里，她一口都没喝那杯酒。

她毫无喜悦感地注视着大厅，在她看来多余的花束、纸质彩带、舞台上巨大的银色数字“25”。无论如何她还是办到了，再呆半个小时，然后走人，她打算着。在这里她什么都没输。

突然一声尖叫划过，打破了她忧郁的思想，“艾薇？天呢，真的是你吗？”

艾薇吓了一跳，目瞪口呆地盯着一张陌生的脸，金黄色高高竖起的头发被吹成了一个苞苞，抹平的不真实感的面部肌肤闪着奶白色光泽，而且不管是这件绿色的丝质订制外衣、价值不菲的首饰，还是千挑万选的香水，都让此时酒店的客人艾薇充满疑惑：这个陌生的女人怎么知道我的名字？

“甜心，你真的认不出我来了吗？你再看看，蓓阿特丽丝！特立欧三人组合 Trio Fatal[①]！想起来了吗？”

那些黎明前被遗忘的时光终于慢慢地回到了艾薇的脑海中。三人组合，学校里最放肆的女子俱乐部。卡特琳娜老大，贝拉·蓓阿特丽丝和艾薇永远追随。这是她们那时的自己说的。时光好像过去了几百万年。现在这里站着的真是蓓阿特丽丝吗？

“来吧，我们要喝一杯，”这个迷人的蓓阿特丽丝说道，“我需要喝这个酒，我今天开错了路三次，因为导航根本找不到这条尘土飞扬的被遗忘的小路。”

艾薇脑海中似乎浮现出一个轮廓，曾经的蓓阿特丽丝，那个红头发的女孩。那个夸张的“神速荡妇”，简直像男孩子一样让人轻蔑，因为她像城郊勾引男人的荡妇一样与人调情，而且从不让人接近她第二次。现在看来她似乎还是那么夸张，只是金色的头发和抛光了的脸是新的。

“哦，蓓阿特丽丝，今天能见到你蛮好的，”艾薇有些僵硬地说。站在这位上流社会的女士身旁，她从未感到过像现在这样不起眼，还有体重超重。

“你怎么样啊？现在在做什么？”蓓阿特丽丝问道。她的目光从艾薇的应急发型以及朴素的裙子划过，最后停留在那双适合崎岖山路的鞋子上。

---

① 一个由三个魅力女性组成的音乐组合，主要演绎阿根廷风格乐曲，充满激情、乡愁的贵族式音乐。

此刻的艾薇，真是矮了三厘米的样子，事实显而易见：这场战役，蓓阿特丽丝完胜。

但是艾薇的爸爸曾教育她说，面对敌人时的胆怯才是最大的失败。注意自控力，拿出姿态来，他父亲曾这样再三提醒她。她一边压下去了自己的抽噎，一边不自觉地挺直了身子。现在开始了，微笑，加油。

“我中了头彩，”她容光焕发地说，“一个完美的男人，两个又乖巧又有教养的孩子，我还能要求更多的东西吗？我们住在接近大自然的一幢别墅里，这正是我一直以来的梦想。你知道的，那种白色的别墅，维多利亚风格的柱子，还有花园，我种满了玫瑰。”

蓓阿特丽丝皱了皱额头，由于长期注射肉毒杆菌毒素，眼眉那里也就只能抬起一毫米的样子。确实是，艾薇以前一直说起梦想拥有这样一幢房子，还有她一定要成立家庭。可她现在怎么看都不像是实现了这一梦想的女人。

“我替你高兴呢，”蓓阿特丽丝礼貌地说，“那你呢？”艾薇也打听着。

现在这理应如此，蓓阿特丽丝感到自己在悄悄冒汗。她特意找出一张纸巾，把脸上的汗轻轻擦去。

然后蓓阿特丽丝就开说了。“亲爱的，我在一个通讯社做负责人，协调工作要领，负责咨询以及统筹控制，我最核心的竞争力是创意总监的工作。你知道的，协调品牌，照顾客户，各种常见的业务，总是在期限最后一刻完成，接着又是下一条快讯。之后我又想下次外包出去，这样保证现金流毫无差错，嗯，你听得懂吗？”

艾薇一个字都听不懂，后背脊梁柱一直在淌汗。如果她不马上逃走的话，就要露馅了，这个喜剧的角色她是演不了太久的。

“到吧台这边来！”蓓阿特丽丝鼓动着艾薇，“贝拉·蓓阿特丽丝现在急需一杯日落鸡尾酒[①]。大家都叫我贝拉蜜蜂，勤奋努力的蜜蜂，你听懂了吗？贝拉，蜜蜂？”

“听起来不错，”艾薇尴尬地笑着，但是很遗憾我不能跟你一起喝这杯，我开车的时候从不喝酒。

“现在吗？”蓓阿特丽丝双手叉腰，“你今天不在这里过夜吗？那讨厌的老麦耶尔刚才跟我说，整个酒店都定下来了，天呢，他肯定是害怕我们这群人跟当年出游一样喝晕得走不了路，唉，你还记得吗？”

艾薇不知道接下来怎么办，当然她是收拾了过夜的行李带来的，但她根本不想开包，她想直接带回家，对，回家。

“那么……”

“艾薇！”随着一声尖叫，一个穿着细条纹西装的女人朝她冲了过来，稳稳地站在了她的面前。

“永远的艾薇！我的天呢，我一眼就认出了你！”

蓓阿特丽丝先是愣了一下，然后她又高高举起胳膊，“耶！卡特琳娜老大，永远的艾薇和蓓阿特丽丝！特立欧三人组合又回来了！”

空气忽然尴尬地停顿了一会。她们曾经是发誓过的三人组合，那个年代，她们还是青少年时，她们分享一切：学校的压力、化妆技巧、初恋的苦闷心情。她们三个人曾像强力胶一样紧紧地粘在一起，并且忠实她们的信条：“我们一直、永远在一起！”

现在过去了二十五年。曾经在高中毕业舞会上她们也决心要一直在一起的，而事实却又是另一个样子，见面的机会少而又少，煲电话粥的时间也同样，可想而知，之后她们就消失在彼此视线中，她们之间的友谊很早就埋藏在了记忆深处，还有学生年代的压力、那些化妆

---

① 英式鸡尾酒，一般在下班时刻、日落时分饮用。

技巧以及初恋时的苦恼。

是蓓阿特丽丝拯救了接下来的时刻，“如果我理解得对的话，现在在我们面前的是国家秘书卡特琳娜·塞维尔琳博士，是电视和广播里那么有名的、那个家庭政策改革的希望？”

“可以这样说，”卡特琳娜迎合着说，“他们刚把我选为党主席的代表人。我的这个职业选择不容易啊，你们都在做什么？”

她声音里的谦卑是不容忽视的。这也是互相了解对方的情况。接下来艾薇和蓓阿特丽丝开始细致地讲述她们宏伟的生活状态。卡特琳娜认真地听着。她苍白的脸上略有雀斑，没有化妆，也几乎没有变老，就连皮肤也闪着陶瓷一般的光芒。艾薇想，卡特琳娜真是钢铁般的玫瑰，此时蓓阿特丽丝决定，等会要开口问卡特琳娜是不是整容了。

“听起来真是不错呢！”卡特琳娜听完其他两个人的叙述后敷衍地说。

而艾薇在两个成功得吓人的朋友边上也越来越不舒服。她临时想出的借口：“我们能再见真是太好了，可实在不好意思，我得走了，我家里今天，”说着她深吸一口气，“有客人来，得在我家过夜，所以……”

“这根本不在考虑范围，”卡特琳娜开始说话了，“我们二十五年没见了，刚见面，你又马上要走了？我今天甚至推掉了家庭委员会的策略研究会议！”

“我也推掉了一个跟中国经理的网络电话会议！”蓓阿特丽丝也补充着。

此类的活动艾薇根本就拿不出来，艾薇羞怯地寻找着听起来更可信的托辞，但是真的找不到，“但是，但是……”

“没有但是！”蓓阿特丽丝强硬地回答，“你无比伟大的丈夫还有那两个乖巧的孩子肯定能在你不在家的情况下照顾好这个晚上，不是吗？”她冲卡特琳娜挤了挤眼。

艾薇心想，不只是一个晚上，哪怕我一个星期不在家，他们也不会察觉。

“留下吧，艾薇，”卡特琳娜说道，“我们今天就让那些男生好好看看我们，就像过去的那些日子里一样。”

“是《天上下着男人雨》(*It is raining men*)[①]那首歌！”蓓阿特丽丝忽然想起，“天啊，太高兴了！”

她跟卡特琳娜一起拉着艾薇的手，把这个不太情愿的朋友拖到了吧台旁边。这里有半明半暗的拱形丝绒皮沙发，还有墙上逐渐深色的风景画，几位男士倚在吧台旁，互相吹嘘自己成功的人生故事，酒保不停地开啤酒桶，这些啤酒在一片片喧闹声中空掉。

艾薇三人组选了角落里一张安静的桌子。蓓阿特丽丝远远地跟酒保比出“3”的手势，“Caipi[②]，加 Pronto，谢谢。”

“真的现在吗？Caipirinha？”卡特琳娜咯咯笑着说。

“为什么不呢？为了接下来我们交谈能不再顾及句法的正确与否，我们必须现在就喝，”蓓阿特丽丝笑着说，“还是你打算一会上台发表个演说？天呐，那个麦耶尔都已经被他们烤了！你们还记得那时候他是怎么想教咱们游泳的吗？记得他总是把整副假牙放在游泳池边上吗？他都已经游过去了，悠皮·海斯特斯还在弄他的海马呢！”

“不了不了，我今天都做了三场演说了，”卡特琳娜摆着手。

蓓阿特丽丝翻了翻眼睛，卡特琳娜的傲慢自大真是很让人讨厌的。

---

① The Weather Girls 在1982年录的一首歌。
② 来自巴西的一种鸡尾酒，全称为Caipirinha，音译为卡布琳娜。

“你俩不想吃点什么吗?”艾薇终于说话了，她的胃现在是饥饿的无底洞，虽然一整天因为激动没有吃任何东西，可是自助餐的味道似乎没有什么吸引力。人们就是这样，只有离开家到外面的世界，才能意识到家的重要。

“吃饭?”蓓阿特丽丝和卡特琳娜异口同声。

“对啊！你俩就不饿吗?”

蓓阿特丽丝咧了咧嘴，“减肥。”

“我在车上就吃过了我今天晚饭的谷物条，”卡特琳娜也补充道，“这个都是司机为我准备的。”

现在轮到艾薇和蓓阿特丽丝异口同声了：“你有司机?”

“一个尼安德特人，他开车时总是不带脑子，但是好歹我不用自己找停车位。”

“太帅了！”蓓阿特丽丝说道。

这时她们点的鸡尾酒来了。

艾薇不想喝，但她又不敢。酒量她从来就不行，更不要说在空腹的情况下，但她如果现在不参与，她就又和刚才一样，可怜兮兮地傻愣着。她还是投降了，伸手拿起玻璃杯。杯子里面是一种看起来很危险的液体，冰块在里面轻轻撞击。

蓓阿特丽丝举杯祝酒：“致我们，到永远！”

而现在眼前的一切呢？其实三个人心里都暗暗惊讶，她们有多么的不一样。在那个上学的年代好像差别并不明显，但随着时间的推移，对比越来越强烈。如今她们陌生地坐在彼此对面，三个女人，三条生活轨迹，三个世界。如果现在出现一个不认识她们的外人，一定不会想到曾经能有什么东西把这样三个人联系在一起。

“艾薇和我就像船一样停靠在婚姻的岸边了，”蓓阿特丽丝搅了一会她的饮料说道，“你呢？卡特琳娜?”

“婚姻不是我的菜，”卡特琳娜精致地笑了笑，“当然了，我的意思是说，婚姻肯定是社会的细胞核，社会生活方方面面不可或缺的生殖细胞。但是呢，总要有人出来工作。我是二十四小时随时待命工作的，这样的话我可没有时间做饭、烤苹果蛋糕或者每天晚上给丈夫大人按摩后背。”

听到苹果蛋糕这个词，艾薇不由得颤了一下，问道，“那时间长了不会有一点孤独吗？”

“我有朋友啊，”卡特琳娜解释道，“尤其是工作中结识的朋友，比如家庭部部长就是我最熟悉亲近的朋友，”说到这里她特意停顿一下，为了好好享受面前两位的惊讶，“他是个强大并且专业的伙伴，我负责帮他搜索信息，制作文案，这种关系要比传统二人关系的相互折磨让我满意多了。”

蓓阿特丽丝一边飞快地搅着手里的饮料，一边说：“我男人绝对是轰动型的，百里挑一，他可以在一切场合表现对我的宠爱，并且总是支持我。我们的女儿已经从家里搬出去住了，性格很强大，她读法律专业。”

“她想做实习的话，把她送到我这来。”卡特琳娜略带怜悯语气地说。

蓓阿特丽丝先是激动了一下，接着说：“啊，没有这个必要，实习这些事情都还提不上日程计划。她下周去剑桥，真是太贵了，不过又是拓展人脉难得的机会。我一直说，要有全球化思想，真是抱歉啊，卡特琳娜，但是你说她待在我们这个省能做什么？”

艾薇觉得刚才这句话真是针对蓓阿特丽丝的，而蓓阿特丽丝还那么有兴致地接话。这两个人就像在同一个联赛里踢球，并且都已经决定刺伤对方。而艾薇早已退出这场比赛，这让这件事对她来说简单了好多。

此时的卡特琳娜扫兴地摸了摸紧紧束起的头发，她戴上了一副无边眼镜朝吧台另一侧看过去，如果失败了，就要找一些转移注意力的东西，这一直是她的策略。

十一点方向有点微胖的金发男人，难道不是我们女生当年最厌恶的那个博恩德吗？

她们那个时候是有个秘密语言的，正如那些男孩们之间也有。十一点，意思是说：直走，稍微偏左，像命令口号一样，她们都看向吧台另一侧。

这个粗壮的男人也马上捕捉到了这三个女人的目光，接着就大步地走到了她们面前。

“啊，还在一块儿呢？”他问，“你们这个顽皮三人组，别人永远不知道怎么跟你们开始交谈！”

他挑战式地笑了笑。

“博恩德同学，你听好，”蓓阿特丽丝酷酷地说，“过去你想搭讪，一个妹子都搞不定，现在一下子三个在你面前，你还是算了吧！”

博恩德的面目表情一下子就僵了，说：“你这种总是一副盛气凌人的女人在我这也没啥机会，另外，我也不适合那种五大三粗、穿着细尖高跟鞋、成天嚷嚷着女性解放的类型。”

说完，他一转身，又回到吧台，当然，迎接他的是一堆人的哄堂大笑。

“他这种类型就欠放在一张 A4 纸上折起来，”卡特琳娜生气地说。

艾薇只是觉得无语。当然博恩德的话是过分了。在这种比较针锋相对的时刻，艾薇内心那个善良的小天使都是居于上风的。她是那种性格特别温顺的人，连蜘蛛都不会杀死，看到了还会把它们转移到花园。

“晚上好，女士们！我能跟你们坐在一起吗？”

艾薇她们三个人和以前一样，甚至都要起身了，因为此刻站在她们面前的是校长麦耶尔先生，手里端着一杯酒。他看起来不是当年满身气节的样子了，或者他并不习惯这些温和的香槟。

“当然，您请坐！”艾薇回答着，同时做出了邀请手势，“这是我们的荣幸。”

老师如释重负地坐到沙发椅上。今天这个傍晚对于他来说就像一个求生夏令营，他本来憧憬了一个了不起的入场仪式，但事实必须让他承认，在这个混乱场面里他不过就是跑了个龙套。不过，在这张桌子上，他知道什么是合时宜的。

“艾薇·玛利亚·迪福特，蓓阿特丽丝·克拉梅尔，卡特琳娜·塞维尔琳，我说的都对吗？你们三个当年是年级里最有出息的几个，”他叹了一口气，“聪明、风趣，而且据说，”说着转向卡特琳娜的方向，“因为努力，让她到达一个非常高的位置。”

卡特琳娜自我满意地笑着说：“可以这么说。”

麦耶尔还补充道：“而且她还没有什么背景关系。”

“来自非知识分子阶层，”卡特琳娜尖锐地修正麦耶尔的话，“您也应该尊重每一个为了民主社会透明化而奋斗的人，她们通过自己的努力成为政治精英中的一员。”

卡特琳娜整齐修剪的眉毛间明显因为生气而出现一道皱纹。麦耶尔之所以惹到她，是因为他提起了卡特琳娜的家庭出身。艾薇是知道的，这点一直是卡特琳娜的致命伤，她爸爸只是个泥瓦匠，她妈妈是给人打扫卫生的。她一直试图通过她的骄傲盖住这份让她觉得耻辱的地方，她希望别人可以不再提及她的过去。

“哦，对，那当然了，每个人都做得到，您就是最好不过的一个例子，”麦耶尔赶紧补充，为了弥补刚犯的错误，接着就转换新的话题了。

“艾薇怎么样？我还可以叫你的小名艾薇对吧？你爸爸现在好吗？我们至今感谢他慷慨捐款建造体操馆，真是一位了不起的先生。”

“他非常好，”艾薇小声说。

其实麦耶尔提到艾薇的家庭，艾薇也同样觉得不舒服。她那个富有的、有影响力的家庭，她从未能达到家人的期望。他爸爸总是希望她至少能获得个自然科学领域的诺贝尔奖，事实不但没能这样，他们的女儿还选择了一个不被家庭认可的暴发户，而且自己也不工作。

麦耶尔笑了笑，说：“我可以问一下你在做什么工作吗，艾薇？”

艾薇小声咳嗽着，说道：“种满玫瑰的家庭主妇和母亲之路。”

“噢。”

随之而来的是像暴风雨前的沉默一样的寂静。麦耶尔不用说一句话她们三个人也明白他在想些什么，他当年对这个成绩 1 分[①]的学生关注了这么多，作为他单调的教师生涯的希望，而她竟然毫无作为，选择了待在家里做保姆一样的服务工作，麦耶尔此刻多么的失望啊。艾薇有些懊悔地转动着把玩自己的结婚戒指。

“看吧，我们大家都各自拥有了不同的人生，”蓓阿特丽丝终于打破了寂静，“我是一家代理处的负责人，做管理工作，公司名字是 Dollar & Dime，您肯定听过，负责咨询、控制、监控理念、拓展品牌、顾客……”

“五花八门，全能，”麦耶尔打断了她，“说实话您做学生那会儿，我一直很担心啊，怎么说呢，对人生相当地漫不经心。”

“什么？”

“不好意思，喝的这个酒让我的舌头都打结了，也没什么不好，您穿的这个短裙还有刚才跟男生的打情骂俏……”他不时有些停顿。

---

① 德国的学校实行5分制，1分为优秀，4分及格，5分最差。

蓓阿特丽丝挤了挤眼睛，非常慢并且非常大声地说："这种人就像疱疹病毒，特别讨厌，但是又赶也赶不走。"

艾薇有点觉得惊讶，她不知道哪个更可怕一点，是麦耶尔不太得体的评论，还是蓓阿特丽丝刚才唐突的话。

"疱疹病毒？"麦耶尔想了一会才理解那句话，他那个被香槟冲洗过的脑子最终把这句话归为侮辱，猛地起身，就跟被蝎子蜇了似的。

"我想我该离开了。"他大声说。

"非常感谢您不在这里继续侮辱我们。"蓓阿特丽丝接着他的话说，还顺便喝了一口 Caipirinha，麦耶尔默默走开。

"这才能保证我们度过一个愉快的傍晚。"卡特琳娜说着又点了下一轮酒。

蓓阿特丽丝满意地朝后倚了倚，说："速度防守反击，跟过去一样，我最爱这个！"

第三章

完美生活背后

艾薇又恢复了往日对于食物的肆无忌惮，前餐、甜点、冷了的烤肉排，所有的种类她都胡乱堆到盘子里，自选都被拿光了，不过剩下的选择她也着实满意。似乎是她胃口大开的时候，两杯 Caipirinhas 下肚以后她已经有点晕了，晃晃悠悠的她还是拿了些杂面和熏三文鱼，还拿点什么呢？犹豫着不停地在碗里戳来戳去，碗里几乎都没有什么稍微低热量的绿叶菜。

“打扰一下，我想问问，这是什么？”她问着自助餐后面戴着帽子的厨师。

“海藻，亲爱的夫人，在小牛排生牛肉片上。”

过去的二十五年艾薇都在哪里度过了呢？在沙锅里？她唯一读过的书就是菜谱，满满两个书架。

“这种沙拉汁呢？”她又问。

厨师摆出一张神秘的脸说，“这本来是个企业机密的，我把它透露给您吧。”

艾薇笑容里带着感激。此刻她觉得超级幸福，因为她可以专业地跟厨师切磋菜谱，而不用担心被她具有女性解放思想的朋友称为“老妈子”。但她们真的还是艾薇的朋友吗？过去的她们在哪呢？以前的信任感呢？艾薇只是觉得卡特琳娜和蓓阿特丽丝让她精神紧张。

“葡萄籽香醋配上葡萄牙海盐，再浇上巴西坚果油乳，”那个戴着厨师帽子的男人小声耳语道。

艾薇脑子里已经把菜谱存下了，她是当之无愧的优秀女厨师。艾薇谢过厨师，走到一张别人用完餐的桌子前，有条不紊地把脏盘子叠放到一起，杯子和餐具归置到一旁，擦了擦桌布上的面包屑，然后才坐下。

桌子周围基本上看不到其他人。大多数人都挪到了舞池处，随着乐队的声音扭动的身体。乐队正在演奏八十年代的音乐，人们都激动地跟着唱。

刚才在演奏莱昂纳尔·里奇的《彻夜》(*All night long*)，喧闹的迪斯科音乐让桌子上的玻璃杯都在微颤。

艾薇开始吃提拉米苏了，当又软又肥的奶油触碰到她的上颚时，她就觉得更幸福了。她最喜欢吃这个了，这也是对她最好的慰藉，就好像上瘾一样，一勺一勺地挖着这道甜品。

她现在就好像被困在了旅馆里。如果现在她拿一大份海藻和生牛肉片躲进房间里，也不会有人发现，明天一早她再来吃早点，其他人估计也都会忘记。

“你在这呢，啊！”

被发现了，看来其他人没有把她忘记。艾薇有点负罪感地从盘子看向蓓阿特丽丝的脸，她的脸红得很厉害，而且妆也有些花了，发型也不像刚才那么整齐了。艾薇猜想，估计两杯 Caipirinha 下肚了。蓓阿特丽丝明显有点摇晃，还得扶着点椅背，这样不会跌倒。只见她一脸厌恶地打量着蓓阿特丽丝的盘子。

“天哪，你一直吃这么多啊？”

“特别好吃啊！”艾薇马上解释。

其实对于这场争夺成就和认可度的战役艾薇一点兴趣都没有。这场有点像花样滑冰表演一样的聚会真不是艾薇喜欢的，她也不属于他们中的一员，艾薇觉得自己就跟动物园里百兽之王手里的一只灰老鼠一样，明天一早这场滑稽的聚会无论如何都会结束，那么，为什么要委屈自己、掩饰真实的自己呢？

“你可以选择继续饿着，我反正要吃我感兴趣的东西，”艾薇继续解释着。

“已经看出来你的想法了，亲爱的，只是你有点发福啊，”蓓阿特丽丝坐到椅子上，“你那个完美的老公对这点也完全不介意？”她好像逐渐问到了点儿上。

“他最讨厌胖女人了，可那又能怎样？”艾薇说。

蓓阿特丽丝有点错愕地看着她，接着又被一阵笑声震住。

“哎，你还真是与众不同啊，”她窃笑着，说，“又能怎样，我不明白你这句话的意思啊。”

“那些我们愿意从彼此小指尖上舔下鱼子酱的日子早已不复存在，”艾薇说道，“你想知道我的意思，我想说婚后的性生活质量真是被高估了。”

刚把这话说出口，艾薇自己也惊呆了，天呢，她刚才真的这么说了吗？换句话说，她这时无论对着哪个听众，讲述婚姻生活的哪个窘迫部分都无所谓了吗？她们再也不会见面了是不是？今天这个夜晚只不过在她悲哀人生中又添了一个悲哀篇章而已，只是有些娱乐性质。

蓓阿特丽丝坐在那，张着嘴，她真是有些无法相信，刚才艾薇一口口吃着东西的同时从嘴里蹦出来的那些字眼。

“啊，你是不是认真的啊？”

艾薇一边点着头，一边从容不迫地把一叉子面条沙拉送进嘴里。放了太多的奶黄酱，豆子也太软了，但就应该是这么做的，像极了家里妈妈做的菜，她轻微地打了一个饱嗝。

“你们在这聊什么呢？”

说话这会儿卡特琳娜也找到了她们，艾薇正满意地消灭着剩下的自助餐。“面条沙拉！这可是七十年代最可恶的聚会食物！”

“很好吃呢！”艾薇无动于衷地说道，“你也来点吗？”

“我可不要！”卡特琳娜坚决地说，“这都是退休老人的饮食，我可还没到那步呢。”

艾薇一边切着一片冷掉了的牛排，一边说：“你怎么能这么说！”

蓓阿特丽丝看看艾薇，又看看卡特琳娜。她的左眼有些闪动，头也有些晃动，胃也有知觉，就好像有人在里面点着了一堆蚂蚁一样，感觉说不清楚有什么跟往常不一样了。是什么呢？是饿了，对，可怕的饥饿。

蓓阿特丽丝决定也去拿点吃的，今天晚上就放开了。她费劲地走到自助餐前面，三分钟以后就回来了，她把所有能找到的食物都堆到了盘子里，还在最后放了几勺面条沙拉，好像给之前堆的食物戴了个王冠，回到桌子上的蓓阿特丽丝一刻不能等地开始消灭她的猎物。

卡特琳娜抬了抬眼眉，一点自律都没有，这些让人同情的姑娘们。可是她们朝盘子里挖着吃的东西看起来确实不差。

“女士们，你们好啊！”三个男的朝她们这桌悠闲地走来，他们手里都端着酒杯，而且已经是一副喝高了的状态。他们从上到下打量着特立欧组合，这个不需要男人也能自娱自乐的团队。

“这个奶油煎排做的真好吃，”她们其中一个人说，“还是这么多奶油，一如既往。”

不管是那个半秃的头顶还是向前隆起的大肚子，都没办法阻止他想展示自己的魅力，他有点贪婪地舔着嘴唇，很明显，他想通过这次同学聚会，再回顾一下当年的风流往事。

“我们认识吗？”蓓阿特丽丝问。

“何止是认识，甜心！”那个男的坚定地回答。

蓓阿特丽丝向后倚了倚，不紧不慢地说道：“您的年龄和让人忧伤的身材都令我联想到我们的老师。”

“或者是学校的大楼管理员，”卡特琳娜取笑着说，“那个大楼管理员也有这么个惊悚的头型。”

“我觉得可以做个毛发移植什么的，”蓓阿特丽丝说的就是那个男人头顶梳整齐的稀疏毛发。

“你们看，就像头顶了一块短毛地毯一样！”卡特琳娜跟着说。

“被描述对象额头飘过一朵乌云，”他威胁着说，“你们三个别顽皮，说话注意点，我是莱尔纳，你们的同班同学，再具体点的话，我曾经拥有你们三个！”

另外两个男人听完幸灾乐祸地笑着。

“对呢，你曾经在受伤的心灵深处拥有我们三个，”蓓阿特丽丝窃笑着，“然后麦耶尔校长就叫了救护车，在我们班级去吕德斯海姆的路上，你因为失恋的苦恼喝了一瓶烈酒，哇哇地一边爬一边吐。”

这段话确实管用。那个秃头男示弱地嘟囔着，“你们真是一如既往的毒舌女王。”

“那么你就是当之无愧的闹剧王子，”蓓阿特丽丝冷冷地说，“走吧走吧，小毛孩子，去别的地方玩吧！”她一边说着，一边像幼儿园老师一样拍着手，好像把一群不懂事的孩子支走一样。这三个男人没有表示任何反抗就乖乖地离开了。艾薇这时已经停止了咀嚼，“我真实佩服你们，你们就这样教训了他们，如果是我肯定搞不定，但我必须承认，我真想像你们一样这样做。”

“很简单，”蓓阿特丽丝回答，“最好马上就开始。”

卡特琳娜略有沉思地看着三个男人的背影，“我的第六感告诉我，那个恶心的、话很多的莱尔纳……”

“喝了很差的红酒，”蓓阿特丽丝补充道。

“而且床上功夫不行，”卡特琳娜把自己刚才的话补充完整。

“这么多第六感我胃都疼了，”蓓阿特丽丝嚷嚷着。

另外两个听得都笑抽了。

艾薇也乐了。她最开始还觉得蓓阿特丽丝和卡特琳娜的不礼貌让她有点生气，而此刻生气的情绪也消失得无影无踪了。她想到自己这两个朋友跟男人打交道时是怎样的自信，而她从来就不擅长这些，这些年来，一直乖巧地陪伴在丈夫左右，不能在各类聚会中如鱼得水，却在厨房里找到自己的天下，但这却是真实的生活。人们似乎也不能从生活里要求到更多的东西了。

这时又过来一个服务生，端着红葡萄酒白葡萄酒还有几个酒杯，“红的还是白的？”服务生问道。

“两个都要，”艾薇回答。滑稽剧已经落幕，现在自己也要开心开心了。“或者最好您把两整瓶直接留下，一会再给我们来瓶香槟，要冰的，像北极熊屁股一样。”

蓓阿特丽丝和卡特琳娜的反应像被闪电击中了一样，她俩没听错吧，没有，艾薇又回来了，从前那个艾薇，那个疯女人，那个良好举止教养背后始终潜伏着混乱状态的女人，这个大女儿，曾经会在保守的衬衣里面穿情趣内衣，而且也是她们之中第一个失去贞操的，在一辆菲亚特熊猫小车的后排座椅上，还是一个阳光明媚的大下午。

“艾薇万岁！”卡特琳娜喊道。

“杂面沙拉万岁，”蓓阿特丽丝纠正着，“你还在等什么呢？”

“啊……”卡特琳娜拉长声音说道，其实别人都能看到她在流口水，“是啊，为什么不呢？”

她脱掉西装上衣，露出一件条纹的衬衣，极为突出她瘦削的身体，然后她就奔去自助餐那了。

不一会儿工夫三人就把杂面沙拉、两瓶酒都消灭了，还让厨师端来一个巨大份的土豆沙拉，拌了肉末和洋葱，一边吃一边还吧唧嘴，就跟吃到了世界上最可口的食物一样。

服务生端着香槟和冰袋过来时，她们鼓掌欢呼着让服务生开香槟。

蓓阿特丽丝举起她的杯子，“希望退休时还能有床上生活！”她大声吸溜着手里的酒，仿佛这一刻她的那些高雅的行为举止她都不需要了，她也回到了从前的自己。她们在昔日黄金时代的时候曾发誓，不让自己受伤，她们全部的骄傲又回来了，还有三个年轻女孩的无忧无虑，那时她们还想占领世界，任何人任何事情都不能阻止她们，像当年一样，做让自己觉得快乐的事情。

舞池那边的音乐师已经把旋律过渡到了简单的流行歌曲，随音乐摆动的身体在彩色灯光中不停地转动。这三个好朋友也不关注这个，舞会，她们曾经就是舞会的代名词。二十五年前建起来的最后一道围栏也倒下了，疯狂地搜寻着她们的记忆，通宵的狂欢、大尺度地调情、还有自己的第一次，真是很难相信，她们曾经是多么的疯狂。

“你们还记得有一次咱们拿了一瓶伏特加开车到巴格湖，然后在湖里裸浴吗？”卡特琳娜问。

“必须记得！”蓓阿特丽丝确认道，“是开的艾薇爸爸的车，对吧？”

“而且那时我们也不担心驾照，因为我们根本就没有。”艾薇笑着说。

卡特琳娜一边舞动双手一边补充，“第二天我们还用清洁剂擦座椅上的痕迹……”

“我爸爸大发雷霆，因为他在车子的杂物箱里发现了避孕套，”艾薇哀怨地说，“他把我在家里关了一个星期！”

“但是你天天晚上从窗子爬出来跟我们一起干傻事。”蓓阿特丽丝从冰袋里抓了一块冰放进自己的杯子。“吊袜带时装秀，你们还记得吗？”

“天哪！”卡特琳娜喊道。

“我可还有这些东西呢！”艾薇大声宣布，“作为纪念。粉色的紧身胸衣黑色的花边可受男生们的欢迎了，可惜以后再也没穿过……”

“快听，现在放的是我们那首歌。”蓓阿特丽丝喊道。

她们着迷一样被天气女孩的声音吸引。三个人一起跟着副歌部分合唱《天上下着男人雨》。

服务生拿来两瓶葡萄酒和三瓶香槟的账单时，已经是凌晨四点了。其他的桌子都已经收拾干净了，舞池那边也只有一对男女忘我地摸索着舞步，尽管音乐师都已经不在了。没等蓓阿特丽丝和卡特琳娜抽出信用卡，艾薇就已经抽出几张大票现金递给服务生。

“我们现在干吗？”卡特琳娜问。

“我们应该理智点，去睡会儿觉，”艾薇建议说，“时间已经太晚了。”

“啊，不要啊，”卡特琳娜反对着，“才刚刚渐入佳境。”

她把衬衣最上面一个扣子解开，能看得出，卡特琳娜享受这种轻松的状态了。她刚刚一丝不苟的发髻也耷拉下几撮头发，眼睛闪烁着愉快的光。

“我们还是回顾一下……”蓓阿特丽丝舌头有些打结了。

跟另外两个人相比，她醉得更快一点，最后那瓶香槟基本是她一个人喝完的，她有点不对劲了，艾薇担心着。

事实上，蓓阿特丽丝思绪很乱。“同学聚会根本就是次要的事情，”她口齿不清地说，“我难道想不起来吗，一个晚上听到这么多不友好的话，真是很幸运，我们不再是当年那个样子。这些男人都是混蛋、粗人、满脑子都是做爱。”

“现在说说我们的悄悄话，你们到底都怎么了？”卡特琳娜有点情绪高涨，“我是说做爱那回事。”

艾薇若有所思地盯着香槟酒里的珍珠般的气泡。她还能失去什么呢？“我老公说跟我做爱就像给一架空客380飞机指挥方向。”

蓓阿特丽丝和卡特琳娜扑哧笑出声来。因为用手拍打着桌子，一个杯子倒了，香槟酒到了蓓阿特丽丝的裙子上，紧接着一声尖叫，“这件衣服好贵的！”

“这没什么，别激动，香槟不会像红酒一样留下痕迹。”艾薇简单地说着。

她们的目光四处搜寻服务生的踪迹，这瓶香槟又空了。尽管时间已经很晚，服务生还是乐此不疲地效劳，艾薇刚刚给了这么大的一笔小费。

卡特琳娜还没从刚才那句玩笑话缓过神来，一直咯咯笑，“你真是太搞笑了，亲爱的小艾薇！”

“我想把这条裙子扔掉，”蓓阿特丽丝绷着脸说。

卡特琳娜拍着她的后背说，“加油，周一早上时装店就都开门了，那时你可以痛痛快快地刷你的信用卡。”

蓓阿特丽丝喝得什么也听不进去了，耳朵里一直是嗡嗡声，她现在接收到的一切都有层面纱。别人开的玩笑她也会意不到，而且重要的是，她此时对聊起的话题也没什么兴趣，虽然心里也偷偷佩服艾薇的坦率。

卡特琳娜饶有兴趣地看着蓓阿特丽丝，“你怎么了，蓓阿特丽丝？我说那方面，我听你刚说话的意思，你老公似乎需求好多的样子噢。”

蓓阿特丽丝费劲地在椅子上坐好，两只手托着脸，表情也突然黯淡了。“桑拿浴室里的长久游戏。”

“不错呀，”卡特琳娜认可地说。

“有什么不错的，那个混蛋出轨了。”

话音一落，这个世界都安静了。艾薇和卡特琳娜都无语地盯着被酒泼脏了的桌布，她们没想到这么一个完美主妇竟然会被欺骗。

“三个月前我收到一张账单，某桑拿俱乐部，”蓓阿特丽丝用沙哑的声音解释道，肯定有事情，百分之百的。

“肯定是账单有问题，”艾薇试着安慰着，“这种事情是会发生的，你们结婚多久了？”

“差不多二十年了，我查过他的信用卡记录了，不是账单搞错的问题，”蓓阿特丽丝说着用颤抖的手抓着她的金发，“这种事情发生一次是悲剧，发生两次就有惯犯嫌疑了，三次就是习以为常了。”

“分析得精彩绝伦，”卡特琳娜说。

过量的酒精让卡特琳娜也有些失常了，其实平时她参加聚会也只喝水，因为她时刻要注意自己的形象，她需要保证在每个场合形象完美，只是今天，这里是一块安全的可以放开自己的领地。

她紧紧抓住手里的酒杯，“反正男人不是日常生活必需的。”

“你的意思是指什么？”艾薇问，她现在脑子还算清醒的。

“我说，这个就是不重要的事情。”卡特琳娜嘟囔着。

“也包括你的那个内务部长吗？”蓓阿特丽丝想知道，她总是有种直觉，一种被欺骗的女人直觉。

卡特琳娜盯着空空的玻璃杯，“他是所有人里面最可恶的，我要不要透露给你们些事情呢？”

艾薇和蓓阿特丽丝都充满期待地看着她，接下来又会发生些什么呢？

“伪君子，地地道道的伪君子！”卡特琳娜忍不住说出口，“到处炫耀跟他的家庭如何和睦，四处让人拍照，星期日演说忠诚，还有他一贯宣扬的那些废话，可实际上每晚爬到我的床上，恶心得要死，我真是受够了。”

“受人尊敬的部长先生啊。”蓓阿特丽丝点着头。

“但是，但是你就不怕你们的关系传出去吗？”艾薇担心地问。

“我们是非常非常谨慎的。”卡特琳娜叹着气。

“他有没有跟你说过，什么时候跟你结婚，或者等他孩子大一点，或者等他不在聚光灯下万众瞩目？”蓓阿特丽丝问。

“男人都是骗子，等待他们就跟你等待复活节回来的那只兔子一样。”蓓阿特丽丝回答说。

服务生这时又拿来一瓶酒。她满上了自己的杯子，一口气就喝下肚了，此时的空气都在颤抖，她们从来没有像现在这样靠近彼此过，就连学生时代那会儿也没有，而她们现在愿意跟彼此分享一切，似乎一切真相大白的时刻就要到来了。

艾薇鼓起了最大的勇气说：“我们刚才谈的话题，我丈夫想和我离婚。”

蓓阿特丽丝听得差点从椅子上摔下来，“什么？你说什么？”

“高兴点吧。”卡特琳娜有点讽刺地说。

“可我根本高兴不起来。”

“你把来龙去脉说一下，他什么时候跟你提的要离婚？”蓓阿特丽丝问，一股温柔的同情感充满了她的内心。艾薇全部的脆弱一下子爆发了。

“没有说，他没有跟我谈，”眼泪滑过她的脸颊，“我是无意中听到的，他在书房跟别人打电话时说的，他说我变得特别的无聊，又胖又无聊。他说准备冷静处理这件事，只有房子归我，钱都在塞曼岛，我一分也拿不到。”

她把所有的感情全盘托出。她从来没有向任何人倾诉过这些秘密，孩子对她已经变得疏远了。她也没有什么闺密，桥牌俱乐部认识的那些太太们就更算不上了，她们看起来永远是心情愉悦的样子。

“他在外面有别人吗?”蓓阿特丽丝追问，“我说女的。”

艾薇抖动着肩膀，“我也不知道，我理解他的想法，你们看看我现在的样子，哪个男的跟我站在一起合适啊?”

她说的其实有道理，艾薇确实是一个值得被爱的好女人，并且无限绽放母爱的光辉。但是没有男人愿意和自己的妈妈一起睡觉。

“现在你听好，”蓓阿特丽丝说，她把一只胳膊搭在她这个脆弱的朋友身上，“你真的很好，或许不是本年度最佳玩伴，但是我喜欢你，就是现在这个样子的你。”

艾薇惊讶地看着，抽泣地说：“你说真的吗?”

“当然了!”卡特琳娜也跟着强调，“你是那个最抢眼的，一直都是，你跟你老公不会就这么离婚的，”她思考了一会，接着说，“你们知道么，我们应该过两天再聚一次，我觉得有些事情要好好商量一下。”

“什么事情?”蓓阿特丽丝问。

“男人!”卡特琳娜简短地回答。

第四章

秘密复仇计划

第二天早上艾薇带了一个超大墨镜去吃早餐，看起来很朋克。胃里的饥饿感让她很大方地挖了一勺加了碎肉的炒蛋。她告诉自己，吃的最管用，一边想着还拿了很大一块奶酪放到盘子上，接下来开始寻找蓓阿特丽丝和卡特琳娜。

吃早餐的地方是一个延伸式的大厅，白色家具，浅绿色壁纸。已经十一点一刻了，餐厅里的服务生已经开始布置午餐的桌子。周围也看不见什么其他的客人。只在对着海的观景窗那儿还坐着两位女士。蓓阿特丽丝和卡特琳娜都呆滞地望着窗外阴雨绵绵的早晨，她们看起来都相当疲惫。

“睡过头了？”艾薇一边说着一边挪了一把椅子到桌边。

“昨天晚上真是疯狂，我喝得一塌糊涂。”蓓阿特丽丝唉声叹气地说。她的鼻梁上今天也架了一副大墨镜，精心搭配的羊绒套装外面还裹了一条大丝巾，看起来就像刚从走秀台上下来的模特。

艾薇正好相反，穿了一条黑色百褶裙配了一件洗褪色的红毛衣，出门前匆匆照镜子搭配的，不过就她现在的身材什么样的衣服能穿好看呢？

“我觉得我的头要裂了，”卡特琳娜一边嘀咕着，一边烦躁地摆弄着发髻，她穿的还是昨天晚上那件细条纹西装，只是换了一件白色衬衣搭配。

“我们好像有点放肆了，”艾薇说着，脸涨红得像个少女，她不经意看了眼蓓阿特丽丝的餐碟，只吃三片黄瓜怎么能活得下去呢？卡特琳娜好像也开始低脂饮食了，她刚刚只拿了半片松脆的麸皮面包。

“请给我来一杯双份浓度的玛奇朵咖啡，一定要浓，”蓓阿特丽丝朝身边经过的服务生说，“另外还要一大瓶矿泉水。”

“给我来一杯热巧克力，”艾薇也补充道。

“昨天晚上，是我们的秘密对不对？”卡特琳娜有点不确定地问，“我是说，就我们昨天晚上那些乱七八糟的聊天内容。”

蓓阿特丽丝插了一片黄瓜送到嘴里，“最尊贵的特立欧成员都是秘密的守护者，不过，卡特琳娜，你昨天说的计划是什么？”

“什么计划？”

“就是说我们过几天再聚一次！”艾薇激动地说，她的脸红得更厉害了。

“啊，这个啊。”卡特琳娜吸了一口橙汁，一边看着茶杯旁边放着的周日报纸。她其实看起来有点不舒服，她不喜欢她们前一天晚上聊了这么多。“嗯，再说吧。”

“真的，不是吧！”蓓阿特丽丝有点生气，“不要好像昨天晚上什么都没发生过好吗？昨天的谈话对我很重要，我觉得在男人问题上我们需要互相支持。”

“你是怎么想的？”卡特琳娜问，“我们已经不是什么未成年的孩子了，这件事情我们应该好好计划一下。”

“根本不要再计划了！”蓓阿特丽丝说，“我们现在处境一样，而且这个境况已经对我们很不利了，难道你们还要等到水漫金山才有所行动吗？别让本来的头等舱位都被水淹了才开始行动啊！”

“我觉得这是个极好的建议，”艾薇说着都激动了起来，“我太高兴我们又重新联合起来，你们觉得下个周末咱们再见面怎么样，我反正什么时候都是有时间的。”

蓓阿特丽丝压制住了自己本来想挖苦艾薇的想法，因为艾薇之前关于完美老公和懂事的孩子的评价，的确，此时此刻，她们之间已经没有理由互相嘲笑了。蓓阿特丽丝掏出她的智能手机，打开日历应用。

“指甲护理、高尔夫、剧院，都能推掉，”说着转向卡特琳娜，“不过我们的高级政治家是不是日程上又有重要会议呢？”

“其实也还好了，”卡特琳娜折了折手里的报纸，“不过周末总是有些突发状况需要处理。”

“因为绯闻？怕妈妈们和小孩对你产生厌恶？”蓓阿特丽丝问。

“没错，我一到周末就孤单地待在公寓里，对着电脑敲些巨无聊的东西，我真是厌恶周末的时间！”她深深地吸了口气，终于，聚集了很久的心头怒火找到了排泄阀。但这也只是一个开始，会有帮助吗？卡特琳娜不确定地看着蓓阿特丽丝和艾薇，眼前这个时装美人跟忠心耿耿的家庭主妇会成为自己爱情道路上的教练吗？卡特琳娜突然感到自己应该变一变了。

“那么，你觉得怎么样？”艾薇一脸期待。

“好吧，按我的想法我是不反对秘密进行聚会的，”卡特琳娜说，“不然我最后还是会选择跟我的电脑一起度过周末。”

“胡说，先从你的问题开始！”蓓阿特丽丝说，“你需要从你的朋友身上得到一点帮助，那么还是这个地点，四点？”

“下周六四点在湖景城堡酒店的这个位置，”艾薇拿起热巧克力的杯子，满心欢喜地喝着，就像一个被邀请参加小朋友生日聚会的一个小女孩一样。

这时一个穿着深灰色西服的男人走到桌边，“打扰一下，女士们，塞维尔琳夫人，两点钟有个幼儿园开园仪式。我们得出发了。”

卡特琳娜很清楚，比起这个重要日程，她的这个司机更关心的是自己的精油按摩约会。她还是起身了，她妈妈从小就告诉她，工作是工作，娱乐是娱乐。二十个小孩子还有一堆摄影记者在那里等着她。如果走运的话，明天报纸上还会出现一张把她拍得慈眉善目的照片，孩子啊，小动物啊，这些都是竞选时获得公众好感的道具。

站起身喝完了手里的茶，她的两个朋友也上下打量了这位在卡特琳娜身边一定距离候着的司机。

“这是你的尼安德特人……”艾薇笑着耳语。

蓓阿特丽丝忍俊不已，“是那个让脑子在裤子里散步的那个？”

“就是那个！”卡特琳娜回答，然后自己也笑了，这是她这个早上第一次笑，“你们好好的，姑娘们，期待再见到你们，真心话。”

一个星期以后她们又在城堡酒店的大厅见到彼此，这天是个令人愉悦的夏日，开心地挽起彼此的胳膊，好像她们从来不曾分开过。她们心情都很好，不过艾薇总有一种负罪感，好像做了什么被禁止的事儿一样，为什么会有这种感觉？跟老朋友聚一聚，度过一个愉快的周末有什么不好吗？

班级聚会让她们成为了一个群体，有了一致的敌人，也就是男人，那些说谎欺骗女人的男人，那些利用女人，甚至把女人当成卫生纸一样招之即来、挥之即去的男人。

艾薇来之前特意去理发店做了头发，此刻正对着酒店大厅里的水晶镜子打量自己，确实，做了新的卷发看起来好多了，尽管新买的条纹裤子还是遮不住她的大肚腩，当然她的打扮是不能和她的两位朋友相提并论的，卡特琳娜身着一套高档的灰色套装，蓓阿特丽丝一身带有设计感的黑色丝绒运动休闲装点缀金色饰物。艾薇自己早就知道，她是怎么也达不到这两位朋友的水准的。

“你们有班级出游的感觉吗？”蓓阿特丽丝问，“唯独缺少麦耶尔那个老家伙站在角落催促大家。”

“没什么好说麦耶尔的，那个老怪物，”卡特琳娜说，“没有他我们可能都没机会再见。”

“我们可以给他写张卡片，表达我们的感谢！”艾薇说。

“你又做梦了，亲爱的。”蓓阿特丽丝动了动嘴唇，是她订的房间，所以跑去前台办理入住，带着她昂贵的旅行包，手里拿着房卡，心情好得不能再好。

“最好的房间！”她喊着。

“为什么只有一张房卡？”卡特琳娜问，“已经忘了我们是三个人？”

“因为我预定的是总统套房，”蓓阿特丽丝怀着一种凯旋的心情接着说，“三间卧室，三间浴室，沙龙和吧台，你们还有其他问题吗？”

“总统套房，”艾薇惊讶地说。

“这样我们谁都不会从彼此眼皮底下溜走。我们现在先做什么呢？桑拿？游泳？还是先喝一杯欢迎酒？”

“水疗吧，”卡特琳娜回答，“我都不知道有多久没做过水疗了，同意吗？艾薇，这里应该有按摩的，比做爱要更好！”

艾薇沉默着，她甚至带了一件浴袍，如果一定要给这件没形状的衣服一个名称的话，就是浴袍，多年以来她都尽量不展露她的体型。

“我身上的肉……”艾薇说。

蓓阿特丽丝马上就站到艾薇身旁，一只手臂环绕着艾薇，“我们再说明一遍，我们现在一切都只在我们三个之间，你不需要有什么隐藏，轻松点，还是说你想争当一个游泳池小姐的第一名？”艾薇使劲摇摇头，“那我们先去看看总统套房，然后再让身体和精神都好好放松一下！”

蓓阿特丽丝走在前面，艾薇跟在后面拖着红色的行李箱，卡特琳娜在最后面胳膊下面夹着一个厚厚的皮革文件包，三个人像行军一样走向电梯。

总统套房非常棒，一间粉色色调的房间，摆满了小沙发椅，屋顶和窗帘穗都是粉色系，墙上装饰的是镶了金边的壁画，壁画上是缠绕在一起的情侣，茶几上摆了一个很大的水果篮，阳台门敞开着，落地的窗帘在微风下轻轻摆动，透过窗户看出去，海面波光粼粼。

卡特琳娜一屁股坐到一个粉色天鹅绒沙发上，把高跟鞋从脚上甩下来，“这里太棒了！有点宽敞，太舒服了，我就住在这里不走了！”

“宝贝，等会看了水疗区你再做决定，”蓓阿特丽丝说，“我在网站上看了看，都是奢侈配置啊，而且你们知道么，我们是值得享受这些的。”

“我说我要外出时我丈夫甚至有一点嫉妒，”艾薇说，“他说我又一个人出去一整个周末，这样的我他都陌生了。”

蓓阿特丽丝从吧台倒了一杯橙汁，说：“这只是一个开始，亲爱的！”

“什么的开始？”艾薇完全没有领悟。

“让他疯狂，让他知道他要扔掉的是一块钻石，如果你做到这点，他会一丝不挂地跪在你面前，叼着一支玫瑰，那时你再给他机会。”

“这我可搞不定，”艾薇有点没骨气。

“你会完成任务的，等着看吧！”蓓阿特丽丝笑着。

一刻钟以后她们换上拖鞋跟浴袍坐电梯到地下一层。电梯门打开的一刻艾薇眼睛都瞪圆了，这样的场景她从来没有见识过：面前是一个大厅，四周是用镀金的绿色大理石制成的墙壁和柱子，正中间一个游泳池四周地面嵌入了小的水池，每个里面都有蒸汽上升，整个大厅看起来就像是给天上的女神打造的，艾薇觉得这一切肯定不是为她准备的。

“我，我不知道，我觉得，我不适合健身运动。”艾薇小声说。

“你只需要勇气，小艾薇。”蓓阿特丽丝说，“你在这里见到的只是不一样的东西而已。”

艾薇犹豫地脱下浴袍，把它挂在墙上金色钩子上，犹犹豫豫地走向游泳池。一对不成型的乳房耷拉着，腰身也看不出来，一副没有刮毛的腿看起来像树干，蓓阿特丽丝都不忍心看艾薇的脚，艾薇终于跳入水中。

蓓阿特丽丝看着卡特琳娜，“太让人惋惜了，你觉得还有救吗？”

“慢慢来，”卡特琳娜回答，“她只是忘记了她还是个女人。”

蓓阿特丽丝觉得别人可能也是用同样的话形容卡特琳娜，看她瘦削的身型还有飞机场一样的上半身，别人完全可以把她当成一个男人，雪白的皮肤下面的肌肉都清晰可见，或许卡特琳娜每天都做俯卧撑，饮食上面除了吃杂粮……不吃其他东西，深蓝色的比基尼上衣下每根肋骨都数得出来。

相比之下的蓓阿特丽丝完全是另外一种感觉：三次整形手术以后她终于得到了自己满意的胸部，而且还让医生在臀部垫了硅胶垫。银色的比基尼跟她小麦肤色形成了绝佳的对比，当然这个肤色也是定期日光浴护理的成果。

“你们怎么不进来？很开心的呀，”艾薇在里面喊她们。

卡特琳娜在艾薇的催促下头向下猛地跳入水中，而蓓阿特丽丝则是小心翼翼地让身体滑入水中，为的是不破坏精心吹好的发型。

她们在这个池子里游了一会就换到了另一个有台阶的池子里，因为这里可以舒服地坐着，水里的泡泡也可以做按摩用。艾薇向后倚着身体，盯着画满花朵的天花板。她从来不敢向别人展示她的身体。

“很可怕吗？”艾薇问。

“中等可怕吧，”蓓阿特丽丝骗她说。

“我们喝点什么吧，”卡特琳娜转换了话题，她四处巡视，发现远处躺椅处蹲着一个姑娘，卡特琳娜的目光足以让那个姑娘过来，姑娘放下杂志，跑到她们身边，“欢迎您来到湖景城堡酒店的水疗中心，我的名字是马德莱娜，我可以为您做点什么吗？”姑娘一口气说完。

“我们应该继续上周六的，”卡特琳娜建议，“请给我们三杯香槟。”

服务生姑娘刚要离开，蓓阿特丽丝又示意她回来：“手部指甲护理，足部指甲护理，全身蜜蜡除毛，海盐去角质，淋巴排毒，明白吗？亲爱的？”

卡特琳娜有点不解地对着蓓阿特丽丝完美护理的手部、脚部以及平滑无毛发的身体说：“你是不是有些夸张了？”

“不是为我好吧，”蓓阿特丽丝回答，“这是送给艾薇的礼物。”

“给我的？”艾薇惊讶的睁大了眼睛，“但是……”

蓓阿特丽丝打量着自己护理过的指甲，“亲爱的，我们不用长时间讨论这讨论那，你把这个看作为这个新开始所做的准备，不要想着做这个是为了你丈夫，你做这些是为了你自己。”

艾薇有些哽咽，“我让人很难堪，是不是？”

“瞎说，”蓓阿特丽丝拍了一下水，“你会改变的，我也不再年轻了，可是我为了看起来年轻而做着努力，你看到了，”她动了动嘴唇，“我还调整了唇形。”

“噢。”艾薇觉得这些东西她只在女性杂志上看到过，真在现实生活中有人这样做，她还是很佩服的。

这会儿酒店工作人员翻阅着记事本，“你们很幸运，今天预定不是很满，半小时后就能开始了，如果你们需要预定萨吧女王套餐服务的话，还能够做一个酵素脸部护理面膜。”

“都加进去，”蓓阿特丽丝点着头，“能花钱买到的都要。”

艾薇一句话不说，完全听从安排。

等三个人回到套房时已经差不多八点了，带着一种满足的精疲力尽，因为蒸汽她们的脸都红红的。

“八点半到餐厅吃晚饭，你们都可以吗？”蓓阿特丽丝问，“据说这里的厨师很劲爆。”

卡特琳娜打着哈欠，“难道我们不能点点儿什么在房间吃吗？我现在懒得动了。”

那么晚餐就决定在房间了，蓓阿特丽丝递给她们放在茶几上的菜单，厚得跟圣经一样，让人没什么食欲。

“有这个牛肉耶！”蓓阿特丽丝惊喜地叫道，“是一种日本牛肉，这种牛二十四小时享受按摩还听音乐，它们的肉非常鲜嫩。”

“不反对！”卡特琳娜说。

艾薇伸着脚，惊讶地观赏着新涂的脚指甲，她今天也享受了一下这种高级牛的待遇，按摩和音乐，除此之外还去了角质，除了毛，做了手部护理，多么不习惯啊，可是又是多么让人心情愉悦，为什么以前自己就没有想到宠自己一回呢？总是一味地宠爱自己的家人而忽略了自己。可是现在，原来的一切结束了。

三个女人努力研究着菜单，“我要不要再点一个沙拉呢，会不会太多了？”

“你还可以一直减肥的，”蓓阿特丽丝说，“我反正要点这个湖景酒店的大号招牌套餐，八道菜，八种酒，最后还有一盘勃兰登堡州特色奶酪拼盘。”

“难道不是一次点的太多了吗？”卡特琳娜问。

“没有，”蓓阿特丽丝回答，“现在我们都应该尝试一下。我们都饿了那么久了，我要按一下服务铃，这样厨房也好为我们准备起来了。”

连其他两个人的答复都没等，蓓阿特丽丝就拿起房间电话开始订餐了，接着满意地躺在沙发里。

“这个八道菜的招牌套餐……”艾薇说着圆圆的脸上显现出幸福的神情，然后马上就严肃了，“这些我都负担不起啊，我已经这么胖了，再吃的话我以后只能穿孕妇装了。”

蓓阿特丽丝被逗笑了，“别想这些了，亲爱的，回头我把我医生的地址给你，他会把你吃掉的脂肪都抽出来，比如屁股这里的，你要乖乖听话！”

“你到底都做过些什么啊？”卡特琳娜好奇地问。

“你应该问问我没对哪些部分下手，”蓓阿特丽丝回答，“我更愿意称这个为对个人的一个全面提升。”

接下来蓓阿特丽丝就开始详细介绍她做过的手术，什么去眼睑啊，注射瘦脸针啊，垫高脸颊啊，重塑乳晕……

啊，每次手术都能带来惊喜，蓓阿特丽丝讲得精彩连连，伴随的也是其他两个人不停的尖叫声，她们都没听到一开始的敲门声，直到外面的人拿拳头砸门，卡特琳娜才站起身去开门。

“女士们，晚上好！”

她们先看到一辆可以推动的餐车，摆满了盘子、餐具、玻璃杯和银色的餐盘罩。这些东西后面才是一张服务生的脸，只见他娴熟地操作着餐车穿过沙发和沙发椅走到窗边餐桌的位置。

他一边熟练地摆桌，一边请三位女士开始用餐，“这是厨房的一点心意，芹菜慕斯配龙虾以及一瓶年度香槟，祝你们胃口好。”说完他就退出房间了。

“这简直跟童话故事里一样！”艾薇小声说。

“哎呀，摆好了的餐桌现实生活也有喽，”蓓阿特丽丝说，“你们还等什么？”

她坐下就开始挖小玻璃杯里面的芹菜慕斯，还没等完全吃掉，又有敲门声。

“门开着的！”卡特琳娜喊道。

服务生把菜一道道端上来，艾薇每次都要读一读菜名，每道菜都会配一种不同的酒，都是世界上最有名产区的酒，就连酒的商标名字艾薇都痴迷地读出来，这个夜晚就像宴会一样，她们笑着，聊着，酒杯里的酒不停地满上再满上。

“这么多吃的里面唯独缺少杂面沙拉，”艾薇一边把甜点盘里最后一个覆盆子放进嘴里一边说。

“我觉得……”卡特琳娜松了松浴袍的腰带，“我过去十年都没吃过这么多东西。”她抱怨说。

其实最后三道菜她基本都没动，而且期间总是跑回她的浴室。

“你怎么这么瘦呢？”蓓阿特丽丝忍不住问，“我的意思是说，苗条是一回事，可你看起来就像X光片里面的一把骨头，然后外面包了一张皮。”

艾薇也是这么想的，就是没有说而已，虽然她羡慕闺密们的身段，但是卡特琳娜看起来也有点太骨瘦如柴了，像是大病初愈似的。

卡特琳娜把面前的一整盘甜点推开，说道：“别劝我吃了，我有厌食问题。”

“嗯，那就是了，你刚才把吃了的都吐了对不对？”蓓阿特丽丝仔细打量着卡特琳娜。

“是种感染，”卡特琳娜解释，“肠胃病毒，都是在办公室得的病。”

“你这样也就你奶奶信你的解释，”蓓阿特丽丝有点尖锐，“童话故事环节结束，你说实话，你身上到底发生了什么？”

“其实有段很难过的时间，那时……”卡特琳娜一下子忍不住了，眼泪也涌出了眼眶，话都不能继续说下去了。

“天呢，这一下子是怎么了，然后呢？”艾薇担心地询问道。

“是个孩子，”卡特琳娜特别小声地说出这几个字，“是意外，但尽管如此我想生下来，可是他……”

蓓阿特丽丝的脸一下子沉了下来，“这他妈的是什么样的一个混蛋啊，然后他给了你一个诊所的地址，让你尽快自己处理掉是不是？”

卡特琳娜弱弱地点了点头，肩膀都在颤抖，一副可怜兮兮的模样坐在那里。

艾薇此时难以平静自己的心情，一个劲叨咕着：“太可怕了，太吓人了，你一个人经历了些什么啊！”

卡特琳娜用餐巾纸擦了擦眼泪，“真的挺苦的，他家里有三个孩子，可是对我这个年龄来说，这次可能是我唯一能生育的机会，手术结束后我特别难过地躺在诊所里，他连一个电话都没有打过来……”

“混蛋，太不是东西了，”蓓阿特丽丝揉着额头，“都过去了。”

正说着卡特琳娜的手机响了，她跟触电一样跳起来去拿手包，就在她还在纠结接不接时，已经感受到了蓓阿特丽丝责备的目光。

“不好意思，是他，是他打来的。”卡特琳娜说。

“你马上把手机关掉，”蓓阿特丽丝命令道，“他今天必须放弃你，塞维尔琳博士夫人今天联络不到。”

“你说真的吗？”卡特琳娜怀疑地问。

“让他时刻找得到你就是你作为女人犯的第一个错误，”蓓阿特丽丝解释，“让你自己变得难得一见，这样你才有吸引力。”

“那第二个错误是什么？”艾薇好奇起来。

蓓阿特丽丝想了想，“理解，每次他们做错事，我们都要像圣母马利亚一样理解他，可回报是什么呢？”

“他们像对待门口的擦脚垫儿一样对待我们，”卡特琳娜接过话，“第三个错误是我们等待，等待有一天男人会改变，可男人是不会改变的，而且当他们发现我们怎么样都行时，就会把我们当废物一样丢进垃圾桶。”

她们都沉默了，各自思考着自己的境遇。

“我一想到，他甚至把钱要全部拿走时……”艾薇带着哭腔说，“可那是我的钱，是我从娘家得来的财产，在这段婚姻里，他没有投入过一个马克。”

“我要是一想到他把我们俩辛辛苦苦挣的钱花在一个下贱女人身上……”蓓阿特丽丝一脸郁闷。

“要是想这些的话，他对待我就像一个贴身佣人，这个剥削家！”卡特琳娜说。

蓓阿特丽丝猛地一拍桌边，杯子都颤动起来了，“怎么说？我们到底是还要不要这些男人回心转意？我们还要争取他们吗？”

艾薇听得有点打退堂鼓，“话是这么说，可我仔细想想的话，这样何必呢？这样我又会从头回顾一遍所有的痛苦。”

“艾薇说得是呀，”卡特琳娜接过话，“我都争取他两年了，可就算他跟他妻子分开，我自己也不知道……哎，中间发生了太多的事情。”

“那么就一个办法！”蓓阿特丽丝挺直了身子，用攻击性的口吻讲出两个字：“报仇！”

艾薇跟卡特琳娜都有些面露憔悴，“报仇？”

“是的！”蓓阿特丽丝清清楚楚地确认自己刚说过的话，“现在我们女性帝国要反击，我有的是办法，偶尔也换换你们出谋划策，这些男人都是狼心狗肺的东西，你弱他们则强，你强他们便弱了，我们中规中矩又绅士又有风度的行为是没用的，必须让他们尝点厉害，让他们一辈子都忘不了什么是真正的疼痛！”

艾薇小声咳嗽了几下，“哎，有时他特别可恶时，我也想过可以在他的咖啡里偷偷放一片泻药这种报仇方法。”

“你太可爱了，艾薇，”蓓阿特丽丝笑了起来，“可是亲爱的，你这种主妇类型的复仇方式都是小孩子玩的游戏，我说的是真正的残忍的复仇，有战术、有技巧的大师级谋略。当然了，你心里特别不舒服时，也还是可以偷偷丢个腹泻药的，你记住，真正的复仇是一场冷酷的审判。”

前几秒还是忧郁情绪在卡特琳娜和艾薇身上作怪，蓓阿特丽丝这几句话话音刚落，两个人就像吃了兴奋剂一样激动地讨论起来。

“第一个要办的就是那位道貌岸然的部长大人，”蓓阿特丽丝决定以后说道，“是他自己把一切搞砸的，报仇只是个时间问题，你会看到他将彻底被毁灭的，明白吗？”

卡特琳娜深深吸了一口气，“他罪有应得，但我希望能有一个高雅点的解决办法，而不是一枪射穿他的脑袋的这种。”

“高雅这个词表达得不好，”蓓阿特丽丝说，“别磨叽了，开始吧，现在需要的是创新能力！”

一会儿工夫她们三个人就想出了处理卡特琳娜爱人的办法。卡特琳娜也从刚才忧郁的情绪中恢复过来了，因为一想到要为之前痛苦经历的不公报仇，她就充满动力。服务生把摆满奶酪的巨大餐盘推到她们面前，卡特琳娜甚至拿出了不怕死的勇气吃了一块奶酪蘸芥末无花果酱。

“这块奶酪你吃下去可不能吐了，”蓓阿特丽丝命令道，“不然我就把你那边的厕所锁上！”

“不用不用，”卡特琳娜说，“我好多了，我必须学着正常吃东西。自从上次做完人流手术，我什么都吃不下去，我会努力的，不能一直这么下去。”

艾薇已经消灭了三块奶酪，这会儿正拿了一串肉蔻葡萄吃，“真是难以相信，男人们在我们的生活中究竟做了些什么啊？”

“他们把我们当……”蓓阿特丽丝生气地说，“即使我丈夫知道我知道了他的事情，他也肯定无所谓，他一定觉得自由了就更好。”

“那我们呢？”艾薇一副渴望的眼神，“我们乖得像修女，特别是我。”

“我又何尝不是呢？”蓓阿特丽丝说，“多傻啊，是不是？中间有足够多的机会改变，可最终这些男人让我彻底厌恶了。”

她的浴袍前襟打开了一个手掌宽的空隙，她有些伤感地打量着自己坚挺的胸部，“在这对咪咪上我花了不少钱啊，可是连用都没用过。”

“自从我二十四小时待命工作，加上那个男的开始睡我以后，我也没什么其他机会了，”卡特琳娜一边说着一边若有所思地把盘子里剩下的奶酪推来推去。

蓓阿特丽丝喝了一口红酒，说：“哎，我们以前年轻，有的是雌性激素，现在再能得到好的性生活的概率简直堪比陨石坠落啊，多么可悲啊，更年期也要悄然而至，已经没什么可以期待的了，全无热情，全无欲望，做爱这件事好像已经与我无关了。”

她站起身，不停转动着音响，直到音箱里传来温柔的音乐声，外面已经慢慢黑了下来，三个人开始感伤地盯着黑夜的渐渐来临。

“其实我不是这么想的，”是艾薇在说话，刚才那个有点反对报仇计划的艾薇。卡特琳娜和蓓阿特丽丝惊讶地望着她。“我知道，我看起来不像是，但我有时，有时会有欲望，”艾薇沉思着说，“想有一次冒险。”

卡特琳娜大声笑了起来，说：“你这次又是最不羁的那个了！跟以前一样啊，每个人都觉得，艾薇那个乡下天真无邪的姑娘，但实际上，你是学校里最叛逆的那个。”

“就来说我们家的那个金融顾问，”艾薇开始娓娓道来，“特别有魅力，我觉得每次他来，只是那个眼神就足够把我扒光了，我要说什么，说我好喜欢他吗！”

蓓阿特丽丝眼前仿佛出现了一幅神仙眷侣的画面，“嗯，金融顾问啊，多么性感啊，不过我觉得你要是对自己诚实点儿，应该更愿意跟一个肌肉男来一次，就是那种这里六块腹肌，屁股又很翘翘的，还有……”

“算了，”蓓阿特丽丝的话被卡特琳娜打断了，“四十岁以上的女人也就跟那些靠从医生那里开来伟哥勉强正常工作的男人睡睡，那些真正好的类型就别想了。”

大厅里一直飘着温柔的音乐声，是充满诱惑力的萨克斯风的旋律，三个人安静了一会不再说话，晚餐和红酒让她们有些疲惫了，但心底却是莫名的兴奋，还有什么能比和自己最要好的朋友谈论性爱更美好的事情呢？

“不过……”蓓阿特丽丝突然说。

卡特琳娜抬起头，问：“什么？”

“现在我们需要付出代价，”蓓阿特丽丝的话让另外两个人很震惊，卡特琳娜焦虑地转动着眼睛，艾薇也有点气愤地抬起了手，沉默，桌子上的三个人又沉默了一会。

“为了一个男人付出代价，”卡特琳娜说，“这样的人是多么的绝望啊？”

蓓阿特丽丝苦笑着说：“我们就是这样的人啊。”她又站起身来在房间里踱步，另外两个人不解地看着她。

“姑娘们，别这么固步自封，你们曾经的勇气和精神呢？我们还是那个特立欧组合时，可是什么都会去尝试，什么跟着印度爱情神曲跳舞啦，学习体操动作啦，就像我们能拿到奥林匹克金牌一样。”

说完她又回到桌边，举起一杯搭配奶酪的雪莉酒，“艾薇的话有道理，我们不能忍受没有性爱的生活，你们不想下半辈子都只能在梦里纵情享乐吧？干杯！”

喝了酒，空气里都是眩晕的感觉，就像在香槟里洗浴了一样。

艾薇偷偷笑着说：“如果让我设想，今天晚上有这么一个男人缓缓走进房间……”她有点陶醉地说不下去了。

卡特琳娜接着艾薇的话，说道：“我也经常会这样想，难道不是女性解放的最好表达吗？就动动手指，安排一场性爱，放纵的，匿名的，不后悔，来吧猛男们！”

“现在播放的是《天上下着男人雨》那首歌！”蓓阿特丽丝尖叫起来。

接下来的笑声就像一个自由的宣誓，突然间，她们的脸都像少女一样绯红了。

“让你们的幻想都成为现实吧，”蓓阿特丽丝喊着说，“这个夜晚才刚刚开始，我们还能做很多事情，你们想怎么样？”

“往肚脐上喷奶油！”艾薇喊，“我从来没试过！”

蓓阿特丽丝扭着屁股，“哇，不错嘛，继续继续，来个精油按摩怎么样？”

卡特琳娜差点被自己的雪莉酒呛着，本来苍白的脸有点红了，“精油按摩？”她重复了一遍。

一个星期前她听到这个还把它断定为司机的色情行为，而今天……

“他非得把我们搞昏迷不可！”艾薇说。

卡特琳娜拿出她厚重的皮革包，稳稳当当地坐到沙发上，掏出笔记本电脑，打开开始在键盘上敲击，蓓阿特丽丝和艾薇马上凑过来。

“你要干什么？”艾薇问。

“看吧，就是这个。”一边说着一边打开一个网页。

“什么？”

“找理想男伴的网站，”卡特琳娜一边看一边念出声，“这里女人可以得到细腻又充满情趣男人的宠爱，这里信息绝对保密，这里满意度绝对保障。”说着点开一排照片。

“保证满意。”艾薇跟着复述道。

蓓阿特丽丝好奇地看着，“这里停一下，这个不错，安德烈，高大，金色头发，有肌肉，你们觉得他一个人搞得定我们三个吗？”

“这我们现在怎么能知道啊，”艾薇说。

“那么……”三个人异口同声地说，接下来是一片笑声。

盯着屏幕的脸颊通红，她们计划的事情真是了不得，但也不是不可行，内心积聚的所有挫败感此刻都转化为内心火烧火燎的悸动，为什么不呢？所有的，所有她们可以想到的，虚度了这么多年以后为什么不能做呢？

“谁来打电话？”卡特琳娜问。

艾薇惊讶地摇了摇头，“你们不是真的想吧？”

“我来，”蓓阿特丽丝说，“我听声音就能判断他行不行。”

她拿出手机开始拨号，艾薇和卡特琳娜紧张地在一旁注视着。

蓓阿特丽丝翘了翘大拇指，“喂？安德烈吗？你看起来很男人喔，嗯，对，就是现在，你有空吗？你有车吗？”

她听了一会电话那边的声音，也试图忽略旁边做鬼脸打手势的艾薇和卡特琳娜。

“卡恩村的湖景城堡酒店，总统套房，哦，对了，忘了说我们是三个人！”然后又是一会电话那边的声音，“当然报酬是三份的，现金？没问题，你快点啊，我们等着了！”

“怎么样？”艾薇全身都在发抖。

“过一个小时我们的性爱玩具就会自己送上门来了，”蓓阿特丽丝说，其实她自己也因为激动而浑身发抖。

“一个小时，”卡特琳娜小声说，“倒计时了。”

她们淋浴，吹头发，互相化妆，就像成年舞会时一样，心情也像那时一样激动。此刻的事实真相是：她们被自己的勇气吓到了，有点像要参加考试的学生，手心出汗，蜷缩在沙发里呆呆地等着，卡特琳娜一直看自己的手表，蓓阿特丽丝和艾薇紧张得一声不出。

“如果他不喜欢我呢？”艾薇打破沉默说，“我老公都不愿意接近我。”

“别担心，”蓓阿特丽丝安慰道，“首先他是做这个的，肯定有自己的设想。第二，你是一个很棒的女人，你现在忘掉所有的自我怀疑，你有一张很漂亮的脸，而且你也处于美丽的最好状态里，打起精神来，多几磅的体重说明不了什么，我总是说，只要那个东西合适！”

艾薇如释重负地笑笑。

“他要是认出我怎么办？”卡特琳娜有点顾虑，“然后事后敲诈我，太可怕的设想了。”

蓓阿特丽丝看了一眼卡特琳娜，她披着长发，自然的头发波浪浮在肩上，画了眼线和樱桃红色的唇让她看起来就像一个模特，没有一点能让人们跟电视上那个束紧发髻、对性爱一点兴趣没有的女政治家联系到一起。

“不会的，你这样打扮没人认得出来！”她再次让卡特琳娜安心。

艾薇一直紧张地用手拨弄着浴袍的腰带，“那谁第一个呢？”

“你！”卡特琳娜毫不犹豫地说，“你想要冒险，你先来才是公平的。”

艾薇心里一阵慌张，把那些夸张的幻想付诸实际还是有很大不同的，或者她已经忘了怎么做爱，像骑自行车这种技能一样吗，一次学会，这辈子都不会忘，遗憾的是她什么都不知道，这时她突然想起来，今天做了全身除毛，真的是全身，想到这，艾薇又脸红了。

“就这么定了，艾薇第一个，”蓓阿特丽丝说，她看了看表，“希望他路上不要抛锚什么的。”

这时有人敲门了，三个人跟被雷击中了一样凑到一起，蓓阿特丽丝轻轻推了推艾薇，友好地示意她过去，“玩得开心，给我们后面留点哦！”

艾薇光着脚踮到门边，腿都没有知觉了，脑子里嗡嗡直响，汗手轻轻地压下了房门的把手。

第五章

久违的幸福女神

“嗨，姑娘们！”

什么情况？三个人都愣住了，这一眼就能看出，面前的这个人不是他们网上看到有照片的那个，这个人既不是金头发、金棕色皮肤，也没有什么肌肉，相反，这个看起来斯文的年轻人披着一头及肩的深色长发。

“是不是搞错了？”艾薇问。

“我叫罗伯特，”年轻男人回答，“我替安德烈的班，我保证你们不会后悔的。”

蓓阿特丽丝双臂交叉在胸前，“等一下，事情可没这么简单，你根本就是欺骗嘛，为什么网站上的照片是那样？我们看到什么样的就该得到什么样的，我们要安德烈！”

那个年轻人还是毫不犹豫地站在那，脸上还露出了顽皮的笑容，“你们要给我的天分一个表现的机会嘛，如果不满意，我也不收你们的钱。”

听起来确实不错，艾薇心想，“我觉得他挺可爱的，”她对卡特琳娜和蓓阿特丽丝说，然后又转过身对罗伯特说，“你先把外衣脱了吧，想来一杯酒吗？”

“或者做完之后吧，”罗伯特狡黠地笑了笑，“我是可以马上开始的。”

说着他在艾薇左右脸颊各亲了一下，就是这轻轻的亲吻让艾薇整个人都飘了起来，心里简直是小鹿乱撞，之前网页上看到的安德烈倒是会让艾薇有些惧怕，可眼前这个腼腆的年轻男子让她很放松，甚至还有种母性情怀在，当然不只是母爱，他温柔的棕色眼睛，细长的双手。

“同意，”她勇敢地说，“我的卧室在那边。”

她拉起罗伯特的手，把他带出了客厅。艾薇的门一关，蓓阿特丽丝就笑出了声，“他看起来弱不禁风啊，能值这个价钱吗？”

卡特琳娜用手绕着一缕头发，说：“他要是能让艾薇满意的话，说明他也不差，如果不能，我们就把他狠狠扔出去。”

从艾薇的房间里传出了一声深深的呻吟，接着是床发出的轻轻的吱吱声。

“哦，不是吧，”蓓阿特丽丝说，“我得把音乐的声音调大点儿！”

她站起身，旋转音箱直到噪音分贝完全被音乐声盖住。

艾薇正开眼睛，伸了伸懒腰，外面天早就亮了，太阳也高高地挂在正上空。她是做了梦吗？还是她昨晚昏了过去？那种深深的来自身体的满足感就说明了一切。然后脑海中又浮现了罗伯特，那么尽心地跪在她面前为她服务，他抚摸她的样子，他亲吻她的指尖，还有……

艾薇肆意地笑了起来，幸福女神啊，你真是的，这么多年把我丢在沙漠里一个人孤独着，可就这一个晚上就让罗伯特把我带到了幸福的绿洲，那个温柔细腻的罗伯特，他还是那么的敏锐，在适当时候又那么有激情，让我甚至忘却那些在没有父母陪伴以后一个人孤独的夜，还有我走样的体型，我那些时刻注意的矜持举止，所有的这些真的在那一瞬间消失不见了。

想到这，艾薇抱了抱枕头，嘴里嘀咕着：“罗伯特，亲爱的罗伯特。”

她又是一个真正的女人了，一个被人渴望、被人追求的女人，一个会被放在床上、被幸福神灵亲吻的女人。就在这时，她又想起，自己不是昨天夜里唯一那个被幸福亲吻的女人，忽然心里像被针扎了一样疼，罗伯特是为了钱才这样做的，可自己却如此动情地感知。卡特琳娜和蓓阿特丽丝那边怎么样呢？

她起身的时候觉得有些眩晕，抓起昨天胡乱扔掉的浴袍，紧紧地裹在身上走到窗边，真是一个好天，平静的湖面倒映着温柔的阳光。

“早上好，全世界，我又是我了。”艾薇小声说。

床头柜上的闹钟已经指向了一点半，天呢，已经不记得什么时候可以一觉睡到现在这个时候了，胃里饿得咕咕叫，她打开卧室门走进客厅，都还是静悄悄的，蓓阿特丽丝和卡特琳娜也都没起床。

艾薇压低了声音对着电话叫酒店的早餐服务，她点了所有能点的：热巧克力，炒鸡蛋加肉末，香肠，奶酪，熏三文鱼和鳟鱼，薄煎饼，水果沙拉，果酱，没错，果酱也要，还有可颂面包，八字咸面包，现烤小面包！她现在开始什么都想要。

确认早餐十五分钟内送到房间，艾薇坐到沙发上，心里还是为昨晚的事情不能平静，谢谢你，罗伯特，艾薇忍不住笑着。

“你已经起来了？”卡特琳娜慵懒地走进客厅，也穿着浴袍，也面带微笑。

“我订了早餐，”艾薇说，“你还要点什么吗？”

卡特琳娜摇了摇头，从吧台拿了一瓶矿泉水，连杯子都没拿，咕咚咕咚仰起头灌下了肚子。

“快说说，怎么样？”艾薇小声问。

卡特琳娜蹲在地毯上，双手抱着膝盖，身体都软了。“我以前根本不知道还有这样的方式，这么多感觉，这么温柔，”她咽了咽口水，“我们误打误撞却感受到了幸福，你是不是也这样觉得？”

“像天堂，”艾薇突然说，“而且我还想要！”

“想要就可以有，”一个沙哑的声音说。

蓓阿特丽丝女王走出房间，像猫咪一样伸了伸懒腰，坐到沙发上：“这个罗伯特就像是个奇迹！”

卡特琳娜斜着脑袋：“我觉得我自己就像辆老爷车，不知道闲置了多少年，今天突然有机会驾驶一回跑车，全速开向了性爱的圣地！”

“老爷车？听起来跟养老院里的什么似的，”蓓阿特丽丝反驳她，“这个本来就不是什么老年人专线号码，我觉得这个年轻人真是值这个价格。”

“我也觉得，”卡特琳娜和艾薇异口同声说。

她们还沉醉地回忆着昨晚的一切，她们做了，她们像蹦极一样勇敢地跳入了新的生活，而且感觉还很不错！

酒店服务生一送来早餐，三个人就迫不及待地坐到桌边，艾薇点的吃的足够五人份，蓓阿特丽丝又点了一杯浓缩咖啡，卡特琳娜要了一杯伯爵红茶，幸福感已经溢于言表，好像出海的渔民发现了新大陆。

“第一步我们已经完成了，”蓓阿特丽丝一边说一边摘着八字面包上的盐粒，“非常美好的一种报仇方式，不是吗？现在要第二步了！”

“我们需要计划，”卡特琳娜考虑了一下，“最好我们先分析一下他们的弱点，”她一边说着一边表情严肃起来，“艾薇，你那个老公的致命伤在哪里？”

艾薇闭着眼睛品尝她的热巧克力，说：“钱，钱对他来说意味着一切。”

“这正是这个坏男人想从你身上夺走的，对吗？”蓓阿特丽丝问，

“在塞曼岛上有没有什么秘密账户？”

“是的，他肯定说过，我偷偷听到的，”艾薇深深吸了口气。

“对于我来说情况非常明显，我丈夫是银行的执行总裁，他不能让自己名声不好，否则没有地方会雇佣他，所以，我把钱安全保管，是理所当然的事情。”

卡特琳娜放下手上的茶杯，说：“我们必须把内容都落实在书面上，制定切实可行的计划！”她站起身，从旁边的桌子上拿了便条纸，掏出自己镀金的签字笔和无框眼镜，十分钟之后就草拟出了第一份作战计划书。

卡特琳娜推了推眼镜，有重点地向艾薇讲解了具体步骤：“艾薇，你需要先了解一共有多少钱隐匿在什么地方，有可能的信息来源渠道是那个金融顾问，而且他很合适艾薇，跟他去吃饭，把自己打扮得漂亮些。”

“要让他看出你有什么？”蓓阿特丽丝补充道。

“真的可以吗？这样会不会不好啊？”艾薇问。

“你现在就要这样做，”蓓阿特丽丝给艾薇鼓劲，“带上你最好的武器——女人的妩媚！”

艾薇以前在梦里都不敢想象她还拥有妩媚的特质，可是跟罗伯特那一夜确实改变了很多。

“我试试，”艾薇保证。

卡特琳娜拿笔在艾薇名字旁边打了个明显的标志勾，“现在到你了，蓓阿特丽丝，桑拿的那个收据你还保留着吧？”

蓓阿特丽丝点了点头。

“你还要继续收集有力证据。”卡特琳娜说。

“像现在的这种证据？”蓓阿特丽丝疑惑地等待组织的回答，“红灯区或者什么有性爱服务的俱乐部我也不好进去啊。”

“你就要这样做，”卡特琳娜笑着说。

艾薇摸着额头，说：“这种娱乐场所根本就不会让贝拉进去的。”

蓓阿特丽丝盯着香肠拼盘，突然开始笑了，“我知道怎么做了！”她忍不住喊出口，“我混进去成为其中一员！”

“不能这样！”艾薇反对着。

“哎呀，虽然我已经不是鲜肉那个年纪了，但我觉得他们对女人的口味需求也不同啊，昨晚以后我又多了很多自信，也敢这样做了！”

卡特琳娜满意地打了个响指，在蓓阿特丽丝的名字后面也划了一个勾，接着把笔放在了一旁，说道：“我那个蠢男人最关心的是事业，我从现在开始要留点证据，也给政党同事一点儿暗示，说我有所担心。除此之外我还要存下他的短信和邮件，还要给床上安个摄像头。”

蓓阿特丽丝鼓起了掌，说：“时机一到你就引爆这枚炸弹！”

“还有博士头衔。”

“什么？”艾薇问。

“花钱买的，从一个实际上只有一个邮箱的美国大学那，连那个图章都是我们做的！”

“为了我们！”三个人异口同声。

“我感到我自己很伟大，”蓓阿特丽丝说着把手交叉捧住后脑勺，“快来说说，罗伯特有没有和你们……”

“什么？”卡特琳娜问。

“那个彼得堡滑雪橇姿势……？”

艾薇想了想，说：“是那个姿势吗？”艾薇有点犹豫。

“你说用嘴？”卡特琳娜的回答总是很直接具体，就像DVD播放机的使用说明一样。

“他简直要把我撕碎了，”蓓阿特丽丝说着有点脸红，“这个男人有两下子，会让人上瘾的！”

艾薇享受地闭上了眼睛，说：“最主要他付出很多很多感情……”

“技术好得不能再好了，”蓓阿特丽丝插话，“保证我们满意，这只是一条，他不但找到了我们的敏感位置，甚至还有情感上的高潮地带。”

三个人一起叹了口气。

“你们打多少分给他？”蓓阿特丽丝问。

“一百万？”艾薇回答。

“还是那句话，他在这方面真是在行，”卡特琳娜再次肯定，“我根本不知道自己有这么多敏感的位置。”

“你整个人都可以是敏感的，”蓓阿特丽丝说，“只要那个人能激活你的荷尔蒙。现在的问题是，如果我们经常叫罗伯特过来，会不会有折扣。”

她们三个都笑开了花。昨天一定不会是我们见到罗伯特的唯一一次，从现在开始他要成为我们的幸福侍仆，前景似乎一片光明。

已经下午五点了，她们冲了个淋浴，准备回家了，三个人拿着行李站在客厅，谁都没兴趣回到那个没有爱的日常生活里。

“我们什么时候再见？”艾薇问。

“我是不反对下个周六的，”卡特琳娜说，“但是每周都像这次这么奢侈我承担不起。”

“那来我家吧！”艾薇建议，“我丈夫和孩子周末都不在家，我们可以一起做好吃的！”

“亲爱的，这样最好了！”蓓阿特丽丝说，“你把地址发短信给我们，我们去找你！你现在的姓氏是什么？”

“武特克，”艾薇回答。

“但是你跟那个武特克集团没什么关系吧？”

“很遗憾我丈夫就是那个建筑公司的威尔纳·武特克，”艾薇说。

“好吧，这下我大概了解了。”蓓阿特丽丝同情地说。

卡特琳娜梳了梳头发，又绑了一个发髻，“别忘了，从今天开始我们要为成功而战，我们没有时间浪费了，接下来的事情我们下周六见面商量！”

“太好了，你们能去找我我太高兴了。”艾薇笑着说。

“我们也是。”蓓阿特丽丝回答。

艾薇把红色小汽车开到车库时，发现她丈夫的黑色保时捷已经停在那了，这可真是不寻常，威尔纳周日白天一般在高尔夫球场，晚上跟朋友去吃饭。

艾薇有些害怕，他要控制她吗？更严重的是，他会不会看到有事情发生？他一定会看出来，艾薇觉得，自己就像在额头纹了身一样，写着我做了，跟一个男妓！

竟然有一股负罪感涌上心头。她到底是干了什么啊？威尔纳会把她叫到一边谈话，想想就觉得场景可怕，她拿着她的小红箱子蹑手蹑脚地走进房子，那个曾经她一直喜爱的房子，梦想中的别墅，装饰一新的英式家具，厚厚的地毯，今天都看起来像监狱，这座房子早就没有家的感觉了。

艾薇小心翼翼地穿过走廊，一点也看不到她丈夫的身影，她现在只想泡个澡，然后在热腾腾的水汽里想念罗伯特。艾薇走上一楼，一点声音都没出。

“艾薇·玛利亚！你终于回家了啊！”

她吓得都要缩到一起了，一般她丈夫如果在家，也是待在他的工作房间，可现在两腿叉开凶巴巴地站在楼梯顶端，脸被太阳晒得通红。威尔纳五十出头，身体健硕还染了头发，穿着黄蓝条纹的 POLO 衫都是汗迹。

艾薇的膝盖都软了，“喔，你好！今天过的好吗？”

"我也正想这么问你，"他嘟囔着，"你最近可是经常外出，苹果蛋糕呢？周日不都是有一个苹果蛋糕吗？这个家不能跟以前一样运转了吗？"

"你想吃我马上给你烤一个可口的苹果蛋糕，乖乖熊。"艾薇对她丈夫说。

她本想马上从她丈夫身边躲过，却没想到他紧紧抓住了艾薇的手腕，说道："看来你周末跟朋友过得不错啊，你们都干了些什么？"

这个问题真是不能说实话，艾薇脸有些红。她们在泳池戏水，消灭了八道菜的美食，还消遣了有点负罪感的性爱大餐，这是这个问题的正确答案。

"哦，没什么特别的，"艾薇撒谎说，"做了点儿水疗，挺无聊的，但感觉也挺舒服。"

威尔纳仔细打量着自己的妻子，怎么都觉得艾薇有点不一样。她的眼睛里闪着光，动作也比往常温柔，脸上有一种说不出的光泽。

"孩子们都不在家，"威尔纳说，"我们亲昵一下怎么样？像以前似的？"

艾薇忽然觉得不知所措，她丈夫愿意和她做爱，这一刻她等待了多久？又向往了多久？向往被抚摸，向往罗伯特为她做的一切。

威尔纳的声音总是带着命令的口气，"快点，艾薇小宝贝，就像过去那样！"

显然这时候威尔纳觉得艾薇很性感，可艾薇心里却都是恐惧，万一威尔纳看到艾薇做了全身除毛呢。

"不，不，"艾薇一边说一边挣脱威尔纳抓着的手臂，"我得马上，马上熨衣服，还要，还要倒垃圾。"

她找的真的都是些愚蠢的借口。

"那些又不着急，"威尔纳反驳。他的声音听起来有些急迫，"过来，把箱子放下，来我这边依偎一会儿……”

威尔纳说话的方式从没有像今天这样温柔，如果继续这样的话，一会儿就要上床了，明显的拒绝会产生怀疑的，艾薇心里很清楚。威尔纳已经俯下身要亲吻艾薇了，呼吸里都是酒气。

这时电话那边传来一阵刺耳铃声，解救了艾薇，艾薇三步并作两步冲下楼梯，跑进厨房，好像后面跟了多少妖魔鬼怪一样的速度，她抓起听筒，是她的父亲。

“哦，我很好，”她急迫地回答，“没有，威尔纳在家。你们过来吃晚饭吧，没什么不方便，为什么不呢？半小时以后？我做个炖牛肉！”

挂掉电话，艾薇如释重负地坐到身旁的椅子上。她爸妈过来是最好不过的扫兴方式了，威尔纳要是知道她父母来，肯定抓狂，这点艾薇最肯定了。艾薇的父亲最看不起威尔纳，把他当暴发户，还有威尔纳刺耳的笑声，臭名昭著的吹嘘，因为这些，威尔纳不知多恨艾薇的父亲。

“艾薇小宝贝？”威尔纳的叫声把艾薇从思绪中拉了回来，他跟进了厨房，像一条哈巴狗，就缺一条摇晃的尾巴，艾薇心想。

“怎么样？我们现在来个温柔的牧羊人时间？”威尔纳问。

其实威尔纳的亲近尝试正好适合艾薇的复仇计划，艾薇心想，让他疯狂，蓓阿特丽丝说过的，要让这个男人意识到他抛弃的是多么珍贵的一颗钻石，等到他愿意赤裸全身跪在你面前，叼着一支玫瑰请求你原谅，你才算胜利。

现在要有智慧地行动，慢慢来，拖延这个进度，直到他忍不住。艾薇站起身来，用胳膊环绕着威尔纳的脖子，他的汗味散发着男性的魅力，被太阳晒成金棕色的皮肤像烤番茄上面抹的黄油闪闪发亮。哎，随便了，艾薇提醒自己，她要战斗，用自己女性的魅力抗争！

“宝贝，我今天不想，”她小声说，“我们下次可以尝试些新的。”

“什么？新的？你在想些什么？”威尔纳沙哑着声音问。

艾薇把身体紧紧压在她丈夫的胸前，她甚至感到了威尔纳下身的那个东西有了明显变化，他还是不减当年！

“是，是很特别的。”艾薇低声耳语。

威尔纳不是个想象力丰富的情人，开始他还尝试猜猜，但是他的那些前戏也没什么花样，结束后就呼呼大睡，艾薇忽然想起那个彼得堡滑雪橇姿势，威尔纳根本不懂。

“让我给你惊喜吧，”艾薇说，“不过恐怕要推迟一些时间，我父母半个小时以后过来。”

“你父母？”他失望地眨了眨眼睛，“是谁提出来的这个愚蠢想法？”

艾薇亲了亲他的脸颊，心底的恶心让她恨不得马上洗澡彻底冲干净。

“我们以前经常这样做啊，”艾薇说，“你还记得吗？我父母每周日晚上都会跟我们一起吃饭，我觉得我们可以把这个美好的传统恢复起来，所以我就邀请了他们。”

“邀请？你喝多了吗？”威尔纳气得脸都变形了。

艾薇呢？艾薇高兴极了，要是以前，艾薇早吓得瘫倒在地了，现在她心里默默地充满了胜利的喜悦，要是这会儿能在厨房跳舞就更完美了，这是一个复仇的游戏。

艾薇平静地从柜子里拿出一只锅，倒上水放到炉灶上，又沉默地抓起洋葱开始切。威尔纳的话她此刻根本听不进去，她了解威尔纳那套表明权力象征的老把戏。“……不管怎么样我都看不下去你那个有教养的父亲坐在我的桌子上滔滔不绝地讲他的智慧经！”威尔纳大声喊。

“可我们的财富无论如何都有他的功劳，”艾薇不小心说出口。

在威尔纳还没回应一个字之前，艾薇就意识到了这是个错误，很可怕。艾薇总是有叛逆心理的，可她张口之前总该权衡利弊的！

“你刚才说什么？”威尔纳语气充满了火药味。

已经都说出口了，刚才做的一切会不会白费？忽然有了办法，因为切洋葱，艾薇一下子爆发出了眼泪，可这一次心底却是充满喜悦的。

“我非常抱歉，”艾薇抽泣着说，还不停把洋葱汁水抹进眼睛里，以让流泪效果升级。威尔纳大发雷霆。“我真的不知好歹，你这些年为我们牺牲那么多，这些我都知道，”艾薇接着说，“你原谅我吧，”艾薇哀求，“我太愚蠢了！”她颤动着双肩，“我会好好表现的，好吗？我父亲只是有点太严格了，如果你们争吵，我会心痛的。他是喜欢你的，只是不懂得用正确的方式表达。”

这已经是今天晚上的又一个谎言了，结合爆发的眼泪效果绝佳。

“好了，别再说了，”威尔纳心生怜悯，“我原谅你，不用等我一起了，今天我会很晚回来。”

“我真的，真的，很抱歉，”艾薇继续结巴着重复，心里却为自己演员的天分得意不已，她的表演说不定能得奥斯卡奖，真可惜她的两位朋友没有看到。

“你真的不生我的气吗？”艾薇抽泣着问，“不然我真的受不了，你是我的一切，你是我们孩子的父亲，你是，你是我的，乖乖熊！”

艾薇哭泣着看着威尔纳，好像他是艾薇绝望的海洋里一只救命鱼钩一样，威尔纳有点被感动了，现在他成了有负罪感的那个，艾薇心里得意地想。

“我保证，以后你不批准我绝对不会邀请我父母来家里，”艾薇小声说，“我只希望你幸福，我什么都愿意为你做，所有你希望我做的！”

威尔纳听得有些吃惊，艾薇表现出的这么多服从他也有些不习惯，不过艾薇的无条件投降却让威尔纳温和了许多。

“我们应该找机会单独做点什么，”威尔纳转换话题，“就我们两个人，然后你告诉我，你想尝试的新东西是什么，好不好，小艾薇？”

艾薇心里如释重负。如果威尔纳称呼她“小艾薇”，那就预示着警报已经解除。

“太好了，我跟你保证。”艾薇说。

威尔纳终于走了，艾薇扯了一张厨房纸，擦了擦火烧火燎的眼睛。她赢了，她现在要保持姿态，直到那个温和的威尔纳深信不疑：家里有一只温顺忠诚的小宠物，名字是“小艾薇”。

心情越来越好，艾薇一边炒洋葱，从冷冻室里拿出肉块，一边哼着歌，透过厨房窗户，她看见保时捷呼啸而去。

“你会失去一切的，”艾薇小声嘀咕，“你的钱，你的房子，你的妻子，你的孩子，还有你的汽车，一个一个照这个顺序。”

此刻真是很难形容艾薇觉得自己多么强大，这要感谢组织的力量，她真想现在给卡特琳娜和蓓阿特丽丝打电话，可时间不允许，只有一刻钟她父母就该到了。继续削土豆皮把它们一个个放进锅里，感觉有股神秘的力量牵引她走进一段新的、振奋人心的生活。

“宝贝，你看起来太好了，”艾薇妈妈在别墅门口的楼梯上说，“你终于收拾了一下自己。”

“可以这么说吧，”说着艾薇跟妈妈拥抱了一下。

艾薇结婚以后她跟父母的关系就像罚点球的运动员跟守门员之间的紧张程度一样，迪福特夫妇就是不能原谅女儿嫁给了这么一个男人。

艾薇的爸爸递过来一瓶香槟，“周日花店都关门啊，我们很荣幸接到邀请啊！”

“我真心希望你那个丈夫不在家啊，”艾薇的妈妈说。

“别担心，今天叫威尔纳的都不在家，”艾薇回答，“乖乖熊出门了。”

“快别让我听到这个昵称，真是尴尬！”

艾薇的母亲是那种让人称呼为女士的人，高挑的身材搭配一身昂贵的、出自知名设计师的套裙，配一条珍珠项链，头发做成了高贵的波浪造型，灯光映衬下泛出蓝色光辉。艾薇的爸爸也非常高雅，尽管这个夏天的傍晚炎热无比，他还是身着深蓝色的三件套搭配白色衬衣。

艾薇刚好穿了一件红白条的夏季裙子，跟马戏团的棚子特别搭，而且非常紧，甚至拉链到一半就卡住了，呵呵，艾薇柜子里面有哪件衣服不紧呢？

“快进屋来吧，”艾薇招呼着她的父母，他们已经好几个月没来过这了，有点好奇，四处观望。

“你最后还是把墙都刷了！”露克莱斯娅说，“这个浅蓝色太漂亮了，还有后面这幅画，是荷马后期还是伦勃朗早期作品？”

“无名中期，”艾薇回答，“威尔纳在一场拍卖会上便宜买到的。”

她妈妈是怎么联系到伦勃朗的呢？这些珍贵名画威尔纳是不会考虑的。他是那种典型的钟爱便宜货的人，等他们仔细打量完这幅画以后得出结论，觉得是很不堪的男性幻想以油画的形式呈现了出来，就是画了一个裸女，搔首弄姿地躺在一张铺满玫瑰花的床上。

“挂在家里有些过分吧，尤其家里还有未成年的孩子。”艾薇的妈妈想了一会说。

艾薇耸了耸肩，“要我说孩子们还觉得不够呢，他们现在天天到处拿手机下载色情视频。”

“艾薇！”迪福特夫人责备自己的女儿，她要是知道自己的女儿半个晚上都躺在一个花钱招来的男妓怀里，会马上气死的。

艾薇的爸爸——博恩哈德·迪福特先生也仔细地看了这幅画，“她嫁给了一个品味极差的男人，怎么可能有对艺术风格的感知，孩子们都去哪了？”

“在朋友家。”艾薇回答。

“我总是说，一个高雅得体的女人是不能过胖的，要保持身材，”艾薇的爸爸一边不满地说，一边捋了捋银白色的头发，也没再说什么，默默地去了饭厅。艾薇跟妈妈来到厨房，炖肉的火候刚刚好，土豆看起来也不错。

“你爸爸有些不会表达，”迪福特夫人道歉说，“但是你真应该考虑减肥的事情了，我的小天使。”

“我从二十年前就开始减肥了，”艾薇说，“可也就是那时起我就开始发胖。”

艾薇的妈妈一点也没有开玩笑的意思，她端详着冰箱上贴着的艾薇儿子的照片，严肃地说：“你不用因为两次怀孕找一些缺乏自律的借口，你应该制定瘦身计划，寻求专业的饮食咨询和有针对性的运动锻炼。你爸爸和我最近发现一个特别棒的酒店，一定也适合你的，我们这个周末就是在那度过的。”

“是吗？”艾薇专心地给土豆浇汁。

“名字是湖景城堡酒店，在卡恩村。”妈妈补充道。

锅盖一下子滑到了水池里，土豆也掉了进去。

“我就不明白你为什么不请保姆做饭，”艾薇的妈妈说，“这种家庭主妇的工作不适合你。这个酒店很好的，而且就在一个湖边，我们昨夜就是在那度过的。”

艾薇傻了，颤抖着手捞着一个个掉在水池里的土豆。

“但是你知道吗？昨天有个丑闻，我们午夜从酒店酒台出来，看到接待前台站着一个年轻人，一看就不是什么有身份的客人，我第一眼看就觉得是个男妓。”

“一个，男妓。”艾薇都口吃了。

“男妓，竟然要去总统套房，难以置信，前台本来不让他进去，可他就是不走，说总统套房有三个女人在等着他，这可是大家早餐时唯一的话题，作为女人，这是多么不知羞耻的事情啊……”

艾薇想，说不定他父母的房间紧挨着她的，就在罗伯特让她飘飘欲仙时。“饭好了。”艾薇喊道。

这个夜晚对艾薇来说其实很折磨，听着她爸妈偶遇的奇闻，句句都戳中她的神经。艾薇大方地给父母倒着最好的红酒，心里觉得威尔纳肯定会早回来，艾薇可不想跟他独处。

果不其然，她们开始吃甜点时，威尔纳站到了饭厅里。

“晚上好，君主。”威尔纳结结巴巴地说。

他的眼神有些迷离，红棕色的头发乱七八糟地贴在额头上，衬衣也从裤子里面出来了，一看就是喝了很多的样子。

“太好了，你回来了，”艾薇说，“快坐下吧，亲爱的，我去再拿一瓶酒！”

她跑进厨房，又开了一瓶，然后就想到了她储存那些药的柜子，虽然减肥失败，但是多次的尝试让她有很多多余的腹泻药，各种样子的，药片、粉末、液体，整整一个柜子呢。

艾薇遇到情感上难以逾越的低谷了吗？没错，就是。她的父母也得遭点殃受点苦，这个傍晚一点都不友好，已经挑战了艾薇的承受底线。

“艾薇，你在哪呢？”威尔纳不耐烦地从饭厅里面喊。

“马上过来！”

饭厅里面坐着的三个人有一个是对艾薇好的吗？有一个是关心她的吗？

艾薇毫不犹豫地打开柜子，拿出一个瓶子，滴了几滴到红酒里，心里默数：一滴给妈妈，一滴给爸爸，一滴给威尔纳，再给妈妈一滴……

这个剂量足够一个旅行巴士的退休老人消受的了，艾薇把酒拿到饭厅，从现在开始她只喝水，威尔纳今天晚上也不会有什么兴趣尝试新鲜事物了。

第六章

默根特哈勒博士

艾薇又在镜子里照了照，新的黑色鸡尾酒裙正好适合她的身材，紧紧地包裹着臀部，长度也刚刚合适，新买的聚拢型内衣让她的胸部就像两颗巨大的杏仁球，这样的打扮让艾薇看起来很女人，很有魅力，不过艾薇真正的武器是她的理解力和头脑，只是别人一眼看不出罢了。

默克哈勒博士接到艾薇电话的时候简直喜出望外，电话里艾薇说有些财政方面的咨询，同时她还表达了对默克哈勒博士出色能力的欣赏以及个人魅力的崇拜。这种经历对于一个金融顾问来说真是百年一遇，于是他们马上商定了见面的酒店，两星级水平。

“艾薇，”卧室里传来威尔纳的呻吟声，他只有上厕所时才离开卧室，他真是不知道排泄出了体内多少液体，而且艾薇的父母也病了，而艾薇不停地宣传最近城市里流行的肠胃病毒有多么严重。

艾薇在裙子外面套了一件外衣然后走到卧室，威尔纳看着艾薇不知道她要去干吗，他的脸看起来惨白，染红的头发贴在额头，身上穿着一件特别旧还有些污点的运动服，一副可怜的眼神，难道不是看起来很新鲜吗?

“宝贝，我去打桥牌了，”艾薇说。

“今天是周二，你打桥牌是周四，”威尔纳像狗一样咆哮道，“外套你可以脱下来了，你要待的地方是家里，如果你需要社交，就去看电视。”

“我们要多练习一个回合，两周以后有桥牌比赛。”艾薇镇定地解释说。她都有所准备，从现在开始她都有所准备，那个学校里的 1 分学生。

“我必须要去的，这是义务，”艾薇重申，“你好好歇息吧，我可怜的宝贝，喝点茶，我给你煮好了。”

“妈的我不要喝茶，你那个愚蠢的茶喝得我都头疼了！”

“那你就把可口的肉粥喝了吧，亲爱的，我放在床头柜上了。”

艾薇是做了心理斗争要不要继续往威尔纳的食物里放泻药的，只要他有所好转，这个药方就一定要继续下去。她轻轻关上门，神采奕奕地从柜橱里拿了保时捷的钥匙。这也是艾薇第一次开威尔纳的车，保时捷帅极了，她感受到大腿下面皮革的硬度，发动机的呼啸让她的整个身体都跟着颤动，这些新鲜的尝试让她感觉好极了。

当然之前那个值得纪念的傍晚艾薇都跟蓓阿特丽丝和卡特琳娜汇报了，在下一个交通信号灯处艾薇转了转后视镜，掏出新买的唇彩，淡红的色调让艾薇的脸型看起来非常迷人。她的计划会实现吗？她又拨通了蓓阿特丽丝的手机。

“囚犯艾薇刚刚撇下那个人，”她喊着，“我太激动了，就跟要去参加舞会一样。”

“威尔纳怎么样？”蓓阿特丽丝问。

“他一如既往地令人厌恶，”艾薇回答，“不过他现在病得难受着呢。”

“他会习惯的。”

“他头疼。”

“或许他正长第二套脑细胞呢，你穿了那件迷人的小黑裙了吗，刚好凸显双峰的？”

“当然，还有高跟鞋。”

“相当不错，”蓓阿特丽丝鼓励道，“你要彻彻底底地跟他调情，那个可爱的金融顾问！”

“这种类型的男人很死板的。”

“刚好合适，”蓓阿特丽丝觉得，“任务可行，你要装作一个天真无邪的主妇，一个连三都数不到的已婚妇女，让他把所有知道的东西都一一吐出来！”

艾薇在电话那边不停地点头，尽管蓓阿特丽丝看不到，然后她挂掉电话，加大油门，现在什么也阻止不了她，她有种感觉，自己最近一直处于超车车道。

艾薇走进餐厅时遇到了一位同在桥牌俱乐部的女性朋友，叫亚历山德拉·凯勒曼，这是一个特别喜欢八卦的人，好像她无聊的生活就靠这些八卦了。遇到的这个人从头到脚把艾薇打量了一遍。

“您怎么也到这来了？”亚历山德拉怀疑地打听。

“这说的是哪里的话，我当然也可以来啊。”艾薇回答。

这位女士打量着眼前焕然一新的艾薇，一个充满诱惑力的魅力女性，她甚至有点不认得了，“您看起来今天大不一样啊，好像换了一个人似的。”

艾薇腼腆地笑笑，说道：“刚好这件黑裙合身，我们周四见？”

“是的，但是……”

艾薇已经懒得跟她继续说话，一个人往前走呢，亚历山德拉在后面看得嘴都张大了。

默根特哈勒博士已经早来了，桌子在餐厅正中间，还摆了一束花。艾薇走过来时默根特哈勒礼貌地起身打招呼，说道：“尊敬的夫人，能与您进餐是我的荣幸！”

“是我应该感到高兴才是。”艾薇一边说着一边坐到默根特哈勒特意为她拉出来的椅子上。

默根特哈勒博士今年六十岁出头，瘦得皮包骨，额头前面三撮头发整齐地从右耳边梳到左耳边，消瘦的脸部几乎消失在一副巨大的牛角材质的眼镜后面。他的目光紧紧锁定在艾薇的胸上。

“您变化很明显啊！”默根特哈勒博士说着咳了咳嗓子。

“唯一不变的是变化，万变不离其宗，”艾薇说，“来一杯香槟怎么样？”

说完艾薇用一只手的大拇指慢慢擦了擦嘴唇，这是蓓阿特丽丝教给她的，蓓阿特丽丝很懂这方面的技巧。

默根特哈勒博士有点拘谨地咳嗽了两声，说：“当然，为什么不呢？”

“今天我请客。”艾薇补充说。

她从保险柜了拿了一大沓现金，都是威尔纳偷偷存放的，自从他卧病在床，拿到钥匙是件轻而易举的事情。

“喔，当然不能这样，让我来请，这对我来说是莫大的荣幸！”默根特哈勒博士一边说一边示意服务生过来。

“谢谢，博士先生，”艾薇礼貌地回答，“绅士就是绅士，言行举止都是那么的得体。”

说完艾薇拨了拨头发，一副诱惑的样子，这也是蓓阿特丽丝教给她的。默根特哈勒博士像上了钩的鱼，有点缺氧。艾薇没有做梦，此时面前的这位男士完全为她着迷了，而且他也没试图掩饰这份爱慕，爱慕一位之前他低估了的女士，艾薇心里窃窃欢喜。

“今天晚上我们就不提博士这个头衔了，”他悄悄地说，“叫我胡伯特吧，我们开始点菜吗？”

“我不知道我还可以反对什么，”艾薇笑着说，“既不反对胡伯特，也不反对菜单。”

“这注定会成为一个不能遗忘的傍晚：经济独立的开始！如果一切按计划进行的话，一定的。”

服务生为他们倒酒时艾薇举起酒杯说：“为了北半球最后一位绅士！您能为我抽出时间真是让我受宠若惊。”

“有什么事情需要我帮忙吗？”默根特哈勒博士有点警惕。

艾薇垂下眼帘，开始说：“女人很容易就孤苦伶仃地被留在了这个世界上，”说着用手遮住了眼睛，“我丈夫病了好长时间了。”

“哦，是的，我们俩本来昨天约定见面的，给取消了，他怎么了？”

艾薇呆呆地摆弄着搭在胸前事业线上的珍珠项链，“我想很诚恳地跟您说，他情况很差，医生已经尽力了。威尔纳自己当然不愿意相信，您知道他的，但他现在确实没有力气去照看他的生意，我真的不能相信，我要成为寡妇了……”

她的声音听起来好绝望，好像威尔纳真的不行了似的。

默根特哈勒博士一把抓起艾薇放在桌子上的手，说：“我真是完全不知道，您的丈夫现在状况这么严重。”

“这都是秘密，对生意不利的，他本人的价值就意味着一切。”

“他的价值！”默根特哈勒博士吃惊地重复。

艾薇深深吸了一口气，说：“医生给了他最后一两个月的时间。”

“我真是完全不知道，”他低声说，“这是怎样的一个悲剧，但是您并不是一个人，我们一起来面对。”

艾薇的心情马上就好起来了，说道：“您真的愿意帮我吗？”说着也轻轻地压了压默根特哈勒的手。

他使劲点点头，额头前面整齐的三撮头发都耷到了脸上。

“我指望您呢，”艾薇小声说，“您是我唯一的希望，在您这我觉得特别受保护。”

默根特哈勒博士抽回自己的手，在桌子上不停摆弄餐巾，打开，放到盘子边上，又折好放回去，艾薇满意地观察着，面前这个男人的思绪彻底零乱了。

“这一切发生得都有点突然。”他小声说。

“对我也一样，胡伯特，对我也是。”说着把一个烤生蚝放进两片淡红色的唇间。

这个东西尝起来像鱼香味道的鸡肉条，太好吃了，不光吃的是一种享受，还有昏暗的灯光，厚厚的地毯，训练有素的服务生。这是她结婚二十年以来第一次约会，或者跟罗伯特那次也算约会吗？啊，罗伯特，想着想着艾薇脸颊都泛红了。

“威尔纳·武特克，重病。”一边说着一边把餐巾塞进衬衣的领子，像个小孩子一样。

“这就是可怕的事实。”艾薇吸了口气。

“您还有我。”他声音有些沙哑。

艾薇叹了口气，接着说：“现在没有什么事情能让我感到幸福了，”迟疑片刻，她又继续说，“胡伯特，您知道怎么能让我幸福吗？”

“什，什么？”

艾薇用手一直玩弄自己的左耳垂，这是她自己想出来的一个吸引人的动作，接着说：“我现在处在一种尴尬的状态下，您明白吗？”

服务生小心地收拾了盘子，默根特哈勒盘子里的生蚝动都没动过，他只管痴迷地盯着艾薇桃红色丰满的双唇，垂涎欲滴。

“您一直都有感觉的，是不是？”

“什么？”艾薇假装无知地询问。

“您一直都知道我对您的爱慕之情。”

“噢，胡伯特……”

“您不要说，”他用餐巾的一角擦了擦镜片，又重新架在鼻梁上，“您无与伦比。”

“谢谢您这么说，”艾薇回答，“我真的很感激您，一切，特别是在现在这个痛苦的时刻，您愿意为我安排一切。”

“没有什么让我更愿意为您效劳的了，”默根哈勒博士再次肯定地表达，“把我当成您忠实的仆人吧。”

艾薇举起酒杯：“为了未来！”接着又轻轻补充道：“为了我们共同的未来”。

“为了……我们的未来……”默根特哈勒痴痴地看着艾薇，小心地抿着酒。

服务生又给他们端了两杯鸡尾酒，上面撒了精致的松露，艾薇默默地望着默根特哈勒。

默根特哈勒从包里拿出一个计算器，小声计算着什么，这些数字似乎赋予了他一种特殊的魅力，跟艾薇的诱惑力可以相比拟。

“您考虑一下，要不要转让股票？”他问。

“我都拜托给您为我做决定，”艾薇肯定地回答，“我完全相信您，但是现金笑起来最好看，不是吗？”

默根特哈勒满意地点了点头，“很好，我们可以把它变成黄金，存在瑞士，不动产呢？酒店，配套居住的基础设施，地皮？还有在西班牙马洛卡新建的度假娱乐休闲中心？”

艾薇震惊了，她以前根本不知道威尔纳的生意大到什么程度，威尔纳总是让艾薇节俭，甚至平时家用也给得越来越少，想买每一件新衣服艾薇都要苦苦哀求，每一次去剪头发，还有两次去湖景酒店的花销，天知道她费了多少工夫。

威尔纳一直强调说他们经济状况不好，可是现在，明显的是他已经建立了整个帝国，艾薇却从中一分钱也拿不到。这些事实真相随着艾薇编造出来威尔纳的病重假象一一浮出水面。

“是的，不动产，我也想过，”艾薇说，“威尔纳跟我的想法一样，我们希望可以卖掉，这样才有钱进行新的投资。”

艾薇心里早已有了一个生动的投资计划：疯狂购物，到市中心最好的理发店做头发，还有很多个可以跟罗伯特度过的夜晚……

“您是一个多么聪明可爱的小女人啊！”默根特哈勒博士说着尝了尝松露，又继续在计算器上敲打着什么。

“您别忘了塞曼岛上的账户！”艾薇心想她要打出自己的王牌。

默根特哈勒博士脸上掠过一阵惊讶：“天呢，您的丈夫一定是病重得很厉害了，他连这个都告诉您了，到现在为止只有他跟我知道这个账户。”

只有威尔纳和他？那么他也知道威尔纳要和我离婚了，艾薇心想，那个偷听到的电话！威尔纳提到的塞曼岛的账户！这样默根特哈勒博士才能确信艾薇说的话，所以他才这样靠近并且帮助艾薇。

“您看吧，他告诉我这个也说明他时日不多了！”艾薇抽泣着说，而实际上这个抽泣来自愤怒。

“这个账户我也会处理的！”默根特哈勒保证。

“这些都是我们两个人的秘密，对吗？我不想让威尔纳烦心，如果他知道我们的对话会非常气愤的。”

“当然，我办事非常谨慎，各个方面。”

他的眼神从计算器转到艾薇的珍珠项链，刚好垂到事业线的珍珠项链上，特别是艾薇白杏仁色的皮肤，在烛光下显得格外诱人，“我们能够合作，我觉得很幸福。”

“我会在酬劳方面提供保证，”艾薇小声说，“财产一旦到达我的账户上，您就会得到一笔佣金。”

默根特哈勒博士又舔了舔嘴唇，额头上有了些汗珠，他吞了下口水，说道："百分之五？"

"百分之十，"艾薇说，眼睛眨都没眨一下，这种类型的人对金钱会尤为热情。

默根特哈勒博士脸白得跟墙壁的颜色一样，惊讶地重复："百分之十？尊敬的夫人？"

"为了您，艾薇·玛利亚。"

"这，这……"他激动地说不出话来。

艾薇放下手里的叉子，把手递给默根特哈勒博士，说："这是我们的交易，您愿意吗？"

"愿意！"他的手冰凉，百分之十的佣金提议让他更愿意为这位女士效劳。

"这个夜晚多么的美好啊。"艾薇说。

"是的，太美好了！"默根特哈勒结结巴巴地说。

他的那杯鸡尾酒动都没动，显然他今天幸福得找不到北了，只有他自己知道，威尔纳到底有多少钱，真的是无穷无尽的多，多到默根特哈勒忘记闭上嘴了，口水都流出来了，一张餐巾是不够用的了，他需要一个围嘴儿，艾薇心想。

"我们现在应该聊点轻松的，"艾薇建议道，"您是个非常有魅力的男人，我希望自己可以进一步了解您，给我讲讲关于您的事情吧。"

默根特哈勒博士奉承地笑了笑说："我没什么好讲的。"

这句当然是假话，之后一个冗长、无聊、让人抓狂的故事开始了，艾薇根本听不进去，也不愿意听，但是她点着头，微笑着，脑海里出现的都是罗伯特，他在做什么呢？他在给其他的女人服务吗？以后就不会出现这种情况了，我要他只为我一个人，不过，不过紧急情况时，也可以借给蓓阿特丽丝和卡特琳娜，只在特别紧急的情况下。

“……直到有一天我在高尔夫俱乐部认识了您的丈夫，这些就是我这个人的故事了，喂，艾薇·玛利亚？”

艾薇一下子回到现实，服务生为她们上了甜点。

“真吸引人！”艾薇说，“您讲得也好，特别有趣，我们到吧台再喝一杯怎么样？”

“当然！”默根特哈勒博士回答。

“已经说了？怎么样怎么样？”蓓阿特丽丝一下子把包扔在桌子上。

“不着急，慢慢讲，”卡特琳娜打断她，“艾薇应该有很多要说的。”

三个人约好在政府办公区的一个小咖啡馆碰面，时间刚过八点，整个咖啡馆坐的都是端着报纸、身着笔挺西装、面部表情严肃的男人。艾薇买了一件风衣，搭配了一副墨镜，看起来像秘密办事员，不变的是她依旧点了一杯热巧克力，激动地喝的时候呛得直咳嗽。

“快点讲都说了些什么？”蓓阿特丽丝有点没耐心地问道。

艾薇举手示意道歉。那个夜晚的约会不算长，吃了一顿奢侈的晚餐，又在吧台喝了杯东西，告别时默根特哈勒博士还使劲亲吻了艾薇的手，她恶心得要命，但是艾薇觉得自己很伟大。

“那个男人就是个活计算机啊，”艾薇描述，“他计算着一个个账户就像别人背诗一样，所有的东西都存在脑子里，每份账户信息，每一个股票，如果事情照计划进行，我以后就能在钱的海洋里畅游了，只要威尔纳病足够长的时间。”

“祝贺你！”卡特琳娜说，“没有人比你更值得拥有这些，好好享受吧。”

“你跟那个金融顾问到底做了些什么？”蓓阿特丽丝继续追问，

“什么新鲜姿势？法式湿吻？”

“根本不需要，”卡特琳娜回答，“你看看她，她现在像一朵玫瑰花，在微波炉里迅速盛开着。”

“哎呀，现在一切都是照着计划进行的，黑礼服裙，高跟鞋，调情，希望一切都好好保持住。”

然后艾薇简单跟两个朋友说了自己的策略，假装即将成为寡妇，威尔纳卧病在床，让默根特哈勒博士把全部的财产转移到她的名下。

“你继续给威尔纳下泻药呢吗？”蓓阿特丽丝问。

艾薇深深叹了口气，“今天早上放了，威尔纳非要去办公室，我给他煮了特殊配方的肉粥。等胡伯特，我是说默根特哈勒博士把钱转到我名下，我就马上让威尔纳恢复健康，我也没有那么不人道。”

“你当然不是。”卡特琳娜笑着说。

“多少？”蓓阿特丽丝简短地说。

“估计多到我这辈子都挥霍不完，”艾薇回答，“威尔纳这个大骗子，他总是让我节省，现在我要反击。”说着艾薇指了指自己的外套，有点紧，但是又很漂亮，“你们觉得这件衣服怎么样？”

“很漂亮，”卡特琳娜说，“也有你的尺寸啊？”

“嗨，她会瘦身之后穿进这件衣服的，”蓓阿特丽丝说，“我觉得艾薇这样很好，她终于学会犒劳自己了。”

“你们知道吗，我的那些毛衣，挂得都跟给身体穿了环儿一样破旧，”艾薇小声说，“我昨天买了我这辈子以来第一件羊绒毛衣。”

“就应该这样！”蓓阿特丽丝忍不住喊出声，然后压低了声音说，“我昨天搞了我的新装备，这样才能顺利被桑拿俱乐部雇用。”

“哇，真的吗？”卡特琳娜惊呼，“什么样的？”

“全套的，束胸衣，吊袜带，漆皮靴子，甚至还从情趣商店买了个乳胶面具。”

“我很佩服你！”卡特琳娜一边说一边吸着茶，“你有没有想过像桑拿俱乐部这种地方面试都问些什么？”

蓓阿特丽丝一下子有些不确定了，“天呢，这么复杂，我需要杯咖啡。”

“不是，你需要一个可以保护你的人，”卡特琳娜说，“你想想，你一个人去那，你要想到一切可能，还是你已经给自己买好了贞操带，把钥匙已经扔了？”

“说的极是，”艾薇说，“你需要有人关照你，不然……”

蓓阿特丽丝掏出钱包冲到了柜台，几分钟以后端了两杯双分量的浓缩咖啡回来，一杯一口喝掉了，另外一杯放了两块儿糖，她扯了扯葡萄紫色的丝质长裙，脸色苍白。

“你们说得对，”她有些羞涩了，“在这样的场合里活动是难以想象复杂和危险程度的。”

卡特琳娜黯然地点了点头，说：“现在问题来了，怎么找到这么一个有钱有势可以在桑拿俱乐部罩着你的人呢？”

艾薇想到这样一个人，说：“有的。”

“有这样一个人？”蓓阿特丽丝疑惑地问。

艾薇耸了耸肩，回答：“罗伯特，不然还能有谁？”

卡特琳娜把手盖在额头上：“罗伯特！当然！只是我们怎么能让他承担起这个特殊任务？”

“钱，”蓓阿特丽丝说，“最好是现金，换成小额纸币。”

艾薇闭上眼睛，对啊，罗伯特可以用钱买的，这是他的职业，但他就只是这些吗？他难道没有感情吗？

“我们应该好好引导他，”艾薇建议，“他是一个好男孩，谁又知道，他是不是有什么难言之隐，才会让他……”

蓓阿特丽丝转了转眼睛，开始陈述：“是啊，一位可怜的、卧病在床的老母亲，才让他一直从事这份工作的，这样他才能付得起高额的药费，是这种吗？”

艾薇凭直觉认为事实就是这样的，或者类似这样，她觉得自己更能深入罗伯特心里，她的想法是不会被蓓阿特丽丝影响的。

卡特琳娜拿起公文包，说：“姑娘们，我得走了，还有个会等着我，这个我们周末可以继续讨论，我们周末还见面吧？”

“嗯……”艾薇有些迟疑，“但是在我家恐怕我们要小心些，威尔纳虽然躺在卧室，可是……”

“那还是去我那儿吧，”蓓阿特丽丝说，“我知道一家意大利餐厅，阿达伯特大街五号。”蓓阿特丽丝友好地拍了拍艾薇，说：“罗伯特很可爱，我们会好好对待他的。”

艾薇感激地朝蓓阿特丽丝笑笑，蓓阿特丽丝属于铁娘子类型，可最近她也流露了些真感情。

十分钟以后艾薇回到保时捷车上，腿有点发软，她在做些什么？她做的对吗？威尔纳真的值得她这样费尽心机吗？

艾薇一回到家就再次确信这么做是值得的，她甚至还没打开门就听到威尔纳的咆哮声：“你在哪儿呢？赶紧给我过来！”

艾薇有些罪恶感地跑进卧室，看到威尔纳正把手机夹在耳朵和肩膀中间打电话。

“对，没错！冻结账户！”威尔纳说，“我妻子不需要自己的账户！”说完手机往床头柜上一摔，得意地冲艾薇笑着，目光可怕，艾薇无语地站在门口。

“你觉得你自己是谁？”威尔纳咆哮，“你身上穿的外套是怎么回事？你以为我不知道家里外面都是怎么回事吗？我是病了，你正挥霍我最后的钱，从今天开始你没有自己的账户了，如果你需要钱，你就找我要，或者找你那位高大上的父亲，现在你要做的是以最快的速度给我做饭，不然你就收拾你的东西滚回你父母那儿去。”

艾薇默默地等着这场咆哮过去，说：“我只是去了药店看看有没有治疗腹泻效果好的药，你想吃点什么？你想吃什么我都给你做，你想吃茶配面包干吗？”

“你再敢做茶试试！”他怒道，“我要牛排，带血的，听懂没有？”

“知道了，带血的牛排，”艾薇小声嘟囔着，勉强挤出一丝笑容，继续说，“我的乖乖熊要吃能量饲料，二十分钟就好。”

孩子们回到家时已经是下午晚些时候了，威尔纳鼾声如雷。艾薇往肉排的蘸酱里面放了三片磨碎的安眠药。如果药力足够的话，艾薇可以消停一段时间。

他们的大儿子斯文安一进门就把书包扔在地上，卡利什么都跟哥哥学，连看都没看艾薇一眼就跑进厨房拉开冰箱门。艾薇是很爱自己的孩子的，可是她又不确定，孩子们是不是也爱她。

“我给你们做了肉酱面，”艾薇一边喊他们一边拾起门口扔在地上的书包，跟着他们进了厨房，“特别多放了番茄酱，面条马上煮好！”

“不用了，我们吃过麦当劳了。”斯文安说。

艾薇觉得大儿子跟他们的爸爸越来越像了，卡利倒是遗传了艾薇的圆形天使脸。

“今天在学校怎么样？”艾薇问。

“跟以前一样垃圾。”斯文安不耐烦地说。

“垃圾。”卡利重复。

艾薇从冰箱里拿出两个布丁，说：“我有话跟你们说，很重要。”

斯文安烦躁地看看天花板，说：“你没有朋友能聊天吗？或者治疗师？我对谈话一点兴趣都没有。”

“我也没有。”卡利也接话。

一般这个时候艾薇会回到她的房间拿出笔记本电脑跟她的两个朋

友商定，但是今天不是一般时候，一切都要改变。

“坐下。”艾薇指着厨房的椅子大声命令道。

奇怪的是，这两个孩子真的没继续废话，而是乖乖地坐在了椅子上，还充满期待地盯着艾薇，他们不太习惯艾薇的这种说话语气。

“你遇到什么困难了，还是？”斯文安不确定地询问。

艾薇双臂交叉站在他们面前说：“你们的父亲病了，从现在开始我们要并肩共同应对。”

“什么？现在病了？”卡利惊讶了，“严重程度是：一点？中等？还是很厉害？”

“这还不清楚，”艾薇轻描淡写，“但我希望我们能一起活动，你们现在基本都不在家里。”

斯文安挑衅地把脚搭到厨房桌子上，说：“这叫长大了，我都快十八岁了，卡利十四岁，想依偎在一块儿是不可能了，你要是觉着无聊就给你自己买条狗。”

艾薇震惊地看着自己的儿子，这简直就是威尔纳的口气，一样的冰冷，一样的无情，她忽然意识到真是种瓜得瓜种豆得豆，这两个孩子就把她当作家庭保姆，崇拜他们伟大的父亲，艾薇这些年除了提供成吨的肉酱面，无数件熨平的衣服，没效果的各种督促，还做了些什么？她给孩子们讲过自己吗？恐怕没有什么吧。这些想法突然让艾薇觉得这些真是人生重重的一击。

她暂且压制住自己受伤的情绪，“主意不错，养条狗，”艾薇回答，“会增添很多乐趣的，你们想要哪个品种？”

两个孩子根本不会料到刚才那段话的结果会是这样，单是“乐趣”一个词从艾薇嘴里说出来，就好像是葬礼上来了一只马戏团的小丑一样新奇。

卡利先说话了：“养只可卡犬！”他喊道。

“不行，要攻击性的猎犬！”斯文安反对道。

“你先把脚从桌子上拿下来，斯文安！”艾薇语气坚定，“十分钟以后我们就出发去宠物之家，反对无效，谁抱怨，以后就没有零花钱，明白没有？”

两个孩子惊讶地盯着他们的妈妈，斯文安慢慢地把脚从桌边拿下来。

“明白没有？”艾薇重复道。

“零花钱我也能跟爸爸要。”斯文安说。

“那你试试，”艾薇冷冷地说，“他睡觉呢，一时半会都起不来。十分钟以后出发。”

养条狗的主意艾薇很喜欢，是时候让这个房子里面有些爱了。其实孩子们更愿意在朋友家待着也不是没有原因的，家里面有一个情绪压抑的做饭保姆，还有一个可恶的家庭暴君，这就是一直以来的家庭构成。

艾薇在心里偷笑，威尔纳如果知道家里即将到来的新成员一定会气昏过去，他厌恶宠物。越这样越好，艾薇心想。

第七章

桑拿俱乐部的初次冒险

这家名叫阿莫尔密欧的餐厅是家可以满足各个年龄阶段的意大利餐厅，红色的格子桌布，好听的意大利音乐，真是个不错的场所，充分体现了蓓阿特丽丝的品位，艾薇心想，她来之前还担心会不会满是霓虹灯，环境跟冰箱冷冻室一样的酒馆，现在艾薇释然了，灯光昏黄，一股新鲜的烤面包味道，艾薇感到再舒服不过了。

“来三杯斯普利兹鸡尾酒。”蓓阿特丽丝示意。

“愿意为您效劳，公主殿下，”彼特罗回答。他是这家餐厅的老板，看起来好像跟蓓阿特丽丝交情很深，他从这桌走过时还轻轻摸了一下蓓阿特丽丝的脸颊。

“斯普利兹？那是什么酒？”艾薇询问，她对这些名字都没什么了解。

“本世纪最棒的鸡尾酒，”蓓阿特丽丝回答，“层次时尚，亮相鲜明。”

“就像我们一样，”卡特琳娜笑着说，接着打了个手势让她的司机在外面等候，她可不需要什么目击证人，甚至是旁听证人，她在这里跟她朋友们研究的事情早就超出了这么一个老土男人的想象力，卡特琳娜有些气愤，为什么自己早没有解雇这个男人。

“我们吃什么？”艾薇问，“我太饿了！”

艾薇现在在家都是吃最基本的饭菜，其他的能不吃就不吃，而且威尔纳在家也让艾薇很倒胃口。

“肉酱千层面是这里的招牌，”蓓阿特丽丝说，“这家餐馆所有的吃的我都尝过，千层面最推荐，你们知道吗，阿莫尔密欧这家餐馆是我的第二个家，我经常来这里吃。”

“还有一位很不错的男士，”卡特琳娜说着挤了挤眼睛。

蓓阿特丽丝做了一个摆手姿势表示否认，“彼特罗是个天才级厨师，社交能力一流，但是其他的就没有什么了。我主食就什么都不吃，只点喝的了，今天穿的这件衣服不能再包身了。”

艾薇和卡特琳娜关切地点着头，蓓阿特丽丝是个有勇气的女人。

“你没改变你原先的计划？”卡特琳娜问。

“为什么要改？”蓓阿特丽丝说，“等我一旦掌握几张我男人不堪入目的照片，汉斯海尔曼就完了。”

“他是汉斯海尔曼？”卡特琳娜窃笑，“我们应该好好认识这些名字，威尔纳，汉斯海尔曼，还有更出名的吗？当然，我的那个叫霍尔斯特。”

“是霍尔斯特！”艾薇惊呼。

“政治家嘛，”卡特琳娜耸耸肩，“也不是什么所谓的职业，不过就是要看起来重要，做做别人为他写好的演说，注意公众形象，仅此而已。”

艾薇揉揉额头，说：“但你也是政治家中的一员啊。”

“你说的是，”卡特琳娜抓了抓头发，“霍尔斯特就是个自恋狂，他没事就上谷歌搜索，因为他希望有人在网上写些赞扬他的词句，不是一般的幼稚。”

“那他长大了想做什么？”蓓阿特丽丝问。

“跟一般政治家一样，”卡特琳娜回答说，“这里做个监事会席位啊，那里一个董事席位之类，总之尽可能多些头衔能多捞些钱。”

“可惜可惜，”蓓阿特丽丝幸灾乐祸地说，“你的复仇计划进度怎么样了？”

“我考虑过了，我需要一个可靠的媒体界的朋友，适当时候出击。”

艾薇听得眼睛都睁圆了，问：“那么现在这个人已经有了吗？”

“我大概有了人选，”蓓阿特丽丝说，“年轻，有上进心，渴望出名，他现在正在为生活版面写文章，早就幻想能掌握一手大事件而由此成名。这个人正是我需要的，当然我会事先试探他的可靠性和忠诚度，接下来我就有个采访给他做。”

“那你要谨慎些，”蓓阿特丽丝说，“不能失败。”

彼特罗这时往桌上摆了三个杯子，顺便深情地望了蓓阿特丽丝一眼。艾薇在一边仔细打量这杯红色液体。

“保证没有泻药，”蓓阿特丽丝给艾薇吃了定心丸，说道，“永远……”

“永远，为了我们！”三个人碰杯。

卡特琳娜点了一个前餐，艾薇要了千层肉酱面，她想到了斯文安和卡利，这些天跟新买的狗狗玩得相当开心，他们会用艾薇精心准备的肉来喂这条狗，不停地丢袜子让它捡，晚上抢着把它锁在自己的屋里陪他们睡觉，两个孩子简直像换了个人似的，之前无聊的感觉消失得无影无踪。

“我有了一个新的魅力型同居伙伴。”艾薇高兴地宣布。

“进展很快啊，”卡特琳娜说，“这么一个二十四小时的陪护得花不少钱吧。”

“为什么？我们从宠物之家接来的，”艾薇回答，“虽然闻起来有点味道重，但洗了个澡就行了，洗完澡之后一口气吃了一公斤生牛排。”

“罗伯特住在宠物之家？”蓓阿特丽丝问。

“还吃生的肉？”卡特琳娜也不解地问，“我上次见他，他闻起来……”

“哎呀，不是罗伯特！”艾薇喊道，“是狗！我们从宠物之家接回了一条狗！”

她们笑得眼泪都出来了。

“确切说是条母狗，”艾薇说，“家里再有一位异性我可受不了了。”

“你们家的新成员长什么样？”蓓阿特丽丝好奇地问。

“丑极了，”艾薇解释道，“八哥犬跟牧羊犬的后代，整天幸福得不停地叫，因为我们把它从宠物之家接回了家，而且还到处撒尿，把家里的波斯地毯全尿了一遍，两个孩子很高兴，威尔纳气晕了，但是自从我开始对他进行特殊饮食，他还算可以控制。”

“要是放在过去，他能把你这种妇人搁在柴火堆上烧了，”蓓阿特丽丝窃笑，“掺了安眠药的饮料，泻药，你身体里就藏了一个草药女巫，你可得注意点，别把威尔纳弄死了啊。”

“我当然会注意的，”艾薇说，“威尔纳要是死了乐趣可就减半了，那我怎么还能尽情享受复仇的乐趣呢？”

她们又笑了起来，笑出了眼泪，其实这样很好，终于有机会给眼泪一个发泄的机会。

这时候吃的东西已经上好了，艾薇一心吃着她的千层肉酱面，卡特琳娜却有点心不在焉地在前餐盘子里拨来拨去。

“吃得不错，”艾薇用一种作为母亲的语气说，“好时候到了。”

卡特琳娜顺从地点点头，然后拿起一整片西葫芦送进嘴里。

“蓓阿特丽丝，你跟桑拿俱乐部的事怎么样了？”卡特琳娜乖乖吞下西葫芦以后问道。

蓓阿特丽丝耸耸肩，说道：“周日，我已经买好了大包装的避孕套，装进箱子了。”

“这种紧急情况不会出现的，”卡特琳娜说，“我听说多数男人去这种声色场所就是去聊聊天。”

“呵呵，我的那位可不是，”蓓阿特丽丝反驳道，“汉斯海尔曼只有一个词汇库，我可能好几个星期都只能听到他跟我说四个字：遥控在哪？而这些个有四个字的星期已经是他有话跟我说的时候了。”

“所以我才没有结婚。”卡特琳娜解释道。

艾薇若有所思地听着她们的对话，问道：“你们还相信爱情吗？”

卡特琳娜和蓓阿特丽丝看着对方。

“我只相信性爱，”蓓阿特丽丝说，“而且还是那些我花钱买的。”

“你呢？”艾薇看着卡特琳娜。

“爱……”卡特琳娜深深吸了一口气，“我也不知道了，或者对孩子还有爱，我也一直希望自己有个孩子，但是……”她不出声了。

“少女！为什么这么忧伤？生活还是很美好的，爱情也是很美好的！”

这句简单明了的哲理是彼特罗常挂在嘴边的，那是一个魅力四射的男人，金棕色的脸庞，略带灰白的双鬓。

“贝拉·蓓阿特丽丝，你不愿意给我介绍一下身边这些美丽的女士吗？”

蓓阿特丽丝一下子光彩照人起来，说道：“贝洛·彼特罗，这是艾薇和卡特琳娜，我最好的朋友！”

“那你为什么从来都没有带来过？在这家餐厅里我特别关注你们的！”

“谢谢，我亲爱的朋友。”蓓阿特丽丝笑着回答。

三个女人的目光追随着彼特罗，看他把餐盘夹在胳膊底下一路舞回前台。彼特罗应该不算是那种有着轰动性外表的男人，但不得不承认，他是有些自己独特魅力的，艾薇默默地在心里想。

“贝洛·彼特罗，艾薇家的狗叫这个名字不错，”卡特琳娜说，“我的意思是说，因为那只狗一直不停地叫。”

“彼特罗这个名字给狗用富余太多啦，”蓓阿特丽丝明显在抗议，“彼特罗是个很好的朋友，我十年前就开始来这家吃饭。”

“那他从十年前就开始这么跟你献殷勤啊。”卡特琳娜很好奇。

“嗯，怎么说呢……”蓓阿特丽丝显然觉得尴尬了，“千万不要跟他讲桑拿俱乐部的事情，他一直把我当女神看待。”

艾薇一边听这些话一边拿了一块面包就着吃。蓓阿特丽丝今天眼睛明显放光，不过这跟她的银色眼影没什么关系，难道这些她自己都没有意识到吗？

“你自己好好想想，”艾薇悄悄地说，“一个会做饭的男人就好比乐透里面中头彩。”

蓓阿特丽丝转了转眼睛说：“现在在你们无选择地给我介绍对象之前，能不能好好考虑一下我明天晚上的行动，怎么才能安全不出意外，那个关于罗伯特的主意不错。”

“那我们马上给他打电话呀！”卡特琳娜发出命令，“你还有他的号码吗？”

“谁会删掉这样一个男人的号码！”蓓阿特丽丝回答。

艾薇聚精会神地看着蓓阿特丽丝从包里抽出手机，又从手机的电话簿里找出罗伯特的号码，艾薇甚至能感受到自己的心跳，罗伯特，他的眼睛，他的双手，仿佛一切又重现了。

蓓阿特丽丝等了一会就放下了手机，说道：“直接进了语音信箱。”

她们知道这意味着什么，似乎眼前已经浮现出罗伯特正在做些什么，记忆又回到了之前，他现在属于谁呢？艾薇心想，是他让她们再次感受到自己女性的身份。

“好可惜，我们还要和其他的客户分享罗伯特。”蓓阿特丽丝过了一会儿说道。

“哎呀，房租总是要交吧，”卡特琳娜说，“还要有给家里垂死的老母买药的钱，”说着喝了一口饮料，继续说，“我们得想想，他真的会参与我们的计划吗？”

“为什么这样说？”艾薇有点激动。

“我们要他的服务，还是二十四小时的。”

桌上谁都不说话了，她们都在想如果是白天一整天的陪伴外加夜晚的陪伴需要支付多少酬金。

“太贵。”蓓阿特丽丝说。

“那不是一般的贵。”卡特琳娜补充。

艾薇什么都没有说，或者马上她就能有足够多的钱买下一屋子可以为她服务的男人，可是她不想这样，不能是为了钱，绝对不能一直这个样子。

她正要从包里拿口红时，餐馆里的灯突然都灭了，餐馆里爆发出一阵尖叫，不知道从哪里还传来杯子摔碎的声音，这三个女人也不例外地尖叫了起来，到底怎么回事？

好像有摇曳的烛光逐渐接近她们。

“被惊喜到了吧？”彼特罗问，他又摆了摆托盘里山一样高的冰激凌和水果，还插满了蜡烛。

“真的被惊喜到了！”蓓阿特丽丝吸了吸气。

彼特罗把盘子放到桌子中间，摆好三把勺子，大声宣布：“甜品送给甜美的少女们。”

三个人一下子忘记什么减肥卡路里云云，开始大快朵颐，仿佛用勺子送到嘴里的是甜美幸福的生活，难道就这样下去不好吗？

彼特罗满意地看着她们，看她们无拘无束地大口吃喝，“再来一杯饮料？”他问。

“三杯，谢谢！”蓓阿特丽丝点着头。

彼特罗刚走，蓓阿特丽丝的电话就响了，好像有戏了。

“罗伯特？噢，不好意思，安德烈？”她听起来有些烦躁，“什么意思，罗伯特不在？”

艾薇和卡特琳娜把勺子放在边上。

“那请你替我们问他好，说总统套房的三位女士问候他，你可以把我的号码给他，我们有急事。”

蓓阿特丽丝无助地看了看她的朋友们，说道：“罗伯特消失了。”

“什么？现在？”卡特琳娜问。

蓓阿特丽丝耸了耸肩：“他说是要休息一段时间，其他的安德烈也不知道，我们现在怎么办？”

三个人都很困惑，本来把希望都寄托在罗伯特身上，她们都没有第二套计划，而且蓓阿特丽丝也不愿意一个人在那样一个场所孤军奋战。

“那我们跟你一起去！”艾薇打破沉默。

“什么？”蓓阿特丽丝的勺子从手里滑落，掉到地上发出清脆的响声。

“我们三个要一直在一起！忘了吗？”

“不要带上我！”卡特琳娜喊道：“说真的，我真的冒不了这个险。”

艾薇可不答应，说：“难道从事妇女权益方面工作的女政治家不该切实关心身处困难之中的女性吗？我的意思是，到现场进行设身处地的关怀工作。”

另外两个人听得不太明白。

艾薇一边用勺子不停地挖快要融化了的冰激凌，一边解释说：“如果事情传出去，你也可以说是在做便衣进行调查。”

“没错！”蓓阿特丽丝说，“以不同寻常策略开展工作的政治家，共和国最勇敢的人民代表，一个了解吊袜带问题的女性代表！”

卡特琳娜歪着头思前想后，想了好长时间，终于点了点头。

“真是不可思议！”她说，“但是这个想法让我欢喜得很。”

“那就这么办了！”艾薇用充满胜利的语气说，“那么，明天，明天几点？”

“九点，当然我说晚上。”蓓阿特丽丝补充道。

“那我们八点钟先见面练练吧！”艾薇做决定，“你在哪里买的那些内衣？”

周日晚上八点整艾薇就站到了市中心离宪兵广场不远的一幢新楼前面，楼房窗户是石质的，黑漆漆的没什么光亮，只有最上面的一排有些许微弱的灯光，艾薇用颤抖的手指按了下门牌，牌子上鼓出来的字母显示名字是“克拉梅尔”。

大门发出蜂鸣声以后就可以进入了，艾薇推开门，楼里布满了聚光灯，打在光亮的大理石地面上，照得跟白天一样，艾薇紧张地数着电梯里面的金属按钮，她们计划一起做的事，想想真是太不可思议了：三个情感受伤的女人正计划进入男人消遣娱乐的场所，真是史上最疯狂的冒险行为。

电梯到达七楼时发出微弱的铃声。蓓阿特丽丝的老公出差了，这三个女人又可以自由自在了，就像上学的时候她们会偷着搞丝袜秀的日子一样。从一扇打开的门后传来蓓阿特丽丝和卡特琳娜的笑声，艾薇赶忙进屋然后迅速把门带上，然后就站着不知道做什么了。

“我丈夫要是跟我在这里睡一晚上得掏多少钱？”蓓阿特丽丝问。

艾薇没什么话可以说，她面前站着的这个女人染了一头红发，束身衣紧包着身体却遮不住胸，吊袜带上挂着的是渔网黑丝，还有画了一副妖媚的眼妆和红唇，看起来简直是人类全部罪恶的化身。

“你，你的头发怎么了？”艾薇有些口吃。

蓓阿特丽丝抓了抓头发，下一秒红色的假发就已经抓在手里了。

“效果不错吧？红色本来就是我原来的发色，”蓓阿特丽丝说着这话心情相当不错，她又指了指她的高跟鞋，“卖东西的说这双鞋叫做‘快来跟我上床’。”

卡特琳娜纤细的手指做了个粉红黑尖的指甲，粉色的漆皮靴子都快穿到屁股的位置了，瘦削的大腿只露出大概一个手掌的空间，她也戴了一副假发，金色的，跟蓓阿特丽丝一样，化了浓浓的妆，就跟要去庆祝什么集会一样。

“别只是傻看着，”蓓阿特丽丝笑笑，“我也给你准备了假发，深棕色的噩梦。”

她走到沙发边上一通翻找，沙发上堆满了各种衣服，这让艾薇想到了家里的狗，蓓阿特丽丝把找到的假发戴在艾薇头上。

“像沙发靠背垫。”蓓阿特丽丝说。

她把艾薇和蓓阿特丽丝拉进桑拿房，在落地镜子面前屏住呼吸打量自己。

“如果这个三人组合还不能致命的话……”卡特琳娜小声说，“我觉得恐怖片就要上映了，男人真的觉得这样性感吗？”

“似乎是这样的，”蓓阿特丽丝一边回答一边扶了扶自己的假发，“那些商店里面满是这些东西，也不知道艾薇外套里面穿了什么样子的。”

可艾薇此刻却想着离开。镜子里的她看起来惨白，她觉得自己很恶心，没有什么比这个冒险更多余的了，嘉年华造型的发明让这些在自己最好年纪的女人成为了最滑稽的玩笑。

“我得坐一会儿。”艾薇叹气。

蓓阿特丽丝挎着她的胳膊走回了客厅。

艾薇现在才仔细打量自己到底是来了一个什么地方。屋子非常大，有一面墙满是玻璃门，门外通向顶楼的阳台，玻璃门的对面放了一张沙发，显然被她们用来堆放衣服了，另一面的墙接着一间酒红色的厨房，中间隔了一个吧台，一排镀了铬的高脚凳整齐地摆放在前面，一切都看起来很高雅，有点像三维立体的设计师杂志。

“欢迎光临寒舍。”蓓阿特丽丝带着骄傲的口气，她给艾薇指派了一个奶油色的真皮躺椅，艾薇舒舒服服地躺上去，蓓阿特丽丝递给她一个酒杯。

“你随时都可以退出，”蓓阿特丽丝镇定地说，“你现在就看起来一副崩溃的样子，没有人强迫你做不雅的事情。”

艾薇机械地喝了一口酒，发觉蓓阿特丽丝递给她的是香槟，蓓阿特丽丝什么都想到了，艾薇闭上眼睛，从头想了想整件事，其实是她提出这个滑稽的建议的。

“我好了，”艾薇确定地说，“我只是刚才有点震惊。”

“最先被震惊到的应该是那些男人，”卡特琳娜笑着说，“等他们看到我们，会吓得裹进桑拿袍子到一边哭去的。”

“甜心艾薇，”蓓阿特丽丝笑着说道，又看了看表，“我们坐出租车大概需要二十分钟，我们还有很多时间，你可以好好想想。”

“我已经想过了。”

艾薇确实早就准备好了，整个下午她都在情趣用品商店消磨时间，之后提了满满一袋子让人不得不浮想翩翩的情趣内衣回家。

艾薇慢慢解开外套，一件深V领的黑色皮革裙子映入眼帘，是前面系带的那种款式，让人有种迫不及待想拉开拉链一探其余身体部分的冲动。

“噢。”卡特琳娜说。

“噢是什么意思？”艾薇不高兴地问，“这件真的很贵呢！”

“我觉得看起来太重了，不过挺让人有欲望的，”蓓阿特丽丝说，“我现在简单布置一下今天的任务，首先我们需要一个假名字，如果他们知道了我们真实的身份就太不好了，所以你们自己想一个名字出来。”

她们都想了好一会儿。

“琪琪，”卡特琳娜说，“琪琪这个名字听起来就漂亮。”

“通过了，我想叫妧熙，你们觉得可以吗？”蓓阿特丽丝问。

“一听就有味道。”卡特琳娜笑着说。

艾薇好像对起名字这件事不是很在行，就是什么都想不出来。

蓓阿特丽丝替她思考着：“你的名字要特殊一些，等我好好想想，欧达？不好不好，太引人注意了，罗拉？好像太老土了，有了有了，简耐特不错，听起来特别法式，有内涵，就这个吧，适合艾薇。”

“简耐特……”艾薇一边重复这个名字一边看看酒杯里的香槟，“好吧，我想吃东西，不然我撑不过今天晚上。”

在蓓阿特丽丝家吃点儿东西这件事有些困难，蓓阿特丽丝打开镀铬的大冰箱门，除了两罐低脂酸奶和一包低脂的植物黄油，还过期了，其他都什么也没有了。

艾薇很无语：“你家要是有老鼠都得饿死。”说着脑海中浮现的都是家里储备丰富的食物。

“我还有面包。”蓓阿特丽丝有点愧疚。

“那拿过来吧。”艾薇说。

接下来她把整个面包都吃下了，面包渣掉到胸口的衣领里，痒得要命，可她又不敢解开衣服，来之前真是费了半个小时的工夫才把它穿好。

时间一分一秒地过去，三个人都很努力地试图压制住紧张不安的情绪，她们走到顶楼的阳台，看城市的川流不息，看天边的夕阳，蓓阿特丽丝带她们参观自己的家，特别是多功能可调节的双人床，这些活动结束之后她们又坐到沙发的衣服堆里，继续喝香槟，希望借酒精的作用让她们不那么紧张。

“差二十分钟九点了，”蓓阿特丽丝说，“希望一切顺利，我去预订出租车了。”

她站起身慢慢走到电梯处。

三个打扮“入时”的女士从这样一个高级公寓走出来，坐到出租车的后排座上，司机还是很诧异的。

蓓阿特丽丝报了一遍地址：“去西瑞桑拿俱乐部，谢谢。”

司机表露出不屑地说：“在那儿工作挣不少钱吧。”

“我们是负责清洁工作的，”蓓阿特丽丝说，“客人多多少少留点小费，您知道吧。”

司机不再说话了，一路上除了开车就是偶尔通过后视镜看看这三个女人。

“俱乐部几点开门？”卡特琳娜问。

蓓阿特丽丝梳了梳脸边上的头发，说道：“九点半。”

“那么半个小时这么长的面试啊，”艾薇叹了口气，接着说，“他们都要跟你干什么啊？”

桑拿俱乐部坐落在很繁华的一条街上，来往车辆也很多。从老远出就能看到它的招牌，粉红色的霓虹灯组成的三个词“女孩，女孩，女孩”。

“天呢，这是什么破房子，”蓓阿特丽丝说，“太极品了，你们看是不是？我家里面的马桶都是意大利设计师安排的，这里，我丈夫在这么便宜的地方竟然就能满足了。”

“可能他就需要一些这样的东西，”卡特琳娜说，“男人都是这样的，在家里他们希望得到鱼子酱，在外面不知道什么地方一根咖喱肠就能满足了。”

她们走下出租车，一脸好奇地观察周围的一切，房子前面的装饰，橱窗里面站着招揽客人的女孩们，她们以前似乎没敢设想过这个。

蓓阿特丽丝走在最前面，其他两个人犹犹豫豫地跟在她的身后。

“我带了胡椒防狼喷雾。”艾薇小声说。

“不是吧，现在真的要用？”卡特琳娜问，“但是我们的草药女巫把泻药留在家里了吧？不然今天晚上我们就要进警察局了。”

艾薇还是习惯把挂包的内袋装满能想到的药物，以备不时之需。

蓓阿特丽丝已经按下了门铃，一个魁梧的男人开了门，一身黑色西装，用啫喱打理得一丝不苟的发型，墨镜都让他看起来像保镖。

“你们是干什么的？”男人咕哝地说道。

“我是来面试的，尊敬的先生，”蓓阿特丽丝有条不紊地回答，“希望您能让我们进去。”

男人指了指一条昏暗的走廊，尽头闪烁着红色的灯光。

沿着走廊走了几秒钟就看到一个闪着微弱灯光的小吧台，吧台的桌子后面有个上了年纪头发花白的女人在刷着酒杯，整个屋子摆满了低矮的红色皮沙发，深红色的墙壁边上是一圈水池，里面大概有一尺高的水，屋里热得要命，而且充斥着一股发霉的味道。

蓓阿特丽丝是第一个在新环境里清醒过来的，“请问老板娘在吗？”

“工作中，”上了年纪的女人回答，“我能为你们做些什么，甜心？”

“我们，我们打过电话的，”蓓阿特丽丝回答，“我是那个妩熙。”

上年纪的女人闭上眼睛想了一会，说道：“特别需要一分兼职工作的那个家庭主妇，其他两位是？”

“琪琪和简耐特，也是两位家庭主妇。”蓓阿特丽丝只想出这么多能说的。

上了年纪的女人摇了摇头，点了支烟从吧台走出来，她的眼神很锋利，说道：“听着，宝贝们，你们这种打扮可以直接去人妖俱乐部了，我们这里的顾客都是需要自然的，你们先去洗干净，然后我们再谈。”

三个人有些不知所措，她们是需要面具的，浓妆是为了让别人认不出她们，必须要化妆的。

“我们难道就不能先这样试一试吗？”艾薇问。

“新手啊，”老板娘说，“那好吧，一切都为了生意，九点半开始营业，你们先让客人喝香槟，听明白了吗？要让他们尽可能多喝。”

“那他们付多少钱？”卡特琳娜问。

“每人三百，”老板娘说，“现在开始吧，这里所有的一切都是规定好的，别在钱上做手脚。”

老板娘用一副丝毫没有同情心的语气一一列述每项服务得到的报酬。

“不带套的话价格翻倍，一半上交，谁在钱上做手脚，就去跟宙易去交流。”说着老板娘指了指站在吧台旁边双手交叉在胸前的保镖，跟他交流一定会挨揍的，艾薇心想，就算两个一百六十斤这么重的自己，他两个手指提起来也不在话下。

老板娘这会儿又点了一支烟，说道：“你们带健康证了吗？”

“什么？”卡特琳娜问。

“证件，证明你们没病的证件。”

“我们绝对是健康的。”蓓阿特丽丝说。

“都是这么说的，”老板娘一边回应一边吐了一个烟圈，“那好吧，你们先四处看看，我等会儿回来。”

话音刚落，老板娘就消失在一副挂满珠子的门帘后面，保镖宙易倒是一直站在刚才的位置，一动不动。

“这里真是让人无语。”卡特琳娜小声说。

这时从后面的屋子里出来五个年轻的只穿了比基尼的姑娘，她们走到水池里一边戏水一边用让人听不懂的语言聊天，还时不时地抛来好奇的目光看向新来的这三位。

“开始吧，卡特琳娜，我们就从她们开始问起。”说着蓓阿特丽丝指了指那些姑娘。

她们走到水池边，“晚上好啊，我想问几个问题，你们都是从哪里来的啊？自愿到这里工作吗？他们对你们怎么样？”卡特琳娜的问题一个接着一个。

“我，我们，是乌克兰人，”其中一个穿着黑色比基尼的姑娘说，“不差，不差的，这个工作，德国，男人，男人很客气。”

“你们是认真的？”蓓阿特丽丝问。

姑娘耸了耸肩膀，“什么认真的？做，做，一份……一份工作而已，不要问，不要说。”

“有人威胁你们吗？你们的护照都还在自己手里吗？”卡特琳娜问。

这次一个穿白色比基尼的姑娘说话了，“你们想，想干什么？我们合法，有居留证，为什么，什么要……要不愉快？”

卡特琳娜摇了摇头，“这么问下去没什么收获，或许等有顾客来了，我们能得到新的信息。”

“在愉快洗浴的同时。”蓓阿特丽丝讽刺地说。

“我们真的要进到这个恶心人的水池里面吗？”艾薇问。

蓓阿特丽丝走到一个空浴池旁边，脱掉一只高跟鞋踩到水里，“水不太热，不能跟湖景酒店的水疗中心相提并论，但是……”

话音未落，因为那只脚踩着高跟鞋不稳当，蓓阿特丽丝一下子失去重心，整个人跌进水池，只露出红色头发，跟水母一样。

那些年轻姑娘都笑了。艾薇跟卡特琳娜赶紧走进水池里，卡特琳娜捞起假发，把她重新戴在蓓阿特丽丝头上，艾薇用力把蓓阿特丽丝从水里拽出来。

“刚才是要唱哪一出啊？”卡特琳娜责备她说。

“欧洲蛙泳赛金牌得主，”蓓阿特丽丝开玩笑说，还指了指自己在游泳过程中不慎露出的胸部，爬出水池的她开始放声大笑。

卡特琳娜帮蓓阿特丽丝把胸部塞回紧身衣里，“有一个文身，你都没跟我们讲过啊。”

“还让不让人有点私人生活？”蓓阿特丽丝甩水的动作像一条落水狗，重新穿好高跟鞋，说道，“这里真是太滑了，我下次要穿防滑拖鞋来，不然非得摔骨折不可。”

“如果我们继续显得这么蠢，保镖就要把我们赶出去了，”艾薇小声说，“当心一点。”

宙易递给蓓阿特丽丝一条毛巾，表情依旧僵硬，显然这个男人见过不少尴尬的情形。

“我看起来怎么样？”蓓阿特丽丝问。

“像一只刚爆炸过的轮胎，”卡特琳娜笑着打趣，“你可真让人琢磨不透。”

艾薇坐到一个大沙发里，仰头望着天花板，满是一面面镜子拼成，“我看起来像裹了皮革的一张饼。”艾薇哀怨地说。

“走运的话，今天就会有人点你这张饼。”角落里传来的声音，刚好是老板娘走开的那扇门那里，这个女人一头黑色长发，闪亮的黑色裙子配了一双红色皮靴。

“老板娘去哪了？”蓓阿特丽丝问。

“站在你们面前，宝贝儿。”

蓓阿特丽丝这才看出来，刚才那个看起来上了年纪的女人把自己打扮了一番，一下子让人认不出来了。蓓阿特丽丝正要说点什么，这时候门铃响了，保镖过去开门，不一会儿进来两位身着黑色西装的男士，他们跟三位女士点头打了个招呼，就坐到了吧台处。

“老顾客，”老板娘跟蓓阿特丽丝说，“开始吧，把你的本事拿出来。”

蓓阿特丽丝妆容下的脸是苍白的，“我，我不行，”她挤出这几个字，“厕所在哪儿？”

“天呢，你现在就不行了，真是好孩子，那下一个，”老板娘跟艾薇使了个眼神，“你要是现在也打退堂鼓，你们就可以直接走人了。”

艾薇鼓起极大的勇气朝那两位走过去，远远地就被他们打量着，刚才掉进衣服里的面包屑痒得不行，不经意地只能抓一抓胸部，其实她真想一把撕掉整条裙子，拿出面包屑，这些举动看在男人们的眼里竟然成了无比的诱惑。

“新来的？”两位男士中的一位先开了口，他开始不经意地用手玩弄着艾薇裙子上的拉链。

“嗯，我叫艾……简耐特。”

“简耐特？法式长面包？香烟？法国人？你可真是让人喜欢。”

艾薇用余光看到角落处的老板娘使了个手势，好像是让他们喝什么。

“我口很渴，”艾薇说，“难道我们不要一起喝点什么吗？”

“好啊，给法国来的猫咪来杯热牛奶？”

男人们笑得那么淫荡，艾薇也假装笑了笑，不过这下她也不再紧张了。

“我喜欢喝凉的而且味道重一些的。”她笑着说。

“吉娜，给这位女士来一瓶香槟！”一位男士朝老板娘喊。

“那我的那份呢？”说着卡特琳娜也坐了过来，她把金发甩到背后，把手搭在另一位男士的肩膀上。

“来两瓶，吉娜！”

老板娘暗自朝艾薇和卡特琳娜竖了竖大拇指，看老板娘的眼神，至少现在香槟这关她们是成功了。

“做这行很久了？”那位明显对艾薇感兴趣的男人说，“你这样双奶油分量的甜心不是每天都可以遇到。”他一边说一边色眯眯地盯着艾薇的胸部，简直都快把艾薇裙子的整条拉链都扯开了。

“您要给我的才能一个机会。”艾薇回答，这句话她是那时候跟罗伯特学的。

“那我们最好还是拿着香槟去桑拿房里面吧。”男士笑着脱了外面的夹克。

艾薇有些拘束地在吧台的高凳上蹭来蹭去，现在到底要怎么样？计划是什么？刚才一直没看到蓓阿特丽丝，她是不是身体有什么不适？艾薇从高凳上下来。

“稍微等我一下。”艾薇准备去找一找蓓阿特丽丝。

蓓阿特丽丝一直坐在厕所前面，脸都绿了，还不停地抹着额头的汗珠。

“你怎么了？”艾薇关切地问。

“吧台上坐着的那个男的……”蓓阿特丽丝有气无力地说。

“那个男的怎么了？”

“那就是汉斯海尔曼，我老公。”

离开桑拿俱乐部时已经是半夜了，三个人你扶着我我搀着你，都喝得挺多了，吉娜帮她们叫了出租车，还叮嘱她们下次要再进一步发展。

“太好了！”卡特琳娜喊道，“给我们抓住了，汉斯海尔曼！”

“荒谬啊，”艾薇感叹，她的裙子勒得她喘不过气来，她觉得自己就像一个邮政包裹，包装能完好无损真是一个奇迹，她也确实把绝招使了个遍，如她在自己的婚姻里经历的一样：烹饪方法，孩子的疾病，天气预报，真的很管用，男人都不喜欢听这些，一个个地跟她待了一会就闪开了。

“出租车到底来不来啊？”蓓阿特丽丝不耐烦地喊道，左右摇晃地站在深夜的冷风里，与刚才闷热潮湿的桑拿房相比，现在简直就是大自然的福利，她们刚刚度过了人生当中不可思议的两个半小时。在艾薇的努力下，顾客要了十瓶香槟，卡特琳娜也推销出去四瓶，她们的包里现在都整整齐齐地码放着自己的辛苦钱。

“你的汉斯海尔曼肯定很上相吧，”卡特琳娜开玩笑说，“你该很满意的。”

“我的回答你肯定不喜欢，”蓓阿特丽丝淡淡地说，“我忘了带手机。”

艾薇把假发从头上扯下来，捋着因为出汗粘到一起的头发，“你快说这不是真的！”

“小姐！你行不行！”卡特琳娜激动地抓起蓓阿特丽丝的胳膊。

“哎哟，你抓疼我了，”蓓阿特丽丝喊出声，“我知道这件事很愚蠢，但我根本没想到，今天就能遇到我丈夫，他告诉我他是去布鲁塞尔出差了。”

“出差！”卡特琳娜说。

“我差点晕过去，”蓓阿特丽丝愤怒地说，“一开始我担心他会马上认出我，但是后来我不是不在了嘛，那个，那个你们……”

“有没有身体接触？”卡特琳娜补充完整蓓阿特丽丝想提的问题，“我这里他很快就没什么兴趣了，因为我聊了我得过传染性脚气。”

“汉斯海尔曼对这家店真是上瘾，”艾薇说，“他说下周六他还会来的。”

“那我们就要从头来一遍。”卡特琳娜确定地说。

“我们现在去哪？就穿成我们现在的样子。”

“出租车来了！”艾薇一边喊一边上前摆手示意司机，等她精疲力尽地坐进出租车后排时似乎感觉自己是在这里过了两天两夜那么长。

“帅哥，你觉得我们还能去哪喝点儿东西？”蓓阿特丽丝问出租司机。

司机耸了耸肩，说：“去‘跌倒’咖啡，那里你们不会继续摔倒了。”

车里沉默了一会，三个女人惊讶地坐在那里，一句话没有说。

“我要把你们送到那儿吗？”

还是没有回复，司机这时转过身来，三个女人打量着他，半长及肩的深色头发，棕色眼睛，细长的手指。

“湖景酒店。”蓓阿特丽丝说。

“总统套房。”卡特琳娜接着说。

“彼得堡滑雪橇姿势。”艾薇小声说。

第八章

再次相遇罗伯特

蓓阿特丽丝搅着杯子里的拿铁咖啡，说：“不能只是偶然。”

“是缘分。”艾薇确定地说。

卡特琳娜喝了一口茶，说：“真是自创世纪以来最天才的一步棋。”

她们现在正跟罗伯特一起坐在咖啡馆里，之前那么无助地寻找罗伯特，现在这个人一下子又出现在了她们的生活里。

这间咖啡馆很拥挤，甚至桌子与桌子之间都站满了人，大声地跟对方聊天，而且全是男人，有的穿皮装，有的打扮得女人气，还有一些穿西装的，空气里飘满浓重的香水味儿，罗伯特说得对，这里绝对不会摔倒。

“很抱歉我没有认出你们，”罗伯特道歉说，“你们到底是来这个桑拿俱乐部做什么的？万圣节派对吗？”

“如果你觉得我们跟你是同行，那就不要问了。”卡特琳娜回答。

“同行？”罗伯特揉了揉额头，“啊，你们说那个，我不干了，开出租虽然挣不了很多，但那份工作不适合我。”

“对不起，甜心，可我对你有另外的印象。”卡特琳娜打趣地说，“你对那个很在行啊，有天赋！”

罗伯特看着矿泉水里面逐渐升起的气泡，说：“你们也很好，但如果你们愿意相信的话，你们是我唯一的顾客。”

艾薇幸福地笑了笑，“也就是说，你之前没有为了钱做过……”

“只是一个尝试，我有欠债，我的朋友安德烈说，这个钱比较好挣！是你们让我那时放松下来的！”

三个人脸庞都同时放光了，尤其是艾薇，这是她听过的最好的赞扬。

“新人总是有好运。”蓓阿特丽丝笑着说。

“但是那天晚上之后我就想：这种好运不会再有第二次，所以我就不干了。”罗伯特接着说。

“你说你有欠债？”艾薇一副同情的样子。

罗伯特抬了抬手，说：“就快结束了，我是那种一直没有毕业的学生，中途一直休学，尝试一切可能的事情：在假日俱乐部做兼职、做电工、软件开发员，现在终于都快完成了，今年年底我要参加国家考试，顺利的话，之后我就可以在慈善医院得到助理医生的职位，之后所有的困难就都会告一段落了。”

“一位医生啊，”蓓阿特丽丝说，“跟一位医生的娱乐。”

“蓓阿特丽丝！”艾薇责怪她的朋友，“你听到了，他说不干那行了。”

“太可惜了，要是一直做就好了”，卡特琳娜说，“你能不能偶尔例外一下？”

一丝年轻的骄傲掠过罗伯特的脸庞，“真的那么好吗？”

“比你想象的还要好。”卡特琳娜说。

“十二分。”蓓阿特丽丝说。

“银河系最好的。”艾薇说着有点脸红。

然后气氛开始有些尴尬了，这样的时候是出现在三个人想着同样的东西、可谁也不敢说出口的时候，空气有些颤抖，不，是在燃烧。

“哎呀，那不是为了钱，只是为了娱乐，作为小小的感谢。”罗伯特慢慢地说。

三个女人紧张得不能呼吸，她们像触电一样看着罗伯特，艾薇甚至忘了掉在胸口的面包屑还在作痒，实在不敢相信自己听到的话，好像瞬间天堂都为她打开了一扇门。

好像罗伯特自己那一刻也有些激动，他拨了一下脸边的头发，拽了拽皮夹克。

“但是不能去我那儿，我住在一个合租的房子里，隔音很不好。”

三个人互相看着对方，不知道说什么。艾薇有一个家庭，蓓阿特丽丝需要想到汉斯海尔曼不会从他虚拟的出差活动提前回来，只剩卡特琳娜了，或者酒店，但是太危险了，这么市中心的地段，不知道就会碰到什么熟人。

卡特琳娜已经感受到艾薇和蓓阿特丽丝心里想的事情了，醉意和与罗伯特的相逢让她忘记了所有的小心谨慎。

“那就去我家吧。”她压低声音说。

早上五点钟艾薇就被一阵有穿透力的蜂鸣声吵醒，她习惯地把手伸向右面想关掉闹钟，但是没有闹钟，她摸到的是一堆身体，均匀且深沉地呼吸着。

昨夜又是很疯狂，如果没记错的话，三个人又经历了一场情色的美梦，这些对以前的艾薇来说是想都不敢想的，虽然罗伯特是一对一地服侍了三个人，可后来不知到什么时候卡特琳娜给她们拿来睡衣，她们就一起爬上床，互相依偎，像一个幸福的大家庭一样。

蜂鸣声又响了，艾薇摸黑推了推把头埋在枕头下面的卡特琳娜。

“嗨，”艾薇推了推卡特琳娜的肩膀，小声说，“什么声音？”

“啊，什么啊？”卡特琳娜睡眼惺忪。

“有蜂鸣声，你听到了吗？”

卡特琳娜半醒地看了看周围：一个男人，三个女人睡在一张双人床上，还是她的双人床。

“这不是真的！”卡特琳娜说。

“怎么了？”蓓阿特丽丝语气沉重，“让不让人睡觉了？”

这时罗伯特也醒了，有一条胳膊是搂着蓓阿特丽丝的。

卡特琳娜一下子跳下床，说：“今天星期几？”

艾薇想了一会，因为时间太早，还有昨晚所有的混乱以及各种酒精饮料的共同作用，艾薇一下子没想起来。

“啊，周一吗？”

卡特琳娜抓了抓头发，说道：“那是他正在门口按门铃！”

“哪个他？”蓓阿特丽丝问，“罗伯特在这呢啊。”

“霍尔斯特，该死的！”

蜂鸣声再次想起，而且这一次明显按了好长时间。

卡特琳娜开始迅速把屋里扔得到处都是的衣服一件件扔进衣柜。

“快点，你们都到厨房去，星期一就是霍尔斯特日，他开会之前要先爬到我床上的，你们赶紧从床上消失！”

蓓阿特丽丝依依不舍地从罗伯特的怀里出来，卡特琳娜已经把三双高跟鞋还有罗伯特的球鞋藏到了床底下。

艾薇温柔地亲了亲罗伯特的额头，“早上好，我的小王子，一会儿有咖啡喝！”

“快点，没有时间交流感情了，”卡特琳娜催促他们，这会儿卡特琳娜的手机也响了，卡特琳娜迅速从包里把它掏出来。

“喂？霍尔斯特，我的小青蛙，嗯，我马上开门，我睡得太死了。”

“小青蛙！”蓓阿特丽丝笑着重复，“床上都有王子了，谁还要一只青蛙啊?”

“现在赶紧从卧室出去!”卡特琳娜严肃地命令道,“不能出任何动静!”

三个人躲进厨房,艾薇和蓓阿特丽丝把罗伯特按在椅子上坐下,一眨眼工夫罗伯特趴在桌子上又睡着了,她们又回到卧室消灭其他遗留痕迹。

艾薇把挂在台灯上的胸罩摘了下来,蓓阿特丽丝把粘了好多口红印记的枕头翻过来,卡特琳娜迅速打开窗户,让屋里的味道散一散,其余的就交给寄希望于命运和早晨光线的昏暗吧。

艾薇跟蓓阿特丽丝跑回厨房,轻轻关上门,紧张地听着外面发生的一切。

“霍尔斯特,对不起,我昨天吃了一片安眠药,睡得太沉了,什么都没听到。”走廊那边传来甜得发腻的声音。

“下次再也不要让我在外面站那么久了!别人会看到我的!”一个男人的声音骂着,“这种风险我可担当不起!”

“快进来嘛,床还是暖的。”卡特琳娜咕哝地说,然后就是一阵安静。

艾薇紧紧握着拳头,指甲都要扎进肉里了,“希望他什么也注意不到。”艾薇乞求着。

“他要是什么都没发现,也真是够蠢的了,”蓓阿特丽丝小声说,“不过当然希望是这样。”

“我想回床上睡。”罗伯特咕哝着。

艾薇和蓓阿特丽丝马上过去堵住罗伯特的嘴,“接着做个美梦吧。”蓓阿特丽丝沉醉地看着他,说:“你看他是不是美好极了?”

艾薇点了点头,接着以专业眼光审视着卡特琳娜的小厨房,这真是她见过的最让人难过的厨房,狭窄的空间里连个烤箱都没有,灶台看起来都没用过，冰箱不打开也能想象，里面的东西跟蓓阿特丽丝的一样少得可怜。

厨房门外放了音乐，估计卡特琳娜是怕厨房有动静被听到。艾薇担心地盯着时间，“五点半，六点半我还得叫孩子起床呢，而且之后威尔纳也会马上醒过来，我该怎么办呢?”

她们又开始听着外面的动静，除了音乐还有其他的声音。

“看样子我们的部长正享受着呢，”蓓阿特丽丝小声笑着，“溜走吧，他不会听到的，我看着罗伯特。”

“那我就穿着这套装备上街?”艾薇穿了一件过瘦的小熊睡衣，当然是卡特琳娜的，皮裙子和外套都在够不到的衣柜里。

“从门口的衣架上拿一件。”蓓阿特丽丝小声说。

“我的鞋!”艾薇说。

“要那个干吗?”

“走路。”艾薇不满地回答。

蓓阿特丽丝指了指灶台旁边的几双粉色长毛绒拖鞋，“你试试这个，把脸上的妆擦下去，看起来跟爱丽丝·库佩尔匆匆忙忙的样子似的!”

她拿了一条厨房的毛巾，在水龙头下浸了浸湿然后递给艾薇，艾薇拿起来迅速擦拭着脸上的浓妆，然后穿上粉红拖鞋，她现在看起来就像一个十四岁的少女一夜之间成年了一样。

“谢谢，”艾薇说，“你是天底下最好的朋友。”

“你也是。”蓓阿特丽丝笑着说。

艾薇点起脚尖，小心地蹭到门口打开门，从走廊的衣帽间拿了一件大衣和她的手提包溜出门去，部长先生全然没有察觉。

一切都安然无恙，六点一刻艾薇回到家，两个孩子还睡得很死，希望威尔纳也没有从她制造的睡眠中清醒，不过艾薇没有想到家里的卡夫卡，小狗看到艾薇回来，高兴地跑过去一个劲摇尾巴。

“真乖！”艾薇夸奖小狗，“接着回去睡吧！”

卡夫卡这个名字是大儿子起的。他在德语课上正学习这个作家的作品，只不过家里的卡夫卡一大早精神就很好，期盼着艾薇供应的早饭，开始狂叫。马上楼上就传来熟悉的喊着。

“艾薇！”

“我在！”

她把外套扔在楼梯边上，跑上楼去，后面跟着卡夫卡。

“你去哪了？”威尔纳眼里都是血丝，正努力从被子里伸出脚。

艾薇把狗拉住，心都跳到嗓子眼儿了，她还从来没有一整夜都不在家过，很长一段时间以来艾薇都睡在客房，所以威尔纳也没法知道艾薇的去向。今天早上威尔纳看起来精神不错，难道他已经注意到了什么？

“说啊，我在等你的答案！”

走运的是艾薇刚才回家前路过火车站买了面包，这时正好晃了晃手里的纸袋，说道：“我去买面包了，你早餐最爱吃新烤出来的面包。要我去给你煎个鸡蛋吗？”

威尔纳当然感觉到了家里有不对劲的地方，可是艾薇身上可笑的睡衣，拖鞋都让人不能跟什么不光彩的行为联系到一起。

“去买面包，那好吧。”威尔纳不再纠结这个了，“在饭厅准备两个人的早餐，我有客人。”

“客人？一大清早？谁来啊？”

“默根特哈勒。我们有事情要谈。”

艾薇心里一下子慌了，不会吧！难道他们背后有什么事情发生？自从那个餐厅的晚餐后，艾薇跟默根特哈勒博士通过很多次电话，而且每次他都是让艾薇觉得是可以信赖的，而且资产的转移也在缓慢进行，可今天这次拜访确实跟之前的计划不符，也跟艾薇声泪俱下的关于威尔纳要活不下去的故事不符。

“想喝鲜榨橙汁还是咖啡，乖乖熊？”艾薇用颤抖的声音问。

“两个都准备，你也穿件正式点的衣服。”威尔纳咕哝着说。

艾薇就跑到厨房，打开咖啡机，从冰箱拿出六个鸡蛋，心里想，要放泻药吗？安眠药？还是准备一杯鸡尾酒再加这些东西？

艾薇慌张地打开药柜子，最上面一层有一种强效药，是治疗低血压的，而且效果很明显。前段时间艾薇有眩晕现象医生给开的，而威尔纳有高血压倾向，这个药下去应该会有很大反应。

艾薇把十片药磨成粉分别加在咖啡和橙汁里，威尔纳喝完就又无力气地躺回床上了。

“一会儿你就会好的，”艾薇说，“我要给你准备一套西装衬衫领带吗？”

自从艾薇发现威尔纳其实是很好控制的，一切都变得简单了。她真的是要准备西装吗？她知道威尔纳会拒绝，果不其然。

“我用得着这么重视他吗？给我拿件睡袍！”威尔纳对艾薇命令道，接着把艾薇准备的咖啡喝了。

很好，穿睡袍使他看起来会更憔悴一点。艾薇走到浴室，照了照镜子，外表看似冷酷的艾薇内心一定有强烈欲望追求另一种完全不一样的生活，一种世界满是可爱小熊的生活。

艾薇换下睡衣，穿上一件稍微正式点儿的衣服，接下来的任务是叫孩子起床，这是她最近这段时间最简单的事情，只要卡夫卡跑进他们的房间，他们就像弹簧一样跳起来。

“艾薇！”

难道这个男人就不能有片刻的安静吗？艾薇从衣钩上拿下威尔纳丑陋的睡袍，一件有点洗得掉色的橘黄色袍子，艾薇跑回卧室，原来威尔纳打翻了橙汁的杯子。

“啊，”他叹了口气，伴随一个响嗝儿，“好多了！我现在可以扯断大树！”

艾薇毫不吝啬地使用了促进血管循环的强效药，果然有作用了。威尔纳的脸看起来有点红，等会儿会变紫色的。他摇晃着从床上起来，穿上睡袍，在睡袍的映衬下脸色看起来就像报警器一样。

“威尔纳·武特克又回来了。”他喊道。

“终于好了，我的宝贝。”艾薇说。

威尔纳先去上了厕所。

他到底打算干什么？为什么让胡伯特过来？艾薇一边心里默默的思考，一边切面包，摆餐桌。要摆三个人的，她不想错过这场好戏。

房门传来一阵铃声。已经听到威尔纳下楼的沉重脚步声以及接下来虚伪的寒暄。艾薇摆好了香肠，把冰箱里所有的果酱种类都拿了出来放在一个盘子上，然后开始炒鸡蛋。

孩子们一边打哈欠一边来抓面包。

“爸爸好了吗？”卡利问。

“你听都能听出来。”斯文安说。

“把我给你们包好的水果带着，”艾薇说，“去学校吧，放学我去接你们”。

“为什么要接？”斯文安不高兴地问。

“惊喜。”艾薇回答。

艾薇把两个孩子送到门口，温柔地看着他们离开的背影，现在还不晚，还可以好好跟他们培养感情。

“艾薇！该死的，你去哪了？”

威尔纳对待艾薇的方式就像是对待奴隶，不会太久，艾薇心想。她跑回厨房，把炒鸡蛋分装到盘子里，端到餐厅。

“早上好，默根特哈勒博士先生。”艾薇光彩照人。

胡伯特穿了一件看起来很雅致的深蓝色西装，带来一堆文件，他会不会跟威尔纳说什么？

“尊敬的夫人！”默根特哈勒博士微微俯身，等他直起身的时候，艾薇看到他厚厚的镜片后面眼睛闪着光。默根特哈勒博士转过身问候威尔纳，“武特克先生，您今天好吗？”

“怎么这么问？我好得不能再好了！”威尔纳生气地说。

但就算是个没有任何医学常识的人都看得出，威尔纳身体不好。脸色暗红，还流虚汗，额头的青色血管也很明显。

“我们不要坐下吗？”艾薇指了指餐桌。

“坐的是我们，没有你的位置。”威尔纳嘟囔着说。

艾薇早就习惯了威尔纳的语气，只是默根特哈勒博士有点吃惊，“我不反对您的妻子坐……”

“可是我反对，”威尔纳不知道从哪儿来的火气，“艾薇，你的位置在厨房。”

艾薇跟默根特哈勒博士短暂交换了个眼神，说道：“请您别介意，他最近不好过。”

“我？”威尔纳一下子爆发了，“我强壮得像一头牛，该死的，别诅咒我！”

威尔纳额头上的血管更加明显了，艾薇知道，他坚持不了多久的。艾薇回去厨房端刚才盛炒鸡蛋的盘子。

餐厅里面似乎安静了下来，紧接着却发生了吵闹，艾薇赶紧跑回去，威尔纳盛怒之下身体肯定坚持不下去，大口大口地喘着粗气。

“您看，”艾薇小声说，“这段时间一直是这样！”

默根特哈勒博士脸色苍白，木讷地站在那里，“我们要叫救护车。”他激动地说。

“不用，我们有家庭医生，”艾薇回答，“他对这些症状更加了解，威尔纳经常出现这种状况。”

“如果你这样觉得的话。”默根特哈勒博士有些疑惑地盯着呻吟着的威尔纳。

“我们应该尽快把之前的事情敲定，”艾薇说，“您也看到他的状况了，我们今天晚上见一面怎么样？”

听完这话，金融顾问的脸上马上就亮了起来，“今天？当然愿意！如果我早点知道他情况这么糟……”

“八点怎么样？地点您来定？”

“好的，”艾薇小声说，“我知道一家非常舒适的意大利餐厅。”

这时候威尔纳睁开了眼睛，抓着头痛欲裂的头，飞快地奔向厕所，门都被他摔得咣当响，看来早上的泻药已经开始起作用了。

“我们不能浪费时间了。”默根特哈勒博士用绝望的声音说道。

“阿莫尔密欧。”艾薇回答。

默根特哈勒博士疑惑地抬了抬眼眉，“什么意思？”

“阿达伯特大街五号，八点一刻。”艾薇说。

“我会准时的。”默根特哈勒博士说道。

“怎么样？霍尔斯特发现什么了没有？”

艾薇一边准备苹果派的面皮一边把手机夹在脸和肩膀之间煲电话粥，是午饭时间，威尔纳躺在卧室像一根砍断了的大树，鼾声震耳欲聋，好像要把整个房子都震塌了。

“他没发现！”卡特琳娜小声说，“但我就怎么能允许这样的事情发生呢？我肯定是脑子出了问题！我再也不能允许把罗伯特带回我家了。”

“他现在在哪？”艾薇问。

“完全不知道，我早上回到厨房的时候，他已经不在了，蓓阿特丽丝也是，不好意思，我得挂了，我等会有个新闻发布会。”

“我们什么时候再见？”艾薇问。

“明天晚上有个学校的剪彩，霍尔斯特也在，你有兴趣吗？”

“当然！”艾薇更多的是充满好奇心地想近距离看一下那位猥琐的部长先生，“蓓阿特丽丝也去吗？”

“那肯定的，你给她打电话，拜拜。”

艾薇娴熟地把面皮卷好形状，整齐地码上苹果条。烹饪是艾薇的最爱，不过现在是排第二了，因为有了罗伯特。不过她现在要履行做母亲的义务。

她已经对下午迫不及待了，这将是一个和往常不一样的下午。卧室里还是震耳欲聋的鼾声，艾薇设置好了高级烤箱；然后给蓓阿特丽丝打了电话。

“我头要疼死了，”蓓阿特丽丝抱怨着说，“你那里怎么样？及时赶到家了吗？”

“时间刚刚好，”艾薇回答，“你跟罗伯特后来都干了些什么？”

“时间也很紧，他稍微清醒可以走路，我们就溜了出去，”蓓阿特丽丝解释道，“然后我们去喝了浓缩咖啡，就在街角的一家咖啡店。”说完笑了笑，继续说：“你知道吗？卡特琳娜需要一个摄像头，用来纪录霍尔斯特这些行为，罗伯特刚好会这些，记得吗？他是电工。”

“噢，对呀！”艾薇惊呼。

“你也这么想吧，”蓓阿特丽丝笑着说，“之后照片直接传到卡特琳娜的笔记本电脑上，这叫效率。”

“有时候我会觉得我们做得不够保密，”艾薇说。

蓓阿特丽丝压低声音说：“只要事情是私底下进行的，我们也都很谨慎，卡特琳娜不会有事的。”

“我们明天晚上可以陪她出席一个活动，那个霍尔斯特也在，”艾薇说，“你觉得怎么样？”

“听起来有趣，我们可以去，你还有什么新鲜事吗？”

艾薇深呼一口气，“跟默根特哈勒博士的约会，今天晚上，我们必须加把劲儿，我不能把威尔纳控制在床上更久了，你想想，他要请一位家庭医生，他自己已经察觉家里有些不对劲的地方了。”

电话那头沉默了一会。

“唉，艾薇？”

“怎么？”

“我认识一位医生非常适合进行专业咨询。”

“啊，真的吗？是谁？”

“一个有电工经验会开出租车的在读博士。”

艾薇屏住呼吸，罗伯特？罗伯特给威尔纳做检查？这些都超出了艾薇的想象空间。

“你好好考虑一下，”蓓阿特丽丝说，“我有个会要开始了，你继续加油啊！要坚持下去！”

艾薇只敢笑着回话说：“好的。”

她的思维越来越混乱了，她越想蓓阿特丽丝的建议，越觉得合自己的心意，可问题是，她们是不是可以信任罗伯特，如果信任罗伯特，就等于把自己的命运交给他了，作为医生，有医生的职业操守，罗伯特会答应吗？该死的，事情变得越来越复杂。

艾薇已经喝下了三杯热巧克力，可是这种感觉还是存在，不过她把保时捷从车库开出来的那一瞬间，心情又好了，她上一次去学校接孩子放学是什么时候呢？她都想不起来了。她坚定地踩下油门。

她从老远就认出了斯文安和卡利的背影，在离他们有段距离的地方艾薇停下车，忽然发现斯文安竟然在抽烟！只见他贪婪地吸着一支香烟的同时还跟旁边的几个男孩子聊着天，卡利傻傻地站在一旁，他的手里也拿着一支烟，他只有十四岁！太可怕了！为什么之前她都没有注意到？为什么孩子们的这种陌生的变化艾薇完全没有察觉？

艾薇按了几次喇叭，孩子们看向车子的方向，偷偷扔掉烟，斯文安甩着肩膀朝汽车走来，后面跟着卡利，一副内疚的样子。

不要骂他们，艾薇告诉自己，他们其实和自己一样痛苦，所以和自己的妈妈一样做很多愚蠢的事情。

艾薇没有让孩子们察觉她刚才的不知所措，而是亲切地迎接呆呆开门上车的孩子。

"我的小王子们，"艾薇温柔地喊道，"我们现在去电影院！"

"什么？"斯文安无聊地闭上眼睛。

"麦当劳和动作片，"艾薇宣布，"我还从没尝过巨无霸套餐，而且我也一直想看一部成龙的动作片，现在正是时候！"

彼特罗像跟一个老熟人一样跟艾薇打招呼，绅士地帮艾薇脱掉外套，把她带到窗边一个安静的位置。这里的氛围和艾薇脑海中的一样温暖，她放松地靠在椅背上，生活真的很美好。

她刚刚度过了一个美好的下午，斯文安和卡利都很享受这次外出。他们一到麦当劳就像蚱蜢一样，点快餐点到吃不下，看电影时还要了三大包爆米花，他们今天还和艾薇聊天了，真的是聊天，聊了社交网站上的互相挖苦，还有非法下载和市侩的老师，似乎是一个互相敞开心扉的下午。

艾薇感动地擦去眼角的泪水，艾薇出门时卡利甚至拥抱了艾薇，就算复仇计划最后成功不了，就是这样一个下午也让艾薇觉得无比欣慰。

她看了看手表，八点二十了，不准时这件事与默根特哈勒博士一点都不搭，八点半的时候艾薇自已点了一盘千层肉酱面，吃了几口就把刀叉放到一旁，因为她下午已经预支了一个星期的热量，而且她心里面很不踏实，也根本没心思享用千层面，九点的时候艾薇又点了一杯酒，总有一种不祥的预感。

默根特哈勒博士一脸慌张地走进餐馆，这时已经九点一刻了，领带有点歪，脚步也不太协调。

艾薇站起身，“博士……我是说，胡伯特！发生什么事了？”

默根特哈勒博士坐到椅子上，擦了擦额头的汗珠，说道：“我不能帮您了，您的丈夫已经把您的名字从遗产继承名单中去除了。”

第九章

威尔纳入院

艾薇此刻不能正常思考了，她已经闯了两个红灯，赶超了一辆货车，到家的时候还把车库的门刮了道痕。她很努力地想重新清醒，只是晚上默根特哈勒博士向她传达的噩耗太让人难过了。威尔纳晚上八点钟的时候给他打了电话，中心内容是毁掉艾薇，他传给金融顾问一份文件，上面白纸黑字写着遗嘱内容：两个儿子继承全部财产，艾薇一分钱都拿不到，有可能的话他会马上安排律师提出跟艾薇离婚，他的全部资产要直接转到瑞士，艾薇没有任何可能接近他的财产。

我到底做错了什么？艾薇不停地问自己，今天早上还一切正常，威尔纳到底知道了什么？艾薇浑身颤抖地一级级登上别墅的楼梯。

“艾薇？”

威尔纳已经在工作房间等她了，艾薇进去时他连头都没有抬起来，身上还是穿着那件睡袍。

艾薇鼓起身体里全部的勇气，“威尔纳？”

“贱货！”他声音虽小，语气却满是威胁。

“你说什么？”

“今天下午凯勒曼夫人往家里打了电话，如果你还记得她是谁的话。”

艾薇一下子冒出了冷汗，就是那个桥牌俱乐部爱八卦的亚历山德拉·凯勒曼。威尔纳摆出一张愤怒的脸，“事实很明显，你根本就没去桥牌俱乐部，你是去跟一个男的厮混了，跟你鬼混的那个男的，我也会一同干掉。”

“不，一切不是……”艾薇试图争辩。

“我在你睡的房间里找到一袋子色情的衣服，保险柜里的钱你也拿光了，你最好现在自己搬出去，孩子你也别想再见到了，马上消失，别等我用脚把你踹出去！”威尔纳说。

“不是你想象的那样。”艾薇小声反驳，现在所有不利都指向她。

“噢，是吗？”威尔纳脸上充满了仇恨的表情。

艾薇太紧张了，她这次是玩大了，她心中祈祷威尔纳不要发现她往食物里放药的事情，不过目前好像还没被发现。

威尔纳紧握着拳头缓慢地挪到写字台上，“你说。”

这就够了。艾薇先是爆发出眼泪，她坐到一个沙发椅上开始痛苦地哭，要向他坦白一切吗？过去的艾薇或许就这样做了，还会跪在地上爬到威尔纳的脚边，坦白一切罪过，然后在未来荆棘遍布的坎坷道路上继续忍受。

但她已经不是过去的艾薇了，她不再是那个任人宰割的牺牲品，尽管她的借口会显得势单力薄，但她今天晚上一定要尝试改变。

为了赢得时间，她还从纸巾盒里抽出面巾纸，使劲醒了醒鼻涕，“我是为了爱才这么做的！”艾薇抽泣着说。

威尔纳威胁地站起身，“真可笑！”他大声吼着，“这样一个谎言！”

艾薇脑海中已经构思出拯救计划的框架，哭诉道：“一切我都可以解释，请你听我说。”

威尔纳摆出一副不情愿的表情。

“我去见了医生，”艾薇抽泣着说，“他是这个行业里最好的，一个绝对信得过的专家，你根本不知道，我有多担心你，我已经很多天因为担心睡不着觉。”

艾薇停了一会，擦了擦眼睛，接着说：“医生说马上要咨询费，不然他根本不会跟我见面，所以我就从保险柜拿了钱，又因为他的诊所已经爆满，只能晚上约我几分钟，去那么高级的餐厅也不是我的主意，我们一直要节省的嘛。”

说完艾薇等待了一会，节省这个词很好，威尔纳看起来已经不是那么生气了。

“我根本就没吃东西，”艾薇说，“我就点了一杯水，我还能说什么？他想给你检查一下，他能让你恢复健康的，一定的。”

“那么你需要那些色情内衣，哈，可笑！”威尔纳讽刺地说。

“那些是为你准备的，”艾薇小声说，“你还记得我说过，我们应该尝试一些新鲜的东西吗？”

威尔纳惊讶地盯着艾薇，“新鲜的东西。”他又难以置信地重复了一遍。

“你终于恢复理智了，”艾薇哭着说，“你看起来好吓人，我们诚实对待彼此，过去的这些天你身体很不好，我们早就该请一位医生，如果你愿意，我马上约明天的时间，等你身体一好，我就穿这些衣服给你看。”

看得出来，威尔纳在消化这些新信息。

艾薇用手捂住脸，“如果没有你，我要怎么办？”艾薇说，“这个医生是我最后的希望，求你了，让他给你做个检查吧，即使你不愿意为了我这样做，也想想我们的孩子吧。”

威尔纳还是没有给出答复，艾薇站起身，朝威尔纳走近了一步。

“我原谅你，”她小声说，“我们就当你刚才那些可怕的话都不存在，我知道，你不是真的想赶我走，我们一起喝杯酒吧，重新开始？好吗，我的乖乖熊？”

威尔纳犹豫地在一张纸上胡乱地画什么，艾薇了解威尔纳的心理，不论是遗嘱还是离婚的打算，他都没有跟艾薇提过只言片语，显然他不想艾薇有任何察觉，直到必要时候才发出致命一击。

我没有多少天的时间了，艾薇心想。她走到厨房，打开一瓶红酒，拿出两个杯子还有最强效的安眠药，然后回到工作室。

威尔纳还是一动不动地坐在书桌前绞尽脑汁，艾薇递给他一杯红酒，然后举起自己的杯子。

“干杯，亲爱的，一切都会好的。”

“好吧。”威尔纳有点尴尬。

对于威尔纳来说这就算是一个无言的道歉了，他接过酒杯，吃力地站起身，艾薇靠了靠他的身体。

“为了健康，我当然也一起跟你去见医生，没有什么比让你恢复从前的强壮让我更幸福的事情了。”

“听起来不差，”威尔纳一口气喝掉了整杯红酒，“我觉得你现在就可以穿上那些内衣。”

“只要你愿意。”艾薇点着头。

艾薇让威尔纳回到床上，自己在浴室磨蹭了几分钟，等他听到外面传来威尔纳的鼾声，才走出浴室回到自己睡觉的客房。

第二天阴天而且冷得要命，艾薇浑身冻得发抖，前一天晚上她基本没有合眼，眼前总是出现威尔纳凶残的目光。他是计划跟艾薇离婚的，这就是他们二十年婚姻的尽头，这二十年里，艾薇像一个全身付出的奴隶。

孩子们早就去学校了，冻得发抖的艾薇走到厨房煮热巧克力，她一口口品尝这个甜甜的东西，喝完把杯子放进洗碗机，然后上楼去叫醒威尔纳。

差不多中午的时候艾薇来到慈善医院的门前，在安眠药的作用下，威尔纳只能靠着艾薇才站得稳当。

“你的那位神奇医生在哪儿？”威尔纳问。

“一会儿就来。”艾薇小声回答。

慈善医院规模超大，是这个城市最大的医院，医院的楼外观都很丑，周围满是溜达着的病号和前来探望的人，主楼、三层，艾薇还记得，345a 号房间，艾薇已经打过电话。

从电梯走出来是一条看起来没有尽头的走廊，没有别的选择了。

“请问需要帮忙吗？”一个穿浅蓝色制服的护士问。

“谢谢，我找的房间号是三……”

艾薇查点没扶住威尔纳，她认出了这个护士。

“是找莱恩哈德·海尔教授吗？”护士问，她基本没有化妆，笑容可掬，这不是真的！艾薇想着认真地点了点头。

“请这边走。”

护士走在前面，只是她的高跟鞋泄露了她的身份，她可不是这个医院的护理人员，不过希望只是艾薇注意到了这点，这种朋友真是千载难逢，患难见真情，蓓阿特丽丝一定是为了她舍弃了很多重要的会议。

“请，海尔教授已经等您了。”说完打开一扇门。

这是一间四面白墙的屋子，高高的窗户有些尘土，屋里是浓重的消毒水味道，罗伯特坐在一张堆满文件和索引卡片的桌子后面，他穿白大褂的样子真是再迷人不过了，艾薇真想扑进罗伯特的臂弯，然后再也不要离开。可实际情况是，艾薇正搀着威尔纳，好不容易把他卸到一把椅子上。

“武特克夫人，”罗伯特用非常正式的口吻说道，“这是病人本人对吧？”

“我是威尔纳·武特克，”威尔纳吼着说，“您就是那位医生啊，不过先说明我的态度，您那个医学博士和教授头衔我一点都不感兴趣。”

罗伯特跟艾薇和蓓阿特丽丝短暂交换了一个眼神，说道：“伍希护士，您能不能在外面等，并且确保没人打扰我们。”

“好的，”蓓阿特丽丝回答，她朝艾薇挤了挤眼睛，扭着屁股走出了房间。

太好了，艾薇心想，蓓阿特丽丝在外面放哨，不然万一真正的教授现在回到办公室怎么办。

罗伯特慢慢站起身，白大褂外面挂着听诊器，他的头发今天在脑袋后面扎了一个发髻，艾薇又着迷地观察着罗伯特细长的手指。

“您的夫人向我介绍了您的病情症状，”罗伯特清了清嗓子，“如果您愿意躺下来的话。”

“我没有什么不舒服，只是过度工作导致了现在的情况。”威尔纳小声说，不过似乎他也听话了，正在解衬衣的扣子。

“腹泻，头痛，眩晕，”罗伯特一一道来，“听起来不是很好，裤子您不用脱，先平躺。”

罗伯特指了指屋里一张比较窄的床，上面铺了一张皱纹纸，艾薇很感激威尔纳没有在罗伯特面前让她没有面子。而且罗伯特的眼神就已经让艾薇充满信心了。

威尔纳躺下以后，罗伯特戴上一副黄色胶皮手套，开始用听诊器给威尔纳检查。

“怎么样？”威尔纳问。

罗伯特聚精会神地听着，之前还掏出一个记录器，“严重心律不齐。”

威尔纳脸都白了。

接着罗伯特开始检查威尔纳的肚子，“三级硬化，”他又在记录器上记下一条，“消化不良，胆囊肿大，肠道发炎，初步诊断腹部区域病毒性感染引发的综合征。”

威尔纳被吓得眼睛都睁圆了，“您能不能讲一遍德语？”

“等一会，”罗伯特说，“请您转过身背对着我。”

威尔纳缓慢地把自己庞大笨重的身体转向罗伯特要求的方向。罗伯特温柔地对艾薇笑了笑。艾薇把嘴嘟成了一个吻的形状，只不过威尔纳看不到，他现在对着的是床上铺的那张皱纹纸。

“请深吸一口气并且屏住呼吸，”罗伯特命令道，顺便又把听诊器戴上，“右侧肺部声响异常，您抽烟吗？”

威尔纳嘟囔着一些听不懂的话。

“有时抽雪茄。”艾薇翻译了一下。

“嗯嗯。”罗伯特说着右手朝下滑直到摸到威尔纳内裤那边。

威尔纳低声呻吟，“蠢货，该死的，往我裤子里……”

艾薇屏住呼吸，那个昏暗的位置，罗伯特敏感的手指滑过的位置，让艾薇抽搐的位置，尽管这会儿这些都不合时宜，可艾薇仍忍不住想念罗伯特灵活的手指。

“我在对您的直肠进行检查。”罗伯特根本没有停下来。

艾薇看得目瞪口呆，二十年的婚姻里艾薇都没有获得过尊重，今天终于扯平了。唯一让艾薇觉得可惜的是，此刻蓓阿特丽丝不在场。

“我摸到您有痔疮，”罗伯特说，“而且过多，应该激光治疗。”

“激光治疗？”威尔纳用最后一丝力气呻吟着。

“只是个程序，不用过于担心，我们一般把肠子最末的这个组织穿刺，然后……”

“别说细节了。”艾薇祈求，她突然觉得很恶心，甚至想吐。

罗伯特摘下胶皮手套，扔进垃圾筒，然后平静地摸了摸艾薇的脸颊，艾薇甚至闭上了眼睛，因为她感受到了关心，哪怕是在这么一个狭窄的医院诊疗室里，如果能跟罗伯特在这张诊疗床上……

“武特克先生，我需要给您抽个血。”罗伯特说。

他从写字台拿出一只一次性针管，拔下针管外面的塑料帽儿，扎入威尔纳肉肉的手臂。

就在这会儿有人敲门，罗伯特和艾薇同时紧张了一下，门开了，是蓓阿特丽丝，她朝下伸了伸拇指，脸上摆了个警示的表情。

“海尔博士，有个急诊，”她喊道，“请您快一点！”

“当然，”罗伯特回答，他给艾薇摆了个手势，意思是让他们赶紧出去。

“武特克先生，您可以把衣服穿上了，”罗伯特很镇定地说，“我们等会再对腹部照一个超声波检查的片子，我给您写一个药方，这是第一次，接下来的情况我们之后再看。”

“急诊，教授先生。”艾薇提示道。

显然情况是紧急的，现在的每一刻都可能让他们的骗局穿帮。艾薇帮着威尔纳穿好衣服，因为如果是他自己总是慢条斯理，接下来他们就出来了，威尔纳一直往前走，根本没有注意到身旁一个瘦高的男人快步经过，身上还别着一个名字牌“海尔教授博士”。

“你的威尔纳看起来很可口。”蓓阿特丽丝开艾薇的玩笑。

她正在大口喝拿铁咖啡，刚才护士的制服已经被她迅速换回了一身紫色丝质套装。

“这个男的真不好。”罗伯特简单地说。

艾薇没有说话。

此刻他们三个人坐在慈善医院不远处的一个简易咖啡馆里，咖啡也是盛在塑料杯里供应的。咖啡馆的桌子上摆着已经枯萎的花作装饰。屋里有零星一些背影，都穿着睡袍，让人很难认出是医院的病人，他们都一直在这里喝着高浓度的咖啡。

艾薇把威尔纳塞进汽车，借口说忘记拿药方就又回来了。

“你到底是怎么认识的这个男人？”蓓阿特丽丝问。

“在旋转俱乐部，”艾薇说，“我父母觉得，在那里办聚会很好，然后我就在那认识了威尔纳，他那时看起来真是相当帅的，当然我父母无比失望，因为我竟然挑了这么一个没有修养的男人，或许我是出于叛逆才跟他结婚的吧。”

“因为你父母不喜欢他，这样，”蓓阿特丽丝说，“也是一个动机，威尔纳现在很可怕，是不是，医生？你有没有什么治疗办法？”

“慢慢来。”罗伯特把绑头发的橡皮圈拿了下来，你们知道我今天用我的职业生涯冒了一次险吗？如果不是我在慈善医院认识一些人的话……

他没有说完，只是叹了叹气，他还是穿着白大褂，看起来无比专业。

白衣天使，艾薇心想，罗伯特今天确认冒险了，但确实关乎一些东西，甚至关乎所有的东西。

她紧张地摸了摸头发，说道：“威尔纳要把我变得很可怜，他要夺走我的孩子，他也要把我像厨房里的蟑螂一样踩死。”

“我明白，所以我才帮助了你，”罗伯特说，“那么，你需要什么？”

艾薇的回答很迅速，“一个两个星期之内都没有战斗力的威尔纳，这样应该就够了，我需要他睡很多觉，站不稳，走不了路，头脑也不能正常思考，到现在为止我在家用的药都还管用，只是他总是恢复得很快。”

“两周……”罗伯特皱着额头。

“比如人工昏迷？”蓓阿特丽丝问。

“危险太大了，”罗伯特说，“但是可能的话我可以安排他住院观察一段时间，就在我教授的私人病房，我可以把他当作我的研究案例进行展示，博士论文的研究对象，那么我所需要的是一位亲属的同意书。”

“你有把握吗？”艾薇忽然觉得又有了希望，兴奋地抓了抓罗伯特修长的手，昨天一切还都很绝望，现在一切又都改变了。

“我能不能在他身上试验一个新的治疗方法？”罗伯特问，他总是更喜欢自己提出的想法：“保证没有危险。”

“你尽管做些有危险的，”蓓阿特丽丝建议，“来个大脑移植怎么样？”

罗伯特歪了歪脑袋，说：“他的消化肠道是唯一用来排泄的，你平时都做什么给他吃，艾薇？”

“所有他喜欢的：牛排，猪肘……”

“这样我就不奇怪了，”罗伯特说着责备地摇摇头，解释道，“他有很多胆结石，多到可以用来铺你们家来慈善医院的路了，X光片显示很明显。”

他从白大褂的口袋里掏出一张电脑打印的图，打开放在桌子上。在艾薇看来这张图就像一个失意艺术家的作品。罗伯特指了指几处比较暗的地方，然后解释他的诊断，“你们看见这里了吗？我研究出一个新的治疗方法，通过特殊的激光把这些东西消灭掉。”

“消灭，你想怎么办就怎么办，”艾薇温柔地说，“重要的是不让威尔纳发火。”

罗伯特严肃起来，“他已经发火了，除了你给他用的那些药以外，这个男人的饮食也是完全不健康的，现在是他付出代价的时候了。”

艾薇激动地说：“那你的意思，他真的病了？”

“很抱歉，女士，是你给他提供了错误的饮食，而且可能还经常喝很多……”

“红酒、啤酒，等等，”艾薇确定地回答，“不要说我的菜做得有问题！”说着艾薇噘了噘嘴。

“他的胆囊肿得跟气球一样，”罗伯特说，“我看看能不能尽快为他安排一张床，但会挺贵的。”

“钱不是问题。”蓓阿特丽丝说。

艾薇也点点头，说：“这不是很好吗？我获得了自由，你的博士论文也有了研究对象。”

“必须是双赢的局面，”蓓阿特丽丝说着把咖啡杯推到了桌上，“我得走了，这真是我经历过最有意思的午休，是不是，罗伯特？”

“什么？”

“我能不能留着那套护士的制服？”

“要那个干吗？”艾薇问。

蓓阿特丽丝做了个舔嘴唇的动作，说道：“那衣服很性感。”

蓓阿特丽丝和艾薇不知道已经多久没进过学校这种地方了，尽管她们的年龄跟这里也已经不再相符，但学生的制服打扮让她们自己也感觉又回到了学生时代。她们满怀希望地看了看大礼堂的舞台，几个看起来胆怯的孩子在那儿吹奏着什么。

下面一排排的座位上坐满了严肃的客人，卡特琳娜和部长面无表情地坐在第一排，宽敞的舞台用彩色花环装饰了一下。不过艾薇耳朵里听到的这个曲子感觉就像是地狱之歌。

“真是看不出来那个部长会是早上五点爬上别人床的人。”蓓阿特丽丝小声说。

“小声点！”艾薇警告蓓阿特丽丝，她们就坐在第二排，就在那些尊贵的客人后面。

“这种场合加上音乐什么都听不到”，蓓阿特丽丝安慰艾薇，“小威尔纳怎么样？”

“乖乖地躺床上呢，”艾薇小声说，“偶尔会跟护士吼一吼，不过一切都在罗伯特掌握之中。”

蓓阿特丽丝笑笑，“那个让女人信任的医生，真的把手指插进了威尔纳的肛门？”

艾薇满意地点了点头，脸上自然带着笑容，报仇真是一件感觉不错的事情。

学生乐团的表演曲目终于结束了，场下一片掌声，卡特琳娜步伐稳健地登上舞台，黑色西裤和灰色丝质衬衣熨得一丝不苟，只是脸色有些苍白，艾薇觉得。

“非常感谢刚才音乐形式的欢迎仪式，”卡特琳娜一边说一边扶了扶无框的眼镜，“我很荣幸能代表我们的家庭部部长，在此欢迎大家参加阿尔伯特·爱因斯坦欧洲学校的剪彩仪式，霍尔斯特·霍夫内尔博士接下来也会为剪彩仪式致辞。”

卡特琳娜看了看坐在第一排的部长先生，他正在手机上打着什么。

“孩子是我们的未来，”卡特琳娜宣布，“孩子是我们全部的骄傲，孩子是我们的希望，是我们快乐的源泉。”

部长开始不在手机上敲字了。

“没有了孩子我们也将迷失自我。”卡特琳娜继续说。

“她在说她自己呢，”艾薇说。

“部长害怕了，”蓓阿特丽丝小声说，她指了指那个政治家，此刻看起来像是咬了什么特别苦的东西一样。

卡特琳娜继续讲着，“谁选择与孩子为敌，就选择了与生活为敌。”透过麦克风的声音听起来格外响亮尖锐。

部长有些吃惊地坐在下面，他把手机放进裤子口袋里然后开始鼓掌，毫无疑问，紧急情况，防止接下来有什么对他不利的内容。

“太棒了！”他喊道，“太棒了！”

观众都跟着鼓起掌来，部长赶忙站起身，爬上舞台，抓住卡特琳娜的胳膊，此时卡特琳娜的脸跟墙一样白。

“女士们、先生们，我很荣幸能在团队中拥有塞维尔琳博士。”说完使劲把卡特琳娜推下讲台。

卡特琳娜回到了自己的座位，部长拿出预先准备好的一张纸条，一一读出上面的十点，内容关于家庭、学校、孩子。

“你还好吗？”艾薇小声问，并把一只手搭在了卡特琳娜的肩膀上。

卡特琳娜没有转身，小声回答艾薇：“我不好，一点都不好，我今天来大姨妈，太疼了，我都想把他杀了。”

“想想罗伯特，”蓓阿特丽丝说，“想想现在这个时候他正在你家给你装摄像头呢，我倒是希望我们可以抢先观看性爱录像。”

艾薇强忍住不笑出声，卡特琳娜也露出了一点笑容。

蓓阿特丽丝把短裙拽了拽平，说道：“不过你要准备薯片和奶酪块儿。”

三个人这时候都不继续聊天了，往后倚了倚，让身子贴在并不舒服的椅背上，观察着台上讲话的那个人，好像猎人盯着麋鹿似的。

霍夫内尔部长看起来就是那种让人觉得最好快点忘掉的类型，他穿了一件深灰色的西装，打了一条灰色领带，中等身材，中等高度，中等水平的样貌，普通颜色的头发，就连声音也没什么特点，无聊得很，他身上的魅力艾薇完全发掘不出来。

“我希望可以引用一句话来结束今天晚上的讲话，这句话一直陪伴我的职业生涯，”部长说，“我们是为了生活学习，而非为了学校。”他说这句话时还先说了一遍拉丁语的版本。

“炫耀，”蓓阿特丽丝说，“他的演讲都是卡特琳娜写的，她拉丁语成绩一直最好。”

台下响起掌声，部长张开手臂接纳观众的肯定，然后走下了舞台，用消灭式的眼神瞥了卡特琳娜一眼又重新坐回座位上。现在轮到校长出现了，学生乐队列队走下舞台，整个节目安排也就结束了。

卡特琳娜站起身，艾薇和蓓阿特丽丝也站了起来，卡特琳娜正好做了一个手势把她们介绍给部长，“霍夫内尔博士先生，请允许我把我的两位新同事介绍给您认识。”

家庭部部长惊讶地抬起眼皮，说道：“这件事我之前一点不了解，塞维尔琳博士夫人。”

“我的团队里需要女性力量的支持，武特克夫人和克拉梅尔夫人。”

艾薇和蓓阿特丽丝尴尬地笑了笑，新同事？卡特琳娜又打了什么小算盘？

“这两位主要负责关于婚后问题的调查，”卡特琳娜解释说，“婚姻中的暴力行为、招妓、离婚法方面的问题。”

没错，艾薇心想，这些方面或许我们是专家，如果不是我们，谁还能胜任这个角色？

霍尔斯特·霍夫内尔半信半疑地打量着这两位女性，她们看起来可是一点不像从政人员，“很高兴认识两位，”他敷衍地说，“很遗憾我现在马上有个紧急会议，塞维尔琳博士夫人，您跟我一起吗？”

“我们之后见吧，”卡特琳娜回答，“我先有一个新闻发布会的安排。”

“噢，如果可以问的话，和谁呢？”

“《施普雷报》的一位记者，非常有才能的一位年轻人。”卡特琳娜说，说着还特意注意了一下部长的表情。

“噢，是这样一位。”霍夫内尔说。

卡特琳娜朝人群望了望，一会儿工夫过来一个看起来不修边幅的小伙子，穿了件二手的军式夹克，深金色头发，牛仔裤还有撕破的造型。

“允许我介绍一下，《施普雷报》的拉夫·布鲁门科恩，很高兴您能在这么晚的时候还愿意接受我的采访，塞维尔琳博士夫人。”

“我总是在工作的，”卡特琳娜笑着说，“对于我也是一种享受”。

艾薇马上就懂了。这应该就是那个年轻向上却整天编辑生活琐事版面的小伙子，卡特琳娜未来的合作伙伴。卡特琳娜上下打量着这个小伙子，他真的是合适人选吗？值得信赖吗？至少他现在看起来不错。

“别忘了我们还有一些文件需要一起讨论一下。”部长提示了一下卡特琳娜。部长站在那，感觉像要把那个年轻又有才能的记者狠狠踩在脚下，他先是和艾薇握了握手，接下来又和蓓阿特丽丝握了握。

“合作愉快，女士们，我们确实需要更多的支持。我这边的人手总是不够，再见。”

那个记者，部长就这么省略了，甚至连看一眼都懒得看。他们看着部长在四个保镖的陪同下朝出口走去。

“部长先生真是让人印象深刻，”拉夫笑着说，“不过说真的，塞维尔琳博士夫人，您怎么能坚持下来跟这么一位重要人物一起工作的？”

卡特琳娜笑了笑，回答道：“他能力很出众，是一位有激情有感染力的演说家，而且天生对政治有独到的敏锐嗅觉。”她迟疑了一会，“或者他可能是有一点，或者说，不太均衡，也不是说……政治上不稳定，易变。”

拉夫惊讶地看着卡特琳娜，“我听得没错吧，您说政治上不稳定，易变？”

“噢，这个在我们的工作中很常见，我们履行我们的义务，并且放弃可能放弃的家庭和朋友，这个对于男性政治家尤其是个问题，不过这个不是您需要特别关心的事情。”

“那您呢？国家秘书夫人？您对这个义务和放弃怎么看？”拉夫看起来若有所思，提出的这个问题也很有挑战性。

“我恐怕，嗯，”卡特琳娜回答，“但是这也会变的，采访本来是要在哪里进行的？”

拉夫没用很长时间去想，便回答道：“我想可以在长城饭店的大厅，这个时间那里比较安静，而且也可以喝个比较正式的酒，您已经辛苦工作了整整一天，觉得那里可以吗？”

时机到了，现在不要犯什么错误了，艾薇心想。

“我可能要让您失望了，我不喝含酒精的饮料，我想如果我可以带着我的同事一起，您不会反对吧？”卡特琳娜颇有气场地表达着自己的意见。

第十章

三人组的勇敢复仇

长城饭店的装潢让人想到八十年代时人们对世界的设想，白色铸铁的宽敞楼梯，周围是整齐的南瓜黄色沙发椅。黄铜质地的蜡烛托上发出一种昏黄柔和的灯光，大厅里摆放了很多桶状花盆的棕榈树，角落里还有一架钢琴正在演奏耳熟能详的曲目。

"这是好莱坞的小茅屋啊，"蓓阿特丽丝小声说，"设计师可真是不怎么样。"

拉夫指了指大厅角落里的一个位置，"那应该对三位美女来说是个不错的位置，你们觉得呢？"

卡特琳娜耸了耸肩，"我都无所谓，看您了。"

三个女人一一坐下，拉夫坐在了她们对面的位置，接下来拿出智能手机，开启一个按键以后放在了中间的茶几上。

"这个小东西现在可以把所有的内容都录上？"艾薇饶有兴趣地询问。

"每个词都会的，我正想着怎样拍一张照片配合周日的版面，"他解释说，"标题就叫'成功的女政治家背后的故事'，她是怎样走到今天这步的，她现在的状态如何，以及她未来有什么样的打算，你们觉得怎么样？"

卡特琳娜双臂交叉地放在胸前，“我认真严肃地处理工作，我就是希望为人民服务。”

“哎，您真是全身充满责任感的感觉，”拉夫有点无聊地表示，“其实您出众的能力完全可以胜任一个更高的职位，不是吗？”

小心为妙，他问的问题正是别人反对卡特琳娜所用的，艾薇心想，希望他没这样打算。卡特琳娜并没有直接回答，只是紧了紧头发的发髻。艾薇倒是很佩服这个记者的洞察力，卡特琳娜显然是找到了不错的人选。

“那我们聊一聊您的家庭背景吧，讲讲您的父母，”记者问卡特琳娜，“您看起来像是那种含着金钥匙出生的。”

提到这个问题卡特琳娜就开始紧张了，艾薇和蓓阿特丽丝都感受到了。如果说在成长过程中有什么东西让她觉得难为情，那么就是她的出身了，她此刻有些紧张地一直拽着衬衣。

“我父亲在建筑行业做领导。”她说这话时勉强挤出一丝微笑。

艾薇心想，建筑行业确实是的，但是领导？卡特琳娜是在否定自己的父母吗？那个做砌墙工的父亲，给人打扫卫生的母亲？艾薇直觉上很担心，这个聪明的记者会不会自己搜索信息，之后揭露事实真相说卡特琳娜是个骗子。

“哦，那他在那做什么具体工作？”拉夫还想得到进一步的信息。

艾薇想到了同学聚会时卡特琳娜自己表述的内容。

“我能说点什么吗？”艾薇插话说，“塞维尔琳博士夫人是民主社会杰出的代表，她的爸爸是砌墙工，妈妈是清洁工，而女儿通过自己的努力和能力成为了政治家领军人物中重要的一员！”

她真的这么说了吗？艾薇惊讶自己的话，卡特琳娜听得都快失去呼吸了，生气地盯着艾薇，真想把她的嘴用胶带粘住然后把脚绑起来倒挂起来，她充满恐惧地等待面前那个记者的嘲讽，但事实却出乎意料。

“这真是太不可思议了！”拉夫不禁喊出口，“是人民中的一员！是我们当中的一个！敬重，我真的从来没有想过。”

卡特琳娜像一下子被雷劈醒一样，她现在才意识到，其实艾薇刚才把她从一个很危险的境况中拉了回来。

“是的……”她清了清嗓子，每句话都让她觉得无比艰难，“我来自，实际上，社会阶层非常非常低，金钥匙银钥匙这种我只听过，我们家怎么会有这种东西，鱼子酱也是少得可怜，家里只有豆子罐头。”

现在到了真心话大冒险了，所有的事实真相，她双手交叉握紧，直到关节都疼了。好像上百吨的耻辱现在一克一克砸落到身上。

“所以她才理解普通人的感受，”蓓阿特丽丝说，这个时候她也理解了艾薇刚才一席话的用意，“这是一种诚信，恰好与那些自大的政治家面具相反，那些人只关心自己的特权！”

“太棒了！”拉夫喊出了口并且按下了录音设备的暂停键，“太伟大了，社会最低层走出来的明星，清洁工的女儿，没有任何一家报纸报道过，这是新鲜事，大新闻！我去买点喝的，然后我们再接着谈，女士们要水吗？”

三个人点了点头，拉夫起身去吧台买水。他刚一走出她们的交谈范围，卡特琳娜就缩成一团，“谢谢你艾薇，你刚才把我从一个巨大的错误中拯救回来，”卡特琳娜小声叹了叹气，“你是怎么想到的？”

“我是想，你总是看起来难以接近，你的家庭背景让你很平和，很讨人喜欢，你自己没有注意到吗？”

“现在注意到了，”卡特琳娜承认，“可是为什么说难以接近？我自己觉得我看起来很和蔼可亲啊。”

“和蔼？”蓓阿特丽丝摇了摇头，“不是吧，暖心得像冰山，活泼得像陵园，讨人喜欢得如同口中的异味。这是典型自我认同跟别人印象的矛盾反差，很幸运我还认识你的其他方面，你想成就一番事业？那么你要表现你柔软的一面，谈谈你的家庭，你会发现，别人会为此爱上你这个人。”

“爱上？”卡特琳娜疑惑地重复，“可我希望用我的能力说服别人。”

蓓阿特丽丝按了按她的肩膀，“瞎说，能力！很多人都有，但你是一个有血有肉的女人，不是一个只会说空话的，跟其他政治家一样，让这些都表现出来，难道你不知道，你有很多特别的地方吗？”

“嗯，还是不知道，”卡特琳娜回答，“那我现在应该怎么做呢？”

“利用他的同情怜悯心。”蓓阿特丽丝发号施令，“表现出感情让他佩服你，你要让人怜爱，表现出容易受伤的样子。”

卡特琳娜认真地倾听着这些善意的建议。这时候拉夫也回来了，还跟着一个服务员，端了一托盘的饮料。拉夫高高举起起啤酒，“为了这个出彩的故事！会轰动的！”

“一切都太棒了！”蓓阿特丽丝说，“您会发现这篇文章的价值的。”

“顺便可能的话，我也愿意了解更多关于那个政治家的故事。”拉夫笑着说。

“一个爆炸性的主题，”卡特琳娜回答，“我很愿意跟您聊更多关于他的故事，有机会的。”

将近午夜的时候，三个女人点了瓶香槟。卡特琳娜结束了访问，以前从来没有跟任何一个新闻媒体的人透露这么多关于自己的信息。拉夫离开时甚至亲吻了卡特琳娜的手背，并且再次表示自己的敬仰之情。

“真是天作之合，”她叹了口气，“你们真是让人难以置信的好，谢谢指导，没有你们，这个访问结束时我会死得很难看。”

“这个故事拉夫很受用，就像婴儿吸吮母乳的需求一样！”蓓阿特丽丝充满胜利喜悦地喊道。“他还说了什么？洞察力、敏感、心胸开放、人性化，你是柏林政治大军中当之无愧的明星！”

“而且他现在很愿意经常跟你交流！”艾薇补充说道。

卡特琳娜穿上夹克，撸了撸袖子，说：“你们拉了我一把啊，我刚才紧张得跟警察的审犯一样一直冒汗，你们觉得拉夫这个人怎么样？”

“他全身的每个汗毛孔都表示敬佩你！”艾薇说，“你让他回到了青少年追星的时代，只是你要注意，你自己不能变软弱了。”

“我恐怕已经变软弱了。”卡特琳娜叹气说，“像甜品一样的男人，包括很多奶油，还有能吃的大樱桃，可惜……”

“真是可惜，”艾薇说，“卡特琳娜值得拥有更好的，而不是这个灰老鼠一样的霍尔斯特。”

“不可惜，”蓓阿特丽丝反驳道，“如果她成为部长，她也能找一个男朋友。”

卡特琳娜惊讶得语无伦次，“什么？什么？我当部长？”

“宝贝儿，你可以做到的，”蓓阿特丽丝说，“而且充满力量，推翻那个部长，然后你坐到那个位置，我们计划的报仇是什么呢？她故意停留片刻，就是你抢了他的工作！”

卡特琳娜听得瞠目结舌。

“真的是现在吗？”艾薇激动地发问。

服务生端来一瓶香槟和三个杯子，蓓阿特丽丝把酒倒满给卡特琳娜打气，“推翻那个霍尔斯特，给你自己加油，这就是胜利的复仇，你只想要一块蛋糕吗？算了，你可以得到整个面包房的！为我们未来的家庭部长卡特琳娜·塞维尔琳博士！”

说着蓓阿特丽丝举起酒杯，“没错！”艾薇也喊道，“你会成为政治世界有史以来最好的部长。”

“哎。”卡特琳娜呻吟道。

蓓阿特丽丝接着说：“等他嫉妒地看到电视里面的你的时候，只有吵闹着咬地毯的份儿。你说说你们俩的事是怎么开始的？”

卡特琳娜一口气喝下了整杯香槟，脸变得越来越红，“一次圣诞聚会之后，我们都喝了很多圣诞酒，他说送我回家，帮我把文件包拿进屋子。”

“然后呢？”艾薇问。

“一切都发生得太快了，我根本没有时间思考自己是不是愿意，不知怎么的我们就躺在沙发上开始了。”

艾薇和卡特琳娜一声不响地听着。

“你为什么之后没有结束这段关系？”蓓阿特丽丝问。

此时卡特琳娜开始抽泣，“他提好裤子对我说：这样对我的事业很有帮助，如果我还想继续呆在国家秘书这个职位上，那我就不能跟任何人说。”

“他威胁你，真是混蛋！”艾薇喊道。

“不只是这样，”卡特琳娜小声说，“我很孤独，像我这样的一个女人是生活在受人尊敬的笼子里的，但现实中没有一个男人敢走进我的生活，跟霍尔斯特至少还有亲密，我也喜欢过他，不知道怎么的。”卡特琳娜用一个袖口擦了擦眼泪，“我这么努力得到的工作，难道真的因为这个牺牲掉吗？谁又会相信我？渐渐地一切就成为了习惯，我自己也陷得越来越深，以至于无力去改变什么。”

“我有一种想要阉了他的冲动！”蓓阿特丽丝说。

卡特琳娜看了看表，“他现在已经坐在专车里等在我家门口，等我回家好跟我……”

“想想摄像头，”蓓阿特丽丝说，“多换几个姿势，你可是答应了我们某个晚上一起看录像的。”

威尔纳无聊地躺在医院的病床上，盯着墙角挂着的电视，这个单间装饰得很让人感到舒服，墙壁是柠檬黄色，房间配有一个樱桃木的柜子，窗边摆了两把椅子，夕阳的最后一缕红色光束打进屋子。

“乖乖熊，我来了，我给你带了一束花！”

乖乖熊一点反应都没有。电视里正是赛车比赛，赛车飞驰的声音震耳欲聋。

艾薇提高了声音，“亲爱的？”

威尔纳转过头，毫无感情地看着他的妻子，艾薇都不确定威尔纳是不是认出了自己。

威尔纳揉了揉眼睛说，“是你啊，我在这快死了，我的妻子过得很快活，不是吗？”

“不是，我，我去准备了你在这里需要的所有东西，一件新的睡衣，一条新的浴袍，一本好书，是非常好的一部小说……”

“我要手机！我的笔记本电脑！该死的，我要安排事情！电话！邮件！查看股票！你的好书你自己留着吧，这种恶心的东西我根本不需要！”

你有事情要处理？你是想把我丢进垃圾筒，艾薇冷冷地心想。她把手里的花放在床头柜上，拉出一把椅子坐到床边，艾薇摸了摸威尔纳蜡黄色的额头，其实摸之前艾薇是做了心理斗争的，这个跟他一起生活了很多年的男人，竟不知道什么时候早已变成了陌生人。

“你需要静养，教授说了，完全的静养，如果你把病房也变成生意场，你的病好不了啊。”

威尔纳粗鲁地推开艾薇的手，“我要跟默根特哈勒说话，马上！如果一小时内你不把我的手机拿来，那我就……”

“您的妻子正在做为您好的事情，”罗伯特走进病房，双臂交叉地看着威尔纳，雪白色的大褂跟深色的头发形成了鲜明的对比，“您的血压又升高了，您没有吃药吗？”

“冲到马桶水里面了。”威尔纳挑衅地说。

“那么，武特克先生，您拒绝治疗，”罗伯特说，“现在我不想隐瞒照您这样做的话有什么样的危险，您的腹部有急性感染，说得通俗一点：如果您不吃药，这里的灯一个、两个、三个都会灭掉，明白了吗？”

这是威尔纳能听懂的，他看着罗伯特，“您的意思是说……”

“不是我的意思是什么，而是我了解所有的情况，如果您对药片的服用有问题的话，我们可以进行注射治疗，这样也是最好的，我现在的安排对您来说都是最必需的。”

一刻钟以后，威尔纳四脚朝天地躺在病床上，鼾声震耳欲聋，手背上扎着输液管子，里面缓慢滴着黄色的液体。

“安静了，”罗伯特说，“镇定剂，抗生素，安眠药，应该足够了。”

“谢谢。”艾薇小声说。

她温柔地拉起罗伯特的手，罗伯特有点犹豫地回应艾薇，艾薇这时候又陷进去了，一种不可思议的吸引力，一种她之前从没在一个男人身上感受到的能量，她呼吸紧促，甚至不能正常思考了。

“啊，罗伯特，我真的好高兴又见到你。”

“我也是，”罗伯特笑笑，“你在的时候我总觉得心里暖洋洋的。”

“真的吗？那就是你喜欢我啦？”艾薇迟疑地问，“我肯定跟你不合适，就我现在看起来的样子……”

“不要继续说下去，”罗伯特做了一个禁止的手势，“你现在的样子就非常好了，一个有思想并且值得爱的女人，这样的女人并不多见，相信我。”

艾薇真的不敢相信自己有那么多好，此刻要控制住自己不在这个位置去拥抱罗伯特。

“那我们现在怎么办？”她问。

罗伯特笑得有点神秘，“我是想到可以……”

艾薇忽然有一种强烈的需求欲望，真是很荒谬，但是她就是想要罗伯特，就是现在，就是在这间病房。

“你对什么感兴趣？”罗伯特温柔地问着艾薇。

艾薇咽了下口水，说道：“对你。”

罗伯特的眼中也有东西在闪烁，这个东西让艾薇很熟悉。没错，是曾经存在记忆里的宝藏，可是难道他们现在可以忘记这是医院吗，而且就是威尔纳的病房，他躺着，鼾声连连，而且病房时刻都会有人进来。

艾薇看了看门口位置的浴室，“那边的门可以锁吗？”艾薇问道。

罗伯特笑了笑说：“私人病房当然有权享受私人空间，那个门当然可以锁。”

他把艾薇从椅子上拉起来紧紧贴着自己的身体，“你真让人着迷，”罗伯特小声在艾薇耳边说。

“为你而着迷。”艾薇也贴着罗伯特的耳朵回应道。

他温柔地亲了亲艾薇的耳垂，又看了一眼熟睡的威尔纳，小声说：“我们应该到浴室里面去看看，那里很私密。”

对于道德伦理方面严格约束自己的人来说，艾薇刚才的经历是必然要遭到唾弃的，自从勇敢地成为已婚妇女，她就再也没在这么一种完全无法想象的情景里做这种事，但事情就是这么发生了，艾薇在车里坐了很久之后开车回家时膝盖还像棉花一样软。

艾薇觉得自己的所作所为与道德相悖了，不说威尔纳，可就是对她的两个女朋友来说她很内疚，因为她们之间有个不成文的协议，就是罗伯特属于她们三个人，艾薇在想，她是不是有权利独自占有罗伯特呢？

艾薇不知道，她唯一知道的是，罗伯特会触动她内心最敏感的地方，会痛。

艾薇已经看到自家的别墅了，停车时她又看了看保时捷上那道深深的划痕，这就是那天晚上造成的，那天晚上威尔纳想把她赶出家门。艾薇并不想把这道划痕送到修理厂修好，这是一个回忆里的痕迹，提醒她开始战斗，以前温顺的小绵羊现在成为了一头狮子。

艾薇有点摇晃地上楼去，两个儿子在客厅看他们最喜欢的电视节目，艾薇满眼爱意地看着斯文安和卡利，好像他们已经喜欢待在家里了，不然他们应该蜷缩在自己的屋子里不会出来的。

“宝贝儿们，要不要吃点东西？”艾薇问。

“噢，要的，妈妈，我要带香肠的！”卡利喊道。

“再拿一袋薯片，”斯文安说，“谢谢。”

这是这么些年来第一次的“谢谢”，真是奇迹发生了，艾薇满心欢喜地走进厨房，从柜子里面拿出面包，生活真是一下子就这么轻松美好了，似乎罗伯特激情的抚摸和深沉的呼吸声也都还在，艾薇的心里此时狂野极了，脸颊也通红，是从什么时候开始她可以这样感受自己的内心了？

等她端着一大盘夹肉面包和薯片回到客厅时，卡利拍了拍自己身边的空位置，这是今天晚上的第二个奇迹，艾薇无比幸福地靠着卡利，一起蜷在沙发上享受电视节目和美食，以前威尔纳总是禁止在沙发上吃东西，不过那个威尔纳现在已经不在了。

艾薇充分享受这一刻家的感觉，孩子们大口吃着面包，卡夫卡那条小狗躺在前面的地毯上，一幅和平美好的画面，再也不能让威尔纳打扰这个田园般的宁静，再也不能。

节目快要结束时，艾薇还跟卡利击了个掌，“希望你们不要惊讶，我今天有客人来。”

“客人？谁呢？”斯文安问。

“我最要好的两个朋友。”艾薇回答。

斯文安不可思议地看着艾薇，“从什么时候开始你有要好的朋友了？你不是没事只能跟那些无聊的桥牌会员消磨时间吗？”

“确切地说是特别好的两个朋友，你们知道吗？从现在开始你们也可以把你们的同学带回家。”

“但是这点爸爸是禁止的，”卡利说，“他不喜欢流鼻涕的男孩儿们身上的味道，他一直这样说的。”

艾薇大笑起来，说道：“过去式了，从今天开始这条禁令无效了，现在我说了算！”

斯文安抬了抬眉毛，说了句“哇噻”。

“你最好了。”卡利说着还亲了一下艾薇的脸颊。

这时候门铃响了，斯文安跳起来，他跑到门口，看到蓓阿特丽丝时又害羞地退了回来。蓓阿特丽丝穿了一件红色和服式的裙子搭配高跟鞋，高度可以比拟电线杆了。

“小帅哥，我们可以进来吗？”蓓阿特丽丝问，“还是这里只允许未成年人开派对呢？”

“啊，不是，可以，噢，当然，”斯文安有点口吃了，因为他的目光正被蓓阿特丽丝的低胸领口吸引呢，他母亲的朋友竟然这么有吸引力，这点让斯文安一下子不能正常说话了，卡特琳娜也是穿上了一件适合聚会的礼服，散开了头发，看起来相当有魅力。

“这栋房子的男主人，我说得对吗？”卡特琳娜问。

“这是斯文安，我的大儿子，”艾薇跟卡利一起站在了门口，“这个金发小伙子是卡利，我介绍一下她们，贝拉·蓓阿特丽丝和卡特琳娜，我们是中学同学。”

“能把这个学校的地址给我吗？那里的女孩儿看起来真让人疯狂。”斯文安开玩笑说。

蓓阿特丽丝扬了扬眉毛，说：“多有前途的一个年轻人啊。”

“明天有数学考试，”艾薇严格地说，“现在回屋去睡觉，做个好梦，别忘了睡前去刷牙！”

两个孩子跟她们有礼貌地道别之后，蓓阿特丽丝开始叹了口气，“可爱的孩子，你还能在家里看到他们，多好啊。”

“你会偶尔想念你的女儿吗？”艾薇同情地问。

“哎，她太早离开家了，虽然她如此独立是件很不错的事情，但我经常很想念她，”她耸了耸肩膀接着说，“就是现在也做不了什么了。”

这是第一次蓓阿特丽丝谈起自己的女儿，这个被光环笼罩着的女人也有脆弱的一面，可怜的蓓阿特丽丝，艾薇心想。

“已经进来了，不能总探个脑袋在门口，”卡特琳娜递给艾薇一盆兰花，“谢谢邀请，我们都很期盼看到你家的样子。”

“欢迎来到武特克别墅，”艾薇尴尬地说。

因为她觉得这个装饰得富丽堂皇的别墅在蓓阿特丽丝和卡特琳娜看来一定庸俗至极，跟蓓阿特丽丝设计师手笔的公寓以及卡特琳娜清爽干净的住所比起来，这里简直就是各种品味极差的收藏品博物馆。

“出乎你们意料的庸俗吧？”艾薇问。

“瞎说，超级温馨啊，”卡特琳娜反驳她，她一一看过艾薇的家具，粉红的台灯，装饰屋子的绢花，厚重富有质感的波斯地毯，“昨天刚学到一句话，没有什么是可以让我们觉得丢脸的，你有你的风格，我们有我们的喜好，重点是，如果所有人都是一样的，那将要多么无聊。”

“说得对，亲爱的！”蓓阿特丽丝说。

艾薇觉得一块石头落地了，她把兰花放在进门口的一个小桌子上，可她为什么没有看到桌上还摆了一个缎面的笔记本呢？就在那个奇丑的陶瓷摆件旁边。

蓓阿特丽丝已经自己走进了客厅，“一墙的实木柜子，真皮躺椅，还有威士忌的水晶杯子！这里太温馨舒适了！我觉得是我们三人组绝佳的基地！”

特立欧三人组，这个词一下子让艾薇想到了计划之外与罗伯特的那件事，脸一下子红了，她要跟她们汇报这件事吗？必须的，她一定要找机会坦白的。

她真希望其他两个人可以立刻理解她，不过今天似乎不是坦白的时机，艾薇默默地跟在卡特琳娜身后走向客厅。

蓓阿特丽丝忽然尖叫起来，“这样东西你放到 ebay 上能卖出一大笔钱！”说着她指了指地上的立式灯，灯罩由橘红色流苏装饰，“盖尔森基兴①的巴洛克风格，流行得一塌糊涂！”

“来点夹肉面包和奶酪块？”艾薇转换了话题，她觉得蓓阿特丽丝对房子的称赞有点夸张了，“我冰箱里提前准备了普罗塞克葡萄酒！”

“那就端过来吧，”蓓阿特丽丝点头示意，“卡特琳娜可以把笔记本电脑摆好了，超级好奇等待中！”

“你们确定要看吗？”卡特琳娜拉了一张脸，“都是很私密的东西啊。”

“就把最精彩的部分展示给我们就好了，”蓓阿特丽丝回答，“如果太难为情，我们中间会闭上眼睛的，跟你保证。”

---

① 德国北莱茵-威斯特法伦州的一座城市。——编者注

卡特琳娜在沙发上坐下来，打开笔记本电脑，艾薇这时候已经端了夹肉面包和奶酪块，坐到了蓓阿特丽丝和卡特琳娜身边，电脑屏幕上先是出现了一张卡特琳娜床的照片，接着是故事女主角穿着薄睡衣登场，两秒钟之后是两眼放光的霍尔斯特穿着裤衩背心袜子扑了过去。

“啊哈，是那种喜欢穿袜子做爱的男人，”蓓阿特丽丝专业地点评，“不一样的身体感觉，令人怀疑的卫生保健习惯，宁可穿袜子也不愿意接受短裙、威士忌的，可能他觉得会比较嗨吧。”

接下来是三个人的很长一段时间的沉默，能听到的只是两个不同声音的呻吟，并逐渐提高分贝，直到卡特琳娜的一声尖叫预示着高潮的到来和整个过程的结束。

“带了声效的。”艾薇在沙发上坐了好久之后唯一说的话。

卡特琳娜没什么可以说的，这段真是私密等级最高的，就像透过插钥匙孔窥探一段色情表演，不过没什么想象空间。

“重口味，”蓓阿特丽丝说，“你到高潮的时候会告诉他吗？”

“没有，”卡特琳娜笑得有点紧张，“他其实不喜欢这样。”

艾薇总是需要一点时间理解另外两人聊天的点，“那就是说，你是演给他看的？”

“谁不是这样做的呢？”蓓阿特丽丝眨眨眼，“演技是必不可少的，翻转的眼球，有节奏的喘息声，最后高分贝的呐喊，这些我们一般人经历过并且喜欢的，汉斯海尔曼却相反是个无聊至极的类型，以至于最好我先睡觉，然后告诉他：宝贝儿，你完事上床时帮我盖好被子就可以了。”

说完三个人都笑了。

“跟罗伯特在一起感觉当然是另外一个样子，”蓓阿特丽丝笑着回忆，一边说一边抹掉刚笑出眼角的眼泪，“跟罗伯特的感觉都很真实。”

罗伯特！仅仅这个名字就足以让艾薇羞耻到满脸通红，艾薇走去厨房取冰箱的葡萄酒，心里默默回想，自从认识了罗伯特，她才知道销魂的感觉是怎样的。

“男人得考一本爱情驾照才可以上岗，”卡特琳娜说，“比如学习怎样抹黄油。”

蓓阿特丽丝笑笑，说道：“没错，性爱硕士学位，我的那位先生从二十年前就试图寻找阴蒂，到现在都没有找到。”

“你可以给他画一下。”卡特琳娜打趣地说。

“再写一个使用说明。”艾薇补充道。

“一张女性身体的地图是吧？”蓓阿特丽丝也笑了，“还要指出绕路会更加丰富对当地知识的了解。”

艾薇给自己倒上酒喝，脑海中都是幻想，当然都是关于罗伯特的。

“我们说说复仇计划吧，你们会选取哪些场景？”卡特琳娜问。

“那个传教士姿势，因为那个看不出你，只有部长先生猥琐的表情，”蓓阿特丽丝回答，“如果你把它拿给拉夫看的话绝对是头版头条，顶尖政治家跟陌生人滚床单，我把标题都替你想好了。”

艾薇搓了搓脸颊，“可怜呐，我都对他感到抱歉，而且他的家庭……”

“好吧，我们先来一轮一起同情霍尔斯特的，”蓓阿特丽丝点评了一下艾薇的话，“惩罚是必须的，你难道已经忘了他对卡特琳娜做过些什么吗？”

“没有没有。”蓓阿特丽丝说得对，只是艾薇觉得不太舒服而已。

“无论如何我们都取得进展了，”卡特琳娜解释说，“威尔纳已经安静地躺在了病房，我也得到了录像，现在就差手机拍摄汉斯海尔曼的性感照片了，下次定的时间是什么时候？”

“后天，”蓓阿特丽丝回答，“周六。”

卡特琳娜露出一张胜利的表情，“那我来好好对付一下汉斯海尔曼。”

默根特哈勒博士感觉完全不好，一直不停地用他的格子手绢擦额头的汗珠，虽然只是上午十点，可他看起来像好多天没有洗过澡一样，默根特哈勒博士坐在皮椅子上，像一只皱巴巴的毛绒熊，在办公桌前一页页翻看文件。

“嗯，很好，噢，不是。”他一直嘀咕。

艾薇是第一次来到胡伯特的办公室，这里看起来让人跟金融顾问的高度保密性联系不到一起，反倒是看起来很像雪茄俱乐部，墙壁一圈装饰了深色木头柜子，厚重的地毯，到处都是烟灰的味道。

艾薇有些不耐烦地摆弄着她的珍珠项链，她今天穿了一件深色勇敢系列的套装，而且特别没有忘记的是多解开了上衣领口的一个扣子，“胡伯特，我不想逼迫你，但是，我想知道，威尔纳对您的态度是？”

“他怎么……？哎……”

默根特哈勒博士还停留在去医院探望威尔纳时惊讶的情景中，威尔纳躺在病床上脸跟白肠一样，说话也是不连贯地往外蹦字，注射的输液瓶和心肺功能检测仪已经向默根特哈勒博士说明了其余的情况，那个检测仪实际上是罗伯特的主意，为的是让故事看起来更富戏剧化。

默根特哈勒博士费劲地点上烟斗，办公室马上就烟雾弥漫了，艾薇都被呛出了眼泪。

“您就说吧，威尔纳已经不再是以前的那个人了，他的状态很差，我们，胡伯特，我们要行动起来！”

“但是遗嘱上！”默根特哈勒博士喊道，“还有离婚计划！我一直很看重忠诚，从二十年前起我就跟威尔纳·武特克一起工作，我现在不能像您说的那样做，就像之前我跟威尔纳没有过交情一样。”

啊哈，这个油滑的金融顾问一下子忠诚了起来，艾薇现在最好能使劲动摇他，可怜的懦夫，艾薇心想，我可不是这么容易就被打发的。

“我当然也看重您的忠诚，尤其是面对客户，身体上的健康和思想上的富有责任感。遗嘱、离婚，我都把它们当作他病情恶化的信号，海尔博士也是这么说，他可是这方面的专家。”

“一个让人印象深刻的医者，”默根特哈勒说，“这么年轻就当上了教授！我这是一句赞美，您能找到这么好的帮手。”

艾薇出神地盯着墙上挂着的一幅金边油画，画面上是一个扬帆破浪的人，在大海的波涛上无畏前行。

“是我最后的尝试，为了减轻他的痛苦，直到他最终……”艾薇抽泣地说。

她抽出一只手绢，大声用力擤了擤鼻涕，胡伯特把雪茄按灭在了烟灰缸里，擦了擦眼镜。艾薇继续观察那幅画，胡伯特喜欢关于大海的画吗？他是可以拥有的。

“威尔纳是我们的船长，”艾薇临时想起的台词，“这么多年来，他驾驶着令他骄傲的船，在可靠得力的助手支持下，乘风破浪，但是现在时间到了，他不能再继续掌握方向盘，那么这个忠诚的团队要相互道别，并选出另外一位新的船长，胡伯特，请你做为我掌舵的那个强大的男人吧！”

默根特哈勒博士脸上露出一丝笑容，艾薇勾勒的这幅画果然让他很受用，不过很快默根特哈勒博士脸上的笑容就消失了，“如果他又好转了呢？或者忽然恢复健康？”

艾薇没有放松进一步逼近，“即使是这种情况，他也不再是我们认识和深爱的那个威尔纳·武特克，他的病情严重得太快了，难道我们现在愿意眼睁睁看着我们的船淹没在茫茫大海吗？那样会让我们被海里的礁石撕得分碎。”

说着，她继续用手绢擤了擤鼻子，是罗伯特的味道，“请原谅我，最亲爱的胡伯特，对于航海我自认为我还是太年轻。”

胡伯特颤抖着双手摸了摸自己的光头，接着又戴上眼镜，用很正式的语气说道：“尊敬的夫人，我们现在正在法律允许与不允许的边缘范畴下活动。”

艾薇突然有了个想法，很早以前她就问过自己，如果有那么多钱，她要做什么，她不喜欢皮草首饰，不想买法拉利或是马匹，她也不想受到谁的敬仰，还有她舒适的家，她也不愿意用任何东西去交换。

实际上我只需要能让我过上舒适生活以及足够两个孩子接受良好教育的钱，艾薇心想。

艾薇把椅子拉到离胡伯特很近的位置，把手搭在默根特哈勒博士瘦削的手指上，他开始全身发抖。

“胡伯特，”艾薇温柔地叫道，“我们可以建一个基金会，就叫做威尔纳·武特克纪念基金，那么这个至高无上的办法就完全解决我们现在的问题了，当然您会照样拿到我们说好的佣金，我们作为基金会主席，也有权随时按照我们的需要动用资金。”

默根特哈勒博士完全惊呆了，他瞠目结舌地看着艾薇，好像艾薇是降落在他办公室的 UFO 一样。

“这个想法太伟大了！”他说，“那时再也不会有人怀疑，也不会有人责备我们，您是当之无愧的天才。”

“不是不是，我只是一个无人庇护了的小女人，为了自己未来的生活而努力奋争。”艾薇回答。

她环视了一圈写字台，艾薇又坐到了胡伯特椅子的扶手上，有意无意地触碰胡伯特的胳膊。

“您想过基金会主要服务于哪方面呢？”胡伯特问。

艾薇没有经过长时间思考，“我想可以用来帮助身陷困境的女性，比如被抛弃了的没有生活来源的妇女。”

默根特哈勒博士已经眼眶湿润，“您是一位天使，艾薇，一位了不起的天使，这就是我们的解决办法！”

“这个办法也能让您成为一位富有的人，”艾薇乘胜追击，“我们是一个完美团队，谁知道呢，或许未来我们彼此会靠得更近……”

艾薇一边着重强调这几个字，一边用手背抚摸胡伯特的脸颊，默根特哈勒博士亲吻着艾薇的手背。

“艾薇，啊，艾薇，我尊敬您，敬仰您！”胡伯特说。

艾薇抽回自己的手，“我们在这种情况下不能做什么，我是一个道德上有约束力的女人，所以我希望可以等到那个痛苦时刻结束之后，然后……”

“您让我成为了世界上最幸福的男人。”默根特哈勒博士说。

他把他那个光秃秃的脑袋倚在艾薇的胸前，为了避免进一步的亲近，艾薇站起身重新坐到写字台对面。

“那不动产怎么处理呢？”艾薇询问。

默根特哈勒博士打开一个文件夹，“这个最好办，我们有很多感兴趣的人，他们只等着有一天可以拿到这个而已。”

“马上卖掉，”艾薇说，“股票呢？”

“可以在指定期限内转让。”

“那就转让了吧，”艾薇回答，“塞曼岛呢？”

“嗯，”默根特哈勒博士咳嗽了一下，“这个会比较复杂，我们交易数目过大在德国要缴税，我更倾向于转到瑞士。”

“我们还是缴税吧，”艾薇解释说，“事情应该依法处理，不要有违法行为，我们是要建立基金，能马上就开户吗？”

艾薇的行动力明显有些要求过高，默根特哈勒博士看了看表，“十二点半，我正要休息的。”

“鉴于存款数目之大，我想，是不是可以放弃午休呢？大概总共是多少钱？”

默根特哈勒博士一边算着数目，一边说：“大概有几亿的样子，艾薇？您怎么了？”

他看着对面瘫痪在椅子上的客户。

第十一章

汉斯海尔曼的罪证

艾薇心里无比彷徨，坐在厨房，思绪却不知飘到了哪里，她中午给两个孩子煎了猪排，现在他们正踢足球呢，要到晚上才回来。厨房陈列着艾薇的各种锅，整整齐齐地摆放在柜子里。

脑海中不停地出现默根特哈勒博士告诉她的那个数目，一个不可想象的数目，她都觉得眩晕了，最好不要算之后要给那个忠诚的胡伯特的佣金，艾薇不知道这么巨大的资产威尔纳是怎么办到的。

一定不是完全合法的，她私底下都留意过威尔纳在家里接待市里有权势的那些官员，临走时塞给他们厚厚的信封，就是对现在情况的解释吧？

贿赂！艾薇想到了。威尔纳给那些重要的、有势力的人以好处，这样他们才都支持他，当然，如果想赚这么多钱，当然是这样的！

艾薇机械地擦去饭桌上的食物碎屑，她必须抓紧时间，不然威尔纳被放回家时就都来不及了，自己手里能握住些实际的东西，那么再好不过了。

艾薇走进威尔纳的工作房间，写字桌上堆满了信件，艾薇开始一封一封地撕开，有一些是邀请信，舞会啊，接待啊，烧烤派对啊，大型活动啊，其中有一封是高尔夫俱乐部的。

“……我们荣幸地邀请威尔纳·武特克先生以及夫人参加俱乐部举办的高茶会，着装建议：运动——高雅。”艾薇小声地读着信的内容。

她看了看日期，就是今天！

半个小时以后，艾薇坐上了那辆保时捷，尽管这段时间艾薇添置了一些漂亮行头，她此次出行选择穿了一件超级旧的灰裙子和一双过时的鞋，也没有妆容修饰，头发一团糟，艾薇这样的打扮是有目的的，她希望自己看起来视野就是厨房摆放的那些炒锅那么高。

“好吧，现在艾薇·玛利亚·武特克要去搅一搅上流社会了！”

几分钟以后艾薇来到白色栏杆包围的高尔夫球场，停车场上能看到的都是奢华汽车，毫无疑问，这里是财富和美貌的聚集地，已经看到俱乐部的楼了，一幢浅色的两层别墅，优雅的圆柱建筑风格让人联想到美国南部的乡村别墅。

艾薇在外面进行了一番思想斗争之后才进去，这段时间她变成了另一个人，可她现在想回归自己的本色，那个灰溜溜的老鼠一样的形象。

露台上已经有人了，这个首都城市有名望的人，服务生一直在供应烤饼甜品和迷你黄瓜三明治，一个三人组合的乐队在提供高雅的爵士乐。女士们基本都穿着夏天的裙装，男士们多是白裤和深色镶金扣的休闲西服。空气里混合着各种女士香水和男士古龙水的味道。艾薇穿梭在这些人中间，像是歌剧场里面的流浪汉。

“冒昧问一下，您有邀请函吗？”

艾薇面前是高尔夫俱乐部的经理，一个看起来六十多岁的男人，收拾得还算不错，染黑了头发，肤色也晒得刚好，大概他平时很少待在办公室吧。托马斯·冯·德雷维姿，明星级的建筑设计师，身着一套夏装西服，右手袖口下金色的腕表闪闪发光。

艾薇觉得自己并不属于这里，他的目光就说明了这点，“如果可以请您出示一下邀请函的话……”

“亲爱的冯·德雷维姿先生！”艾薇挤出一丝微笑，“我今天代表我丈夫出席，很遗憾他本人身体欠佳，威尔纳·武特克，如果我没理解错的话，他是俱乐部一位很大方的会员。”

“尊敬的夫人，刚刚是多么愚蠢的误会啊，欢迎您来到高茶派对！”

“高茶是指什么？”艾薇傻笑了一下，“让茶都高起来吗？”

“嗯……”托马斯·冯·德雷维姿把头转向另一侧示意某个人过来，很明显，他想尽快摆脱这个无药可救的天真母亲，“那边有自助餐，请您自便，武特克夫人，请原谅我要先告辞一会儿。”

他就想这么抽身，可艾薇不是这样打算的，“等一下，我们应该稍微聊一聊。”

艾薇把一只手搭在托马斯的后背，示意他到旁边空着的桌子位置，然后她打开手包，拿出自己的手机。

艾薇按了一下接收键，这个是她跟记者拉夫学的，把手机放在桌子上，正好是她与托马斯·冯·德雷维姿中间。

这个经理不情愿地坐下，“好吧，我们聊一聊。”

服务生递给艾薇一个精致轻薄如烟的瓷杯，并为她倒上了茶，“您需要牛奶或是柠檬吗？”

“牛奶、柠檬、糖，还有一勺朗姆酒，”艾薇满心欢喜地说，“这样才好喝。”

艾薇现在只需要模仿那个自己忍受了这么些年的普通威尔纳，这样别人也会把她当成一个蠢蛋，艾薇就是想要这样的效果，而且做起来并不难。

服务员赶忙去准备了，托马斯·冯·德雷维姿睁圆了眼睛，“我们特意从印度进口的茶叶，是特定的山上日出之前采摘的第一批，当然这些只有懂茶的人才了解。”

“我很懂的，”艾薇语气坚定，“您有机会要尝一尝我的草莓酒，混上香槟和烈酒，喝完您能听到天使的歌唱。”

艾薇现在欣赏的，完全就是跟这里格格不入的！她以前总是担心自己不符合这里那里的规则，而现在她就随心所欲地做想做的事情。

“草莓酒，听起来很精致，”艾薇对面那个聊天伙伴痛苦地说，“您的丈夫，他怎么样？”

“躺在重症监护病房，”艾薇回答说，“那个可怜的人，运气太差了，时间不多了。”

冯·德雷维姿表现出一些同情，“真的吗？我已经听到了一些传闻，但我却完全不能相信。”

服务生端来了一个银色的盘子，上面摆了一壶牛奶、柠檬挤压器，还有一碗方糖、一杯朗姆。

艾薇往杯子里倒了不少直到茶都要溢出来了，然后开始大声吸吮那个茶，能多大声就多大声。

“威尔纳的时间不多了，”艾薇一边说一边想着罗伯特，“所以从现在开始所有的生意由我来接管。”

经理的面部表情一下子就变了，“您接管？”

“为什么不呢？”艾薇回答，“还是您觉得我算数连三都数不到？我随身带着计算器呢。”

“那就万无一失了。”冯·德雷维姿说。

“您看！”艾薇说，“因为威尔纳一向大方资助俱乐部，我想知道，我接下来转账多少合适？”

“转账……”经理整理了一下领带，似乎要被勒得窒息了。

“请把您的账户信息写给我，还是您更愿意收现金？这些钱一般用来做什么项目呢？”

艾薇打了个嗝，这个圆滑的德雷维姿先生突然变成了一个尴尬的小男人，真是太精彩了，艾薇很少能看到这么有趣的场景。

“非常，重要的项目，”他回答，“都是关于俱乐部的”。

“新的高尔夫俱乐部舞会还是什么？”艾薇问，“按照威尔纳的贡献数目，舞会得是金子堆成的，他还跟我说过有一些其他的事情也在运作。”艾薇此时笑得别有含义。

“这样，他跟您说，”经理开始有些犹豫，然后就突然站起身，表情很冰冷，“感谢刚才与您的谈话内容，我现在要去招呼一下重要客人。”说完连一句礼貌告别都没有就走开了。

这样不好，这样很不好，她有点太着急了，艾薇心里遗憾得很，人们走过艾薇的身边，同情地望着她，艾薇此刻就像墙上的一朵小野花开到了种满兰花的大花园，她现在要不要离开呢？

那至少也要吃点什么，艾薇失望地想，看看这有什么吃的，总是能学到一些东西的。

接下来二十分钟艾薇都是在自助餐那里度过的，迷你的黄瓜三明治、三文鱼三明治，还不错，布朗尼用料很足，正是艾薇喜欢的分量，还有可口的小饼干……

“我能再次打扰您一下吗？”

艾薇转过身，看到托马斯·冯·德雷维姿正站在她面前紧张地搓着手。

艾薇装出一副无辜的样子看着他，“为什么不呢？”

“我们最好详细说，有一件两件要解释清楚的事情，但是它们或多或少都是隐秘的。”

艾薇不紧不慢地等着对方开口，这会儿夹了不下五个蛋糕到自己的盘子里，接着跟随冯·德雷维姿来到一间屋子。

“遵照您的意思，尊敬的夫人。”冯·德雷维姿恭敬地说。艾薇看到他腋下汗水的印迹。

他把艾薇带到的是图书馆，这里大概有上千本书，整齐地摆放在跟房顶一样高的樱桃木书柜里，但是托马斯·冯·德雷维姿显然对这些书都不感兴趣。

“来杯喝的吗?”

老把戏，他想把艾薇灌醉，不过他还嫩了点。

“有没有热巧克力酒?我最爱巧克力酒。”艾薇回答。

“很抱歉没有，”冯·德雷维姿从屋子的吧台拿出另外一瓶，“一瓶年度红酒，您会喜欢的。”

他倒了两杯，递给艾薇，艾薇舒舒服服地坐到沙发上，一句话不说地品尝着酒。

艾薇捏起一个蓝莓蛋糕，大口咬了下去，她的手机依旧放在身边，并且按下了录音键。

冯·德雷维姿转动着手上的戒指，“有几笔账急需支付，我好几天前已经试图联系您的丈夫，他真的……”

“病得很重。”艾薇确定地回答。

“很遗憾这时……”他把酒杯放下，“您知道市中心的项目吧，那块地皮上我们要建一座购物中心，配有电影院?”

“不然呢?”艾薇摆出一张扑克脸，“威尔纳已经投资那么多，现在难道等着被敲诈吗!”

艾薇心里默默祈祷她碰到了关键词。

这个建筑师的脸瞬间抽到了一起，“我想换另外一种表达，时间很关键，竞争同样激烈，我们要做点什么，这样建筑部门才会配合。”

“这个老瑞典人，都是政治官员的懦夫，”艾薇笑了，“大概要多少?”

“二十，”冯德雷维姿压低了声音说。

“单位是什么？一共两万？”艾薇喉咙里的蛋糕就要卡住她了，“这简直是明目张胆的贿赂！”

“考虑到建筑要两亿我个人觉得这点不过是零用钱的数量。”他解释。

“零用钱，他们缺少零用钱，”艾薇补充，“好吧，我很快就补上这个缺口，您到我们家的别墅来取吧，这样还可以品尝一下我做的草莓酒。”

艾薇又拿起第二块蛋糕，比第一块好吃。

“您的想法太好了。”托马斯·冯·德雷维姿表情酸酸的。

艾薇今天下午不只接见了冯·德雷维姿一个人，她喝完第一杯葡萄酒时，冯德雷维姿又带了三个男人进到图书馆，一个看起来没什么幸福感的地毯生产商，之后负责酒店的配套设施，还有一个品味不怎么样的内部建筑设计师，以及一个兼职小时工作公司的负责人，专门招揽东欧的工人。他们看起来都对这个身着灰色裙子、没什么女人魅力的艾薇恭敬有加，而艾薇从开始就一直在吃蛋糕。

第二天三个女人要在艾薇家这个新的聚点开始试她们的奇装异服，艾薇把自己塞进那条皮裙里，上次落在卡特琳娜家，前些天卡特琳娜特意把它寄还给艾薇。斯文安和卡利今天都睡在了朋友家，所以她们又自由了。

时间已经指向了八点半，卡特琳娜和蓓阿特丽丝还没来。艾薇戴好假发，重重地打了腮红，接着给眼眶画上深棕色的眼影，变化是惊人的，艾薇踩上黑色漆皮高跟走进厨房，想再喝一杯热巧克力。

终于有人按门铃了，艾薇放下杯子去开门，“你们来得也太晚……”

话还没说完，艾薇就看到站在自己面前的不是蓓阿特丽丝和卡特琳娜，是艾薇的母亲，身着一件珍珠灰色的丝质裙子。

天呢！妈妈！艾薇心里一阵紧张，她怎么能解释清楚现在她的一身打扮？

露克莱斯娅打量着艾薇，说："请问您是谁？您在我女儿家做什么？"

就连我自己的母亲也没有认出我，艾薇心里一阵雀跃。

"如果您不能马上向我解释您在这儿的目的，那么我会马上报警。"艾薇妈妈说。

艾薇现在说什么呢？而且关键是怎么说，她一张口就会泄露身份，艾薇想到桑拿俱乐部的女孩，她母亲会接受这些？只能先试一试，艾薇心想。

"我是孩子的保姆，"艾薇压低声音尽量模仿重重的俄罗斯口音，"武特克夫人不在。"

"您做梦的吧！"母亲说，"我女儿绝对不会让一个像您这样的女人进到家里来的。"

此时更加棘手的是卡特琳娜和蓓阿特丽丝也来了，她远远地看见两人走进别墅的围栏。

"我……我是个好……好保姆，非常好的保姆，孩子们不在家，去……去派对了。"艾薇断断续续地蹦出这句话。

"让我进去，我要好好看看，"露克莱斯娅坚持道，"您肯定还有同伙，正搜寻屋里值钱的东西。"

艾薇用手拦住门口，"您不能，我不能让您进去，建议，您给您的女儿打一个电话，她告诉您，我是谁。"接着艾薇就把门关上了。

厨房桌上的手机马上响了起来，艾薇甩掉高跟鞋，以最快的速度冲进厨房。

“您好，我是武特克。”艾薇接起电话。

“艾薇，天呐，我现在完全混乱，你房子里现在有个可怕的人，外表看起来，哎……我真是没有话来形容。”

“是欧拉，我们的新保姆，她的穿衣风格是有些特殊，不过她是个心地善良的人。”

“你管这种叫心地善良？”露克莱斯娅·迪佛尔特喊出口，“这样的人照顾你未成年的儿子，你的理智都到哪里去了？”

“不是，我丈夫，几乎一直是，威尔纳躺在医院呢，现在状况刚有所好转，不要继续烦扰欧拉。”

“住院了？”

“是的，我在他这里，明天再给我打电话吧，这里根本不允许打电话的。”

艾薇挂上电话，心里怦怦直跳，她踮着脚尖走到客厅的窗边，这里可以看到门口外面的情景。他的母亲终于离开了。

在门口位置还撞到了卡特琳娜和蓓阿特丽丝，似乎说了几句话，虽然露克莱斯娅放弃了，可心里还是很惦记这个房子里面发生了什么。

艾薇等到终于看不到她母亲了，才跑到房门处打开门，“快点，赶紧进来。”

“是我记错了，还是那真是你妈妈？”卡特琳娜问。

“不是，圣诞老人，她刚才说什么了？”

“说有一个完完全全奇怪的人溜进了你家。”蓓阿特丽丝笑着说。

“而且说这是个丑闻。”卡特琳娜补充道。

“我哪知道她会突然出现在家门口，她刚才还想给警察打电话呢。”艾薇抱怨着。

蓓阿特丽丝笑得身子都抖了，“就你看起来的样子，如果是我，我会马上给警察局总指挥官致电!”

“好吧，已经开始了，”艾薇说，“你的东西都带齐了吗?”

“全部装备。”卡特琳娜说着晃了晃自己的旅行包，蓓阿特丽丝也举起一个有设计字样的纸袋。

艾薇给她们指了指浴室的位置，前些天艾薇还因为黄色印花、金色水龙头，还有马桶盖上的粉红色而感到难为情，不过这个关于品位的问题已经在上次她们来时解释清楚了。

“别忘了，我们叫妩熙、琪琪，还有简耐特。”蓓阿特丽丝一边叮嘱一边画上自己的唇彩。

“最重要的是，你要带上手机”。艾薇回答。

蓓阿特丽丝做出一个亲吻的口型，“甚至要准备一个数码相机，充满电而且处于时刻可以完成任务的状态。”说完从包里掏出一件浅蓝色的大褂。

“这是什么?”卡特琳娜问，“你要去桑拿俱乐部打扫卫生吗?”

蓓阿特丽丝笑着回答：“这是护士的制服，每个男人心里都有这么一个梦想，我今天要给所有人看一看病，我们还按照计划行事吗?”

“当然了。”卡特琳娜确定地回答。

艾薇对自己朋友的风格表示很震惊，一刻钟之后，蓓阿特丽丝和卡特琳娜都让人认不出来了。

保镖宙易像问候老熟人一样跟她们打了招呼，“你们好，女士们。”

蓓阿特丽丝转了转眼睛，“口头骚扰，我觉得在新的女性工作者看来这明显是骚扰。”

“什么，什么?”宙易没有领会蓓阿特丽丝的话。

“我以后有机会讲给您听，”卡特琳娜高傲地说，“不过我也不确定这对您的智商是不是挑战太大了。”

说完她们就走进了桑拿俱乐部，因为今天来晚了，酒吧里已经坐满了客人，蓓阿特丽丝仔细地观察到场的客人，却没有发现汉斯海尔曼。

“都到了？”老板娘在阳台上一边开啤酒一边不满地说，她今天戴了一头粉色的假发，穿了一件领口深开的白色漆皮裙，“下次准时点，不然我要从你们的工资里面扣钱的。”她转向蓓阿特丽丝，“你今天是什么打扮？扮演护士？随便了，不过不要只是傻站着，今天人很多，到处都是来这里放松的男人们。”

勇敢的已婚男人，背着自己的家庭在外面寻欢作乐，艾薇心里苦苦地想，都是这些视忠诚为废物的男人们，艾薇现在觉得这个混杂了汗味和酒气的地方恶心极了，第一次来或许还是冒险，现在她真真切切地感受到这里的丑恶。

一只手重重地搭在了艾薇的肩膀上，“嗨，小皮老鼠，真是合我的胃口！”

艾薇转过身，“您说什么？我们认识吗？”

“现在就认识了啊”，目测这个男的大概五十多岁，有一个不规则形状的啤酒肚，脸有些肥肿，整个人都看起来可笑，“我一直在等一个你这样如此女人的类型。”

艾薇勇敢地接话，“等待是值得的，小可爱，你要邀请我吗？我喝一杯香槟就会死掉的。”

男人跟老板娘示意，“香槟，再来一杯啤酒。”他把艾薇推到阳台，艾薇坐到一个吧台的椅子上，手里紧紧夹着小包，还是第一次来时那个包，里面思虑周全地放好了所有的药，今天或许就要用到了。

艾薇瞥到不远处红色沙发上坐着卡特琳娜和蓓阿特丽丝，周围也同样围了好多男人，大厅的水池简直就像个儿童戏水池，那么些成年男人互相喷着水，俱乐部的姑娘们笑开了花，多么幼稚的男人们啊……

太久的话我今天一定坚持不了，艾薇心想，希望汉斯海尔曼快点来，她们之前只是有个模糊的计划，而且并不确定是不是可行。艾薇只知道一点：她以后无论如何不会踏进这种恶心的地方半步。

“……多少？”艾薇耳边传来低沉的声音。

“先来一瓶酒就够了。”她回答。

“不是这个，小傻子，我是说那个，你懂的，那个多少？”

艾薇决定使用腹泻药，她想想以前老板娘说的，“啊，大概一百吧，我觉得。”

“这么贵？”那个男的抱怨，“我在这可不是什么百万富翁之类的。”

我得先让我的户头有钱，然后我要把这家酒馆买下来，然后禁止这些男人，或者我为这些堕落的女孩提供一个家，艾薇很喜欢自己的这个想法，确实是时候她要给这里做一个改变了。

突然蓓阿特丽丝站在她的面前，“亲爱的，开始啦，”她在艾薇耳边说，“五点钟方向，我先回避一会。”

艾薇看向门的方向，汉斯海尔曼正从门口走进来，神情泰然自若，一副对这里的地形了然于心的样子，脱下外套，他走到吧台处，蓓阿特丽丝低头从他身边悄悄走过可是他出手很快，一把搂住身边经过的蓓阿特丽丝的腰，把她抱紧。

“嗨，我们在哪儿见过吗？”

“我认为没有。”蓓阿特丽丝变了变声音。

“如果我把衣服脱了，你肯定认识我，”汉斯海尔曼说，“我这样的男人可是不容易让人忘怀的。”

“或许之后吧，”蓓阿特丽丝说，“我去上个卫生间。”

蓓阿特丽丝的丈夫仔细打量她，“在这很长时间了？”

蓓阿特丽丝挣脱开她的丈夫，“至少一百年了。”话音未落已经消失在吧台的昏暗处。

“真是风骚女子，”汉斯海尔曼笑着说，紧接着他的目光就落在了艾薇身上，“看看这是谁啊？小甜甜简耐特，又穿了皮装，你在这里可真是跟炸弹一样的效果！”

“是我先来的，”艾薇刚才那个男客人过来插话，“我已经给她点好了东西，一整瓶香槟。”

这个男人的出现似乎刚好激起汉斯海尔曼作为男人的猎性，“那又怎样呢？那我就给她点两瓶，吉娜？拿两瓶香槟过来。”

老板娘认可地朝艾薇示意了一下，说道：“当然了，汉瑞。”

汉瑞？看来不只她们三个为这里的夜生活给自己起了新的名字。

男客人生气地朝艾薇骂道：“婊子。”

“就这点小事您就生气了，”汉斯海尔曼说，“这里可是不适合您这种小肚鸡肠的人呐。”

艾薇听着这些对话觉得不妙，似乎这场争吵随时都会引发拳头硬战，她可不想引发这种状况。

“现在不要再吵了，”老板娘端着两瓶香槟走到露台，“谁付钱多，谁的话就有道理，谁玩不起，谁就出局。”

“我会在一旁帮忙的。”宙易站到那个满脸不幸的男人旁边，坚实得看起来像一个衣柜，那个男人嘟囔着走开了。

“不行就是不行，”蓓阿特丽丝的丈夫轻蔑地说了一句，“现在终于到了舒适的环节，”他把一只手搭在了艾薇的腰上，“嗯，真舒服，你知道吗，我不喜欢皮包骨，喜欢软软的肉感。”

蓓阿特丽丝把自己瘦到了36码，艾薇心想，这得多么折磨啊，这个男人得好好接收这一课的教育，这是我们要报的仇。

艾薇拿起吉娜端过来的杯子，轻轻抿了一口，汉斯海尔曼也拿了一个杯子，艾薇心想，我怎么才能把安眠药搞进去呢？吧台那边光线太亮，做点什么都一目了然。

“你说我们要不要换一个安静点的位置呢?”艾薇卖弄着风骚，“一个我们不被打扰的地方。”

“当然好啊，你这样的女人我最喜欢!”汉斯海尔曼忍不住喊出口，“马上去小包间!”

“完美，”艾薇说，“我负责拿杯子，你拿香槟，好吗?甜心?”

“想得很实际很周到，”他笑了笑，一个动作就把外套扔给了老板娘，拿上了香槟瓶子。

“我走在前面，你别迷路了，小猫咪。”

艾薇感到卡特琳娜和蓓阿特丽丝的目光落到了她身上，她跟着汉斯海尔曼走进一条昏黑的走廊，千万不要让我一个人，艾薇心里默默祈祷，转身的刹那她看到蓓阿特丽丝和卡特琳娜也站起了身。

这个所谓的包间实际上就是个狭窄、味道令人窒息的空间，摆放了一个红色人造革卧榻，从走道到这个狭小的隔间中间也只有一副珠子编成的门帘相隔，一张看起来很便宜的塑料圆桌上摆了一盒抽纸和一支蜡烛，屋顶上挂了一个刷成红色的灯泡。

艾薇匆忙放下杯子，打开手提包，她只需要一秒钟就够，可是汉斯海尔曼一刻不停地注视着艾薇。

“你包里有什么?”他有点生气地问，“不带避孕套，或者你干脆忘了那东西吧。”

“不用担心，”艾薇安慰着，“我只想看一下我的钱是不是还在。”

“噢，原来这样。”

汉斯海尔曼转过身去解皮带，机会来了!艾薇悄悄打开安眠药瓶子把准备好的足量安眠药滴到汉斯海尔曼的杯子里，又悄悄地把药塞回包里，稳稳当当地坐到卧榻上轻轻松了一口气。

“怎么样?”

艾薇先是看到一双穿着袜子的脚，蓓阿特丽丝以前提过的穿袜子做爱的男人，然后艾薇的眼神逐渐上移，汉斯海尔曼穿了一件紧身内裤，把关键部位包裹得严严实实，艾薇咽了下口水，啊哈。

“感觉不错吧？”他自负地问。

“可以说感觉很不错，”艾薇肯定地回答，艾薇努力不让对面这个男人的重要部位正对着自己的眼睛，“简直是大自然的神奇所在，让我们先喝点东西吧，好吗？”

艾薇笑脸盈盈地把杯子递给汉斯海尔曼，还特别注意了一下是那个是没有口红印迹的杯子，艾薇一口喝下自己杯里的酒，还希望汉斯海尔曼也来个完全的模仿，可事实是艾薇希望破灭，他把杯子放了回去，连一口都没有喝。

“香槟还是等会再享用吧，先要干活，然后才是娱乐，”说完把艾薇推倒在卧榻上，开始解艾薇胸前那些扣子和绳子，“像拆礼物一样，你在里面给我准备了什么？”

“给坏男孩的东西。”艾薇回答。

“那我是一个很坏很坏的男孩。”汉斯海尔曼一边悄悄说，一边不耐烦地扯开拉锁。

多么好的双层扣，艾薇心想，估计你需要园丁的剪子才解得开。

“马上就到关键了。”汉斯海尔曼宣布。

“哎，我还需要喝点增加勇气，”艾薇给自己又倒了一杯，“这东西简直让人太兴奋了，你不来点吗？”

“现在让你感受点热流吧，现在有好东西给你呢。”

哦，不是吧，一切完全不是计划的样子！艾薇开始有点颤抖了，她现在无论如何必须改变战术。男人都是幼稚的？要怎么做，她准备尝试最简单的幼儿园的把戏。

“你是不是没什么酒量？”艾薇有些狂妄的语气，“你这样算什么好汉？”

“胡说，我喝下第五瓶都能站得跟旗杆一样直。”

“啊，那我可要看看。”

艾薇又给自己倒上一杯，一口喝下，汉斯海尔曼终于喝下了杯子里的酒。终于做到了，至少第一回合算是过了，现在等待的问题就是，这个安眠药多久会起作用。

“该死的，这里太热了，”汉斯海尔曼闭上眼睛，擦了擦额头的汗珠，“我忽然觉得头晕，现在开始，多加点服务。”

“好的，”艾薇回答，“时刻为您效劳。”

她用一只手指戳了一下汉斯海尔曼的肚子，效果真是比她想象的还快，他的上身现在在抖动。艾薇偷偷瞄向门帘处，那里有轻微响声，蓓阿特丽丝和卡特琳娜会怎么看这场不雅的短剧呢？

这会汉斯海尔曼已经放弃解那些皮绳了，可怜的男人，显然他的注意力都不能集中了。

“你自己解吧，”他大骂，疯狂地来回摸自己的额头，“这是怎么了？”

艾薇确定他的眼皮开始发沉，轻微叹了一下气之后汉斯海尔曼就倒在一边睡着了，这个药效真是立竿见影。

窗帘那边的笑声大了起来，两个看起来湿淋淋的女孩走了进来，都只穿了丁字裤。她们什么都没说就躺到了卧榻上，使劲挤在汉斯海尔曼身边。

“现在怎么了？”他低声慢吞吞地说了两句。

艾薇赶紧滚下床，汉斯海尔曼一动不动地睡在那，身边是那两个半裸的女孩，这会儿蓓阿特丽丝和卡特琳娜进到了包间里。

“高分，做这个我最在行了，”蓓阿特丽丝小声说着，把照相机塞回她的护士服口袋，“汉斯海尔曼这回彻底没前途了，艾薇，你身上带钱了吗？给这两个女孩。”

艾薇眼睛都没眨一下，就从自己的手包里掏出两张大票放到桌子上。

"给你们的，"她对那两个女孩说，"你们给自己放天假。"

"太棒了，"一个女孩回答，"我们……我们还要跟他做什么吗？"

蓓阿特丽丝冷冷地看着她的丈夫，"让他自己睡吧，醒了之后结账，他什么都想不起来，谢谢，你们真帮忙。"

三个人如释重负地回到走廊，走廊里人头涌动的架势像夏季大甩卖一样，其他的客人那里似乎聊天的时间也不长，一个个都进了包间。

"太好啦，成功！"艾薇小声喊了一句，"我们做到了！"

"关于汉斯海尔曼那个章节是做到了，"卡特琳娜看起来忧心忡忡，"可是我们忘了一个关键环节：我们怎么从这里出去？"

"走门啊？"艾薇开玩笑说。

蓓阿特丽丝明白了卡特琳娜的担忧，"吉娜会问你，客人在哪里，而且这还不是全部，她还要抽取报酬，你们还记得吧？只要我们走进通往包间的走廊，就意味着佣金到期了，我身上只剩二十块打车的钱了。"

"我所有的钱刚才都给了那两个女孩，"艾薇说完看看卡特琳娜，"你那有多少钱？"

"我忘带钱包了，"卡特琳娜愧疚地说，"我们需要一百五十块！"

"那我再回去拿回一张。"艾薇决定。

可包间里除了熟睡的汉斯海尔曼以外一个人都没有，找不到刚才那两个女孩，也找不到放在桌上的钱。

艾薇把手遮在脸上，"宙易会杀了我们的。"

"关键是等他看到你的顾客怎么是这样无知觉躺在那儿，"蓓阿特丽丝说，"我们现在要办的事情很棘手啊。"

艾薇因为害怕而变得有些迟钝，"那现在怎么办？"

第十二章

夜总会大逃亡

一辆救火车从远处呼啸着开过来，闪着蓝灯停在桑拿俱乐部的正门前。警鸣声让人不寒而栗，接着又开来一辆，一眨眼工夫就站满了消防兵，在指挥声中各就各位，喷水的胶皮管已经从消防车上卷了下来，房上的一个小天使雕塑滚到了地上，消防队员冲进俱乐部，身边跑过半裸着的在恐慌中四处逃窜的男男女女。

“快点，”蓓阿特丽丝喊道，“里面肯定已经发现是虚假报火警了。”

她们就穿着丝袜往大街上跑，高跟鞋早就甩到了草丛里，她们刚才把包间里的纸巾盒点着，然后在俱乐部里大喊着火了。

这其实是蓓阿特丽丝的主意，她们先是拨了紧急电话，通知消防局她们所在地址，听到警笛声时，她们又把纸巾盒用桌上的蜡烛点着了扔到走廊里，在接下来的混乱中谁也没有注意到她们是怎么出来的，至少她们希望是这样的。

“这个主意太好了，贝拉·蓓阿特丽丝！”卡特琳娜说，“我在这里任命你为女性委员会一级指挥官！”

“还是先快点跑吧，”蓓阿特丽丝一边喊道，一边跑发现把艾薇丢了，“糟了，我们把艾薇弄丢了！”她们停住了脚步，“艾薇，你在哪儿？”

艾薇从来都做不了运动健将，在学校时就是这样，怎么都跟不上蓓阿特丽丝和卡特琳娜的步伐。

“那个，那个在后面一跳一跳的，是不是艾薇？”卡特琳娜问。

现在已经有三辆消防车开过来了，后面还跟了一辆警车，警笛声穿透城市整个夜空。艾薇赶上了她的朋友，此时已经大汗淋漓得不行了。

“我们……我们真是做了一件蠢……蠢事。”艾薇气喘吁吁地说。

“不对，是相当机灵的一件事，”卡特琳娜反驳，“你还行吗，艾薇？我们必须赶紧从这里离开，他们肯定已经在找我们了。”

“也肯定已经找到汉斯海尔曼了，”蓓阿特丽丝说，“快点，姐妹们！”

艾薇托着自己的肚子，一直跑得都岔气了，“我再也跑不动了，我们得拦辆车！”

艾薇直接站到马路中间，一辆黑色大轿车一个紧急刹车，侧面的窗户拉了下来，“抓到你们了！”宙易喊着。

在他跳下车之前，三个人已经跑进了旁边的草丛里，根本顾不上胳膊和腿被草丛里的刺划伤，一个劲儿地往前跑。

“他马上要追上我们了！”艾薇恐慌地喊着。

“喊是没用的，动作快点。”蓓阿特丽丝说，“宙易是个大块头，但是跑起来不那么在行！”

“我也不行！”艾薇抽泣着。

“说什么呢，”卡特琳娜挎着艾薇，一路拉着她向前，“继续跑，我们做得到的！”

“为了我们！”三个人异口同声。

又继续听到了警车的声音，很有可能这时候警车也在后面追着她们了，估计吉娜刚才已经一一点过人数，已经发现是谁导演了这场影响生意的恶作剧。

夜色的黑保护着三个人，可她们也只能大概猜测往哪里跑，艾薇脚上已经磨起了泡，只能一瘸一拐，绝望地跟着卡特琳娜往前行。

“啊！到头了！”蓓阿特丽丝喊道。黑暗中她们跑到了一面铁丝围栏前。

卡特琳娜放开艾薇，“爬过去！快！”

“这个想法好，可我是有攀岩硕士文凭吗？”艾薇抗议。

“很遗憾我没有准备吊车，”蓓阿特丽丝说，“但我有一双健康的手。”

蓓阿特丽丝交叉双手，让艾薇踩着爬过去，这会儿卡特琳娜已经像只小猴子敏捷地翻到了墙的另一侧。

“我挂在上面了，”艾薇喊，她裙子上的绳子紧紧钩在了铁丝栅栏上。

蓓阿特丽丝已经逐渐失去了耐心，“把那件衣服脱了，还是你想等着宙易过来解决一切？”

“我脱不下来这件衣服，里面还有双扣，”艾薇说，艾薇就像一袋浸湿的面粉粘在栅栏边上，焦急地来回甩胳膊，“你们快走吧，不然我们三个都得被抓到！”

“别瞎说，我们是一个团队，我们不会留下你一个人的，卡特琳娜，你拉她，我来推！”蓓阿特丽丝说。

她用力推着艾薇，听到皮衣撕裂的声音，接下来是艾薇扑通一下落到栅栏另一侧，也把卡特琳娜压倒了。

短暂地呻吟之后她们赶紧站起身，卡特琳娜的假发从头上滑了下来，艾薇的裙子从领口到裙边都裂开了，还好内衣完好无损。

“优雅的跨栏运动我们以后再练习吧，”蓓阿特丽丝毫不费力地翻过栅栏，“我们现在到底在哪了？”

她们站在一条狭窄的小路上，对面是一幢木头搭的屋子，破败不堪。蓓阿特丽丝好奇地走过去一探究竟。

“你要去干吗？快回来，”卡特琳娜压低声音说，“我们得继续往前走！”

可是蓓阿特丽丝已经消失在了小木屋里，一分钟后她又出来了，“命运又一次眷顾了我们，你们看我找到了什么？”

她推出一辆旧自行车，还有一辆儿童车。

“不是吧。”卡特琳娜说。

“你来骑自行车后面带上艾薇，我骑这个儿童车。”蓓阿特丽丝命令道。

“但是……”

她们已经按计划进行了，卡特琳娜骑上自行车，艾薇拽起自己剩下的衣服摇晃着坐到后车架上。

“高速公路是我们的了！”蓓阿特丽丝喊道。

尽管情况不乐观，但她们还是难忘这一幕的景象：卡特琳娜费劲地让车子可以骑在路上，轮胎根本就没有气，而且也不适合运输重物，卡特琳娜试了好几次才成功，她用力踩着脚踏板，在颠簸的路上按照“之”字形线路前进，蓓阿特丽丝骑着那辆儿童踏板车已经遥遥领先了。

“别骑这么快，”艾薇坐在后面抱怨，“这个东西颠得太厉害了。”

“如果你不愿意坐牢房的硬板凳而是舒舒服服待在家里的话，配合一下吧。”卡特琳娜说。

她们终于到了一条马路上。

“快看，我们得救了，”蓓阿特丽丝说，她指着路上的一个牌子，然后又左右看了看，“没有宙易，没有警车，我们继续吧！”

三个人继续向前。尽管卡特琳娜驮着艾薇这个重物在路上来回走“之”字形，她们也还是继续前进，路上的汽车都朝她们按喇叭，偶有路人也惊讶地驻足观看，使尽全身力气她们终于到了一个出租车站，刚好有一辆出租停在那里。

“十二点钟方向一辆救援车，”蓓阿特丽丝喊，“赶紧下来！”

她们把自行车和儿童车停靠在树边，拉开出租车的门。

“我们得把车还回去。”艾薇上气不接下气地说，“或许有人要找它们，可能是小孩子。”

“傻啊！”卡特琳娜也气喘吁吁的，“挂个字条写上我们的名字地址，害怕别人找不到我们啊。”

她说着已经坐到了汽车后排座位上，艾薇有点低声下气地坐在了她旁边。

“去哪？”司机问，“疯人院吗？还是去醒酒的地方？”

“重点是快开！”蓓阿特丽丝坐到副驾驶位置。

司机看到蓓阿特丽丝的护士服，小声嘀咕说：“您是陪伴着的监护人吗？”

“是的，”蓓阿特丽丝回答，“我负责送这两个人回家。”

艾薇在煮热巧克力，满满一大壶，她刚洗完澡，穿了一件浴袍，卡夫卡躺在她的脚边啃骨头，蓓阿特丽丝和卡特琳娜坐在厨房桌子对面往身上的刮痕处抹药膏。

“不是吧，我看起来就像摔进了一台碎纸机，满身伤痕，”卡特琳娜说，“我怎么跟霍尔斯特解释呢？你们有没有好的想法？”

“你去参加了一个动物之家的庆典，摸了一只神经不正常的猫。”蓓阿特丽丝说，“或者这么说：幼儿园的开园庆典在一片混乱打斗中结束。”

此刻已经是凌晨两点，她们虽不太清醒，但是心情极好，三个人回味昨晚的经历，心中充满自豪，她们真的把不可能变成了可能。

“真实历险逃生一次。”蓓阿特丽丝充满胜利地回味。

“我们的运动成绩足够参加六天的拉力赛了。”卡特琳娜补充。

艾薇最好不要说什么了，在这场逃生中她可算臭名昭著了，因为自行车后座的颠簸，她的屁股现在火烧火燎，手臂上满是划痕，还好已经到家了，这是最重要的。艾薇专注地搅拌着手里棕色的巧克力，然后从柜子里拿出三个杯子。

“三个人都要喝热巧克力，”她说，“此处不允许有异议，喝完你们会觉得舒服的。”

“青年旅社的老板已经发话啦，”蓓阿特丽丝笑着说，“好吧，端过来。”

卡特琳娜也拿了一杯，“如果我们这个难关都度过了，我们也会战胜所有别的事情，”她饶有哲理地说道，“我认为，从今天开始，我什么都不怕了。”

“这也正是我们所做事情的意义，”蓓阿特丽丝说，“你们还记得吗？我们同学聚会的时候是多么的沮丧，可自从我们开始这场战役，所有的力量又都回来了，我们再也不会被谁所震慑住了。”

“他们会对汉斯海尔曼做些什么？”艾薇问。

“以他的状态他们不会把他交给警察的，一个穿着短袜和内裤躲在角落里的男的，他们肯定会把他藏在后面的哪间屋子里，估计明天中午之前都不会回到家。”

艾薇仔细地听着，“如果家里没人等你们，你们愿不愿意今天留宿在我这里？睡觉的空间是足够的，我帮你们整理好主卧，我睡客房，明天早上我给你们做好吃的早餐。”

“典型的艾薇啊，”蓓阿特丽丝笑了笑，“总是对食物热情高涨，估计把你放到月球上你都会点一道上满四轮菜的大餐。”

“我觉得这个主意好，”卡特琳娜说，“霍尔斯特明天要扮演亲爱的爸爸的角色，所以要中午才起床，你这有收音机吗？”

“有的，怎么了？”艾薇问。

“我们听一听广播里有没有关于他的消息。”

艾薇打开放在厨房古老的收音机，转动接收按钮，直到广播员的声音足够清楚。

“静一静！”卡特琳娜喊。

她们激动地听着，广播员厚重的鼻音一条条播放着不同的政治新闻，健康体制的改革，退休金的提高，某王室夫妇的来访，接着一个短暂的停顿，“柏林，一个小时前海尔街的一个夜总会警报被拉响。”

“调大点声！”蓓阿特丽丝说。

艾薇调动了音量。

“消防部门一共出动五辆救援车辆，”广播员播报，“没有人员伤亡，是一起虚假警报事故，警方现缉捕三名中年妇女，其中一个身穿护士制服，三人详细的描述见网址 www.polozeiberlin.de，如有线索请通知任意警局服务点。现在是天气预报播放时间。”

艾薇关掉广播，三个人先是目瞪口呆地看着对方，接下来一阵狂笑。

“他们要找这三个火警小恶魔可要花些工夫了，”蓓阿特丽丝说，“妩熙，琪琪和简耐特刚刚跟她们的兼职工作说再见了。”

“我们必须马上把那些情趣用品和衣服处理掉，”卡特琳娜说，她的理智又回归到了工作状态，“我的假发丢在了刚才翻墙的地方，其他都要处理掉，完全不能让别人发现。”

艾薇沉思着吸着杯里的热巧克力，“壁炉，我们还没用过它，但我想它应该很希望可以投入工作。”

“好浪漫啊，”蓓阿特丽丝回答，“我们就这么处理掉吧，但是那件护士大褂我想留着，作为纪念，我们开始动手吧。”

艾薇笑笑，很开心她们又有了一个好主意，“我去给你们拿睡衣和暖和的被子。”

三个人坐在客厅的地毯上，看着她们之前那些情趣服饰在壁炉里结束它们的最后任务，漆皮靴子发出刺啦声，撕破的裤袜和假发也燃起熊熊火焰，似乎散发出的是罪恶的味道，最后只剩了一坨黑色的东西。

“那些情趣用品真是可惜了呢，”蓓阿特丽丝说，“不管怎么说还是带来了很多乐趣，是不是?”

“可不是么，”卡特琳娜回答，“从某种意义上说。”

“汉斯海尔曼已经成为历史了，”蓓阿特丽丝说，“他一时半会应该缓不过来。”

艾薇拿壁炉的翻转工具拨弄了一下剩下的灰烬，还有一些干柴，以前是放置在壁炉做装饰品的，现在也开始着起来了，三个人靠在一起入神地看着跳动的火焰。

“就像那时我们在巴格湖，晚上我们也升起了篝火，你们还记得吗?”艾薇说。

“我们怎么会忘了呢”，蓓阿特丽丝说，“只不过那时我们喝的是可乐对上朗姆，今天喝的是热巧克力。”

卡特琳娜双手抱着膝盖，“现在做什么?”

“就让壁炉这么点着吧，”蓓阿特丽丝说，“现金运作得怎么样了?”

艾薇开始讲跟默根特哈勒博士的碰面，从他的迟疑到全身心信服去成立基金，关于数目艾薇并没有说，她自己也不能相信，而且这场战役终究还没有胜利，不过也只剩几天去完成这项任务了。

“一项基金！”卡特琳娜喊道，“艾薇真是专门为惊喜设计而来的。”

“如果可以邀请我们未来的家庭部部长为基金会代言，这将是我的荣幸。”艾薇说这话时满脸喜悦。

“我才是极为荣幸。”卡特琳娜特意表现出正式的样子。

她们又看了看壁炉里的火焰，喝了几口热巧克力，艾薇拿来一盘自己烤的饼干，此刻这个世界上不会有比这更舒适的地方了。

“你的基金会简直太棒了，艾薇！”蓓阿特丽丝说，“但如果威尔纳好起来以后找你麻烦怎么办？”

“这我也想过了，威尔纳用金钱非法贿赂过很多人，所以他会闭嘴的。”

“你有证据吗？”

艾薇骄傲地讲起在高尔夫俱乐部参加高茶派对的情景，蓓阿特丽丝和卡特琳娜听得很是认真。

蓓阿特丽丝把羊绒毯子裹在肩膀，“我们的艾薇真是太聪明了，黑色的慈善天使。我也得好好关注一下我的财政问题了，以免汉斯海尔曼把积蓄全都花光。”

“你们是各自财产分开管理的吗？”卡特琳娜询问。

“额外获得共同支配，很遗憾我最近继承一笔财产，但是他不该拿到一分钱，那个混蛋。”

“这个是我们所有任务里最简单的习题，”艾薇说，“我也是刚想起来一些东西，跟不动产有关，我们吃早饭时再说。”

中午一点时三个人还像睡美人一样沉睡，还是卡夫卡叫醒了她们，卡夫卡先跑进主卧，对着蓓阿特丽丝和卡特琳娜狂叫，然后又发现艾薇睡在客房，把艾薇的脸一通狂舔。

“卡夫卡！”

艾薇睁开眼，昨天发生了些什么？听到浴室的水声让她才想起一切，桑拿俱乐部，汉斯海尔曼，还有逃生，艾薇突然有强烈的愿望想吃可颂面包，从床上爬起去洗澡了。

“睡过头了？”

卡特琳娜拿起蓓阿特丽丝的相机，“我们在桑拿俱乐部拍的照片真是太劲爆了，你来看看！”

艾薇似乎没什么兴趣重拾那些不好的回忆，“最好不要，你们要冲淋浴吗？还是泡个热水澡？我帮你们准备早餐。”

“如果可以……”

她们走进卧室，艾薇打开衣柜，“你们随意，只是46号尺码以下的衣服你们一件都找不到。”

蓓阿特丽丝选了一件艳红色的针织裙，腰围处缠了两圈，卡特琳娜找了一件黑色套装，腰部系了一条腰带之后还算是正常形状，穿好站在镜子前面打量着自己。

“我以前总是为了穿一件衣服拼命减肥，”蓓阿特丽丝笑着说，“现在这件够我好几个星期敞开吃了！”

“如果你还需要别的增肥建议，请充满信任地向我求助。”艾薇说。

早餐一直吃到了下午，她们烤了可颂面包，煎了肉末鸡蛋，还把冰箱的其他食物洗劫一空，桌子上满是各种美食，她们放松地吃着各种食物，好像这个世界一下子不存在卡路里这种东西了。卡特琳娜尝了尝果冻布丁，蓓阿特丽丝甚至吃了面包夹肝肠。

等她们讨论完下一步工作策略之后，艾薇决定把之前的事情坦白，她真的多一天也坚持不了了。

“你们现在必须内心强大。”艾薇很直接地表达。

“我们已经很强大了，”卡特琳娜回答，“发生什么事了吗？”

艾薇低下头，说：“我，我自己也不知道，是怎么发生了的，我去看威尔纳的时候，罗伯特突然出现在了病房，威尔纳睡着以后……”

蓓阿特丽丝摇着头，“不要说，你们俩……”

“我们确实，”艾薇眼里出现了眼泪，“在旁边的浴室，你们能原谅我吗？这件事让我纠结死了。”

艾薇懊悔地看着自己的盘子，难道这会成为这段伟大友谊的终结点吗？三个人会因此各奔东西吗？因为她们之间的联系会变得微弱吗？

“好吧，重点是，罗伯特没有让你纠结死，”蓓阿特丽丝说，“你可真是个小荡妇，我只希望，那次的感觉还不错。”

艾薇吸了吸鼻涕，“你的意思是说，你不生我的气了吗？”

“我们只是有那么一丁点儿的嫉妒，”卡特琳娜笑着说，“听着，宝贝儿，现在忘记所有的负罪感，在那种情况下，我也会那么做的，生命太短暂，不能用来放弃那么多美好的事物。”

“是太漫长，”蓓阿特丽丝纠正道，“我们发自内心地希望你能如尝所愿，亲爱的，我确实感觉罗伯特是更喜欢跟你在一起的，你尽管抓住你能得到的一切，等我们老到坐在轮椅里，还要有甜蜜的回忆才好。”

“我把这称为友谊。”艾薇小声说。

伸手拿了第三个可颂，艾薇心里的一块大石头终于落地了。

卡特琳娜给自己又倒了一杯茶，“你们有没有订《施普雷报》？”

“有的，应该已经在信箱里了。”艾薇跑到门口，回来时手里拿了周日特刊。

“快说，我在报纸上吗？”

“这里！”艾薇把打开的报纸拿给卡特琳娜看，“白纸黑字写着：卡特琳娜·塞维尔琳博士——我们当中的一员，受人喜爱的国家秘书首次谈及个人家庭背景。”

卡特琳娜迅速浏览了一遍文章，“这真是太伟大了！”她把报纸放在桌上，说，“拉夫昨天给我打了电话，问我有没有兴趣跟他一起去吃饭。”

蓓阿特丽丝把一勺卡布奇诺的奶泡送进嘴里，“然后呢？”

“我认真地想了一下，他只是想去吃个饭而已。”

“没有一个男人请女士去餐厅吃饭的目的是仅仅对吃饭这件事感兴趣好吗！”蓓阿特丽丝说，“吃饭只是使用刀叉的幌子，你相信我。”

卡特琳娜耸了一下肩，“那最好不去？”

“跟他去阿莫尔密欧餐馆啊，”艾薇建议，“在新任命的妇女成员的监视下，我们到时候藏在后方，会保护你的。”

“而且有机会你要向他透露那个道德行为不检点的霍尔斯特的故事。”蓓阿特丽丝补充。

门铃响了，卡夫卡又跑去入口处狂叫。奇怪，艾薇心想，孩子们要到晚上才会回来。

“你在等什么人吗？”

“没有啊，周日没人会来啊。”

艾薇走到客厅的窗边，门口站的人让艾薇吓死了，她火速跑回饭桌。

“警察！”她压低声音喊道，“他们来这干什么？”

门铃又响了一次。

卡特琳娜把餐巾纸扔在盘子上，“我们真是蠢！那个出租司机！他肯定和我们一样听到了广播，然后给警察提供线索找到了我们！”

一瞬间她们都失去了行动力。卡特琳娜跳起来，“快点，快点，餐具丢到洗碗机里！有没有后门出去？”

“你们可以从阳台出去，”艾薇喊，“与邻居家相隔的栅栏对你们应该不成问题。”说着堆好碟子跑进厨房。

门铃又响了，艾薇系紧睡袍，拉好一直在叫的卡夫卡，她稍微等了一分钟，为了给蓓阿特丽丝和卡特琳娜一个逃跑的时间，然后放开卡夫卡，让它径直跑到门口，天呢，帮帮我吧，艾薇心里默默祈祷，她用冰凉的双手把门打开。

“您好，很抱歉打扰您，”艾薇面前站了一位中等个头花白头发的警员，他摘下警帽，“我是总警长布莱梅尔，旁边的是我的同事泰希曼，我们可以进去吗？”

“哦，我完全没有为来访做任何准备，”艾薇打着哈欠，揉了揉眼睛，好像自己是刚刚起床一样，“我觉得自己不太舒服，就睡了，而且睡到现在，你们找我有什么事吗？”

卡夫卡开始发出不高兴的声音，艾薇轻轻地拍了拍它的背，“没事的啊，卡夫卡。”

“西瑞桑拿俱乐部您了解吗，尊敬的夫人？”警长问。

“桑拿俱乐部？”艾薇不解地望着两个警察，“先生们，我恐怕不能为你们提供什么关于这样的俱乐部的信息。”

“当然。”布莱梅尔回答。

他其实觉得有些尴尬，作为经验丰富的警察，他绝对相信这样一座房子的主人是不会有任何可疑点的。

泰希曼是个年轻经过专业训练的警察，与布莱梅尔相反，他带着一股傲气，满心怀疑地打量着艾薇，他看到的是一个又圆又矮，穿了一件粉色睡袍的主妇，还住在一幢阔绰的大别墅里，肯定不是什么要去那些恶心人的俱乐部挣钱的人，可是就这些说法也并不完全具有说服力。

“有一位出租司机在我们这里做了笔录，说正是您这里昨天有三个女的来过，对她们外形的描述与警方正在查找的一致。”他严肃地说。

艾薇双手抓着自己的脖子，高声尖叫，“我昨天晚上是一个人在家的！您刚才说的话是什么意思？我有危险吗？我要担心自己的安危了吗？”

“有可能。”泰希曼冷冷地回答。

“天哪！”艾薇又喊了起来，“我害怕呀！”艾薇心想，我要把他们絮叨疯了，男人最受不了这些。“您要知道，我丈夫住院了，他现在情况很糟，我自己本来身体就不好，一切都慢慢地来了，头晕、记忆衰退、恶心，然后医生确诊说腹部感染，还造成一系列并发症，现在还出现您说的情况！这对我来说太多了！我承受不了这么多！为什么……”

布莱梅尔抬起手示意艾薇不要再说了，但他没有如愿。

艾薇抽泣着继续诉说：“那些管子，心肺功能监测仪，医生说他只有几周的时间了！我们结婚二十年了啊！太可怕了，实在是太可怕了。我现在应该做些什么？您告诉我，我现在要怎么办？”

两个警察都要被艾薇的喋喋不休逼疯了，他们家里肯定也有这样的女人，也是这样没完没了地说话，艾薇心里得意地想。

“我们至少需要看一下情况是否属实。”布莱梅尔最后说。

“是的是的是的，您看看吧！”艾薇喊道，“您马上把整个房子都搜一遍！说不定哪里有人藏着！”

卡夫卡开始烦躁不安地一直叫，好像听懂了刚才说的所有内容。警员走进别墅，这么一幢内部装饰讲究的住宅可不是寻常百姓天天可见的，他们小心翼翼地打量入口处已显奢华的装饰。

“请脱鞋，”艾薇命令道，“我家的保姆昨天才打扫过屋子。”

艾薇很惊讶这两个男的很是听话，警察长的袜子上露了很大一个洞，大脚趾伸在外面显眼得很。

“这个什么时候要补一下的，”艾薇看了看他的袜子说，“您家里没有个女人把这些琐事处理得当吗？现在的女人啊，脑子里总是装了好多别的想法，您说是不是？她们开始解放了，她们也更加自信了，可家务活这些却不那么精细了，这点我从来就无法理解。”

布莱梅尔嘴里嘟囔了些不友好的话，估计他已经受不了艾薇腹泻般的喋喋不休，没完没了。

艾薇走在前面，“这是饭厅，真正齐本德尔的设计，来自一个英国的城堡，这些家具是我们在一个私人拍卖会所得。”艾薇说这话时自豪的表情和语气仿佛她是家具商人，正在鼓吹自己的商品。

餐桌上是刚才吃剩的早餐，只有一只孤单的杯子立在那，蓓阿特丽丝和卡特琳娜把她们的都收了起来。

“我丈夫对英式家居风格非常感兴趣，他把这个称作乡村贵族阶级。”艾薇做出一个邀请的手势带他们到了客厅，“这里是客厅，家具都是橡木制的，非常珍贵，是继承祖上的遗产，您看这里的柜子。”

艾薇用余光看了看壁炉，还好昨天烧的残余物都被灰烬遮盖了。

“热巧克力，先生们？我心情烦躁时非常喜欢喝热巧克力，对心灵有极大好处，你们来一杯吗？”

“不了，非常感谢，”布莱梅尔拒绝了。艾薇听到泰希曼不满的声音，“这个老女人真是太烦了。”

忽然艾薇的目光被一样特殊的东西吸引住了。一条乳胶材质的内裤逃脱了昨晚的火焰，就在沙发边上，昨天卡特琳娜和蓓阿特丽丝是坐在这里销毁东西的，她们怎么就把这个东西忽略了？艾薇总是朝那个东西的方向看去，泰希曼也跟随着艾薇的目光，“这是什么东西？”他问。

他就跟警犬一样走到沙发边上，用指尖捏起那条内裤。

“什么？”艾薇问。

“这是我要问您的。”

泰希曼怀疑地看看艾薇又看看手里捏着的内裤，“不像是您的尺码，我觉得，您昨天晚上有客人到访吗？很特别的——客人？”

哦，不是吧！艾薇觉得浑身没力气，甚至必须坐下才行，早上吃的饭现在感觉要吐出来了，卡夫卡突然跑过来，把它的鼻子搭在艾薇的膝盖上，它似乎感觉到它的女主人现在身处困境，艾薇用微颤的手指抓了抓卡夫卡的毛。

“先生，您看到的是……”

“什么？”泰希曼往前走了一步。

“是一个，一个给狗用的保护内裤，卡夫卡的！”

“从什么时候开始狗开始穿情趣内裤了？”泰希曼问。

“情趣内裤？”艾薇惊讶地回问，“卡夫卡是一条母狗，它来月经时量可不少，而且公狗会马上闻到冲过去，所以，为了……”艾薇咳嗽了一下，“避免交配，是这个词对吧？这是宠物医生给我的，虽然看起来有点不寻常，不过真的很好用的。”

警察长目瞪口呆地看着卡夫卡，艾薇从泰希曼手里拿回内裤套在卡夫卡的屁股上。

“您看？一条合适狗的贞操内裤！”艾薇说，“之后我会带卡夫卡去做绝育手术，但是现在暂时我都是这么处理，这个东西弹性很大，您要不要来试一下？”

“已经可以了，”布莱梅尔说，他有点责备地看着旁边这位年轻认真的警员，“我们还是继续查找别的吧。”

他们一起上楼，下楼，连地下储藏室都查了一遍，接着走到花园，艾薇第一个发现栅栏边上的植物被踩过了。

“天啊！”艾薇用手抓着后脑勺，“你们看啊！有人踩了我昂贵的植物，是特意从印度捎来的特殊植被，他们原来生长的那座山都很有名！它们很值钱的！保险会不会担负？哦，天哪，真的有人来过这！”

布莱梅尔抓了抓自己的头，他的同事用相机拍了一下，“肯定是逃跑痕迹，”他说道。

“您还过来吗？我住在这里还安全吗？”艾薇声音听起来很绝望，“或者今天您愿不愿意留宿在我这里？我把客房收拾出来。”

泰希曼有点狡猾地笑了笑，“客房已经有人睡过了，您刚才说，昨天您是一个人在家？”

被发现了，艾薇心里一阵恐慌，可马上又看到了卡夫卡，摇着尾巴在草丛里嗅东西。今天它必须得到一块骨头作为奖赏，因为她让艾薇有了一个又一个主意。

“是这样的，我不知道您是不是能够理解……”艾薇用手遮住眼睛做出痛苦状，“我的狗就是我现在的全部，她就像我的第三个孩子，自从我的两个儿子选择跟他们的朋友一起，请不要嘲笑我，这条狗一直可以睡客房的床。”

“如果是这样……”布莱梅尔拍了拍那位年轻同事的后背，“我们不应该再继续打扰您了。”他递给艾薇一张名片，“如果您发现什么可疑的东西，请与我们联系，再次抱歉打扰您，我们只是例行公务。”

“我很感激你们，”艾薇说，“谢谢你们过来。”

他们又回到房门口，穿上鞋子，艾薇看到他们的袜子上粘的都是草。

艾薇打开房门，“您今天晚上真的……？”

“不了！”布莱梅尔喊道，“已经排除可疑！祝您周日愉快！”

两个人赶紧逃出艾薇的家。

“欢迎您随时过来！”艾薇跟在后面喊，“下次一定要喝一杯热巧克力，对心灵很好！”

两位警察跳上警车扬长而去，短时间内应该不会再回来，艾薇心里很满意。

她的手机响了，“哦，你好，妈妈，怎么？没有没有，这里没什么特别的，真的没有。”

阿莫尔密欧里面还比较空，卡特琳娜约了个比较早的时间，为的是让这次见面与约会撇清关系。餐厅里只有两张桌子被占了，唯一的服务员无所事事地倚靠在柱子边上。

艾薇在这里感觉如同在家里一样，她真是爱上了这家餐厅，尤其是里面飘荡的美食的味道，想到这里的千层面，艾薇的口水都要流出来了，过些天我就要带我的两个孩子来这里，艾薇自顾自打算着。

“你真觉得这个餐厅可以，蓓阿特丽丝？”卡特琳娜问。

她穿了一件无袖的黑色长裙和高跟鞋，唇彩是珊瑚红色，耳垂上装饰了很小一颗闪亮的钻石，显然这次邀请卡特琳娜也不只是把它当成公务。卡特琳娜的脸颊上还有些许斑点。

“轻描淡写总是最好的，”蓓阿特丽丝解释道，“拉夫会完全被这个街角的舒适意大利餐厅吸引，一个温暖的家的感觉，精致温馨，不会像你一样，只追求呆板的贵族装饰。”

“你们真的想呆在这？他十米以外就能发现你们，”卡特琳娜摇着头说，“你们设想一下是不是？”

蓓阿特丽丝在餐厅里慢慢踱步，“你到时让拉夫背对着这里坐着，他反正只会关注你，我的眼里只有你，哈哈！”

“慢着，”卡特琳娜摸了摸自己盘的头发，“我们还根本不知道，他是不是对我有兴趣。”

“有兴趣？”艾薇说，“他就像我们烧假发时跳动的火焰！为了保证我们什么都听得到，你现在先拨一下我的手机号码。”

“我要在跟他见面时给你打电话还是……”

“你就把它放在桌上，这样我们就能听了。”艾薇回答，她最近在这些事情上尤为在行。

蓓阿特丽丝冲她挤了挤眼睛，“多才多艺，詹姆斯·邦德来了对她也无计可施。”

“我的亲爱的！”吧台那边传来的声音，“终于！我没日没夜地盼着你过来，贝拉·蓓阿特丽丝。”

彼特罗出现了。他慢慢地把手用格子毛巾擦干，走到蓓阿特丽丝身边时在她脸颊上吻了一下，彼特罗的脸甚至看起来红了，“你把你的朋友也带来了！太好了！先来杯斯普利兹鸡尾酒吧？”

他眼里绽放光芒，幸福地看着蓓阿特丽丝，为什么蓓阿特丽丝就没有注意到这些？艾薇心想，这个男人只是在等待她接受他的那一刻。

“很愿意，彼特罗，你听着，我们的朋友卡特琳娜今天有个疯狂的约会，”蓓阿特丽丝说，“我们得看着点儿她，保证她的言行都是经过深思熟虑的。”

彼特罗在额头上画了个十字，“圣洁的麦当娜！你真的是个好朋友！”

这时候拉夫走进了餐厅，他还是穿着那件旧旧的军装夹克，不过里面套了一件熨平了的白衬衣，卡特琳娜赶紧输入艾薇的电话，艾薇也马上按下接通键。

“祝你好运，”蓓阿特丽丝小声说，“老方法：先钓起他的胃口，再慢慢循序渐进。”

蓓阿特丽丝拉起艾薇的手，走到了较远的一个桌子边上，两个人埋伏在那儿，低着头尽量靠近手机，窃听餐厅另一边发生着什么。

拉夫走向卡特琳娜，又是用握手这个传统的方式打了招呼，“今天是我的幸运日，”他说，“我的上司第一次夸赞我，就是因为报道您的那篇文章，现在我可以和您一起庆祝了。”

卡特琳娜先坐下了，留给拉夫的就只有背对餐厅方向的那个座位。“我也非常高兴，可惜我没有太多的时间，您知道，工作义务，明天一早有个委员会例会，我还要准备一些文件。”

“和那位尊敬的家庭部部长先生？”拉夫问得有点快。

蓓阿特丽丝用指尖敲了一下桌子以示警示，她把手机用一张纸巾盖住，“他嗅到危险信号了！”

“哦，当然，而且他是专业的，”艾薇小声回答，“他有着恋爱中男人敏锐的嗅觉。”

“这种事情当然是我一个人完成，”卡特琳娜完全冷静地回答，“我不是谁的附属品，如果您之前是这个意思的话，作为政治圈里的一员，尽管我是女性，也必须是独立的。”

“独立的，是的，您看起来是很独立的，来一杯开胃鸡尾酒怎么样？”

还没等拉夫点，彼特罗就端着两杯斯普利兹过来了。

“您已经点了，塞维尔琳博士夫人？”记者笑了笑，“您真是一点时间都不浪费。”

“哎呀，如果您不喜欢这个东西的话……”卡特琳娜说。

“怎么可能，我已经注意到，您有控制欲，”拉夫回答。艾薇和蓓阿特丽丝可以看见他举起酒杯，“祝愿您！您为我带来了好运！”

“您也为我带来了好运，”卡特琳娜回答，“您的那篇文章在政治圈中引起了很大的反响，那么，您为什么最开始希望了解我呢？”

“实话实说，我最开始不仅仅是工作采访的目的”，拉夫说，“您是一位很有魅力的女性，每个人都会问：在这样一个智慧与称职的女政治家背后隐藏了什么?”

“阴暗的复仇欲望。”蓓阿特丽丝小声说。

“生小孩。”艾薇说。

“工作，工作，工作。”卡特琳娜叹了叹气。

“噢，没有什么不正当的越轨行为?”记者继续追问。

“嗯,”卡特琳娜顿了一下，“如果您暗指部长先生的话，我要抱歉不能给您提供信息了，目前为止我表现得太开放了。”

“不不，这些是非常扣人心弦的。”拉夫赶紧说，“性与权力，一个很惹眼的主题，您知道什么相关的吗?”

卡特琳娜轻微咳嗽了几声，“我们应该先点点儿吃的东西，意大利千层面很不错，非常推荐，我经常在这里吃这个。”

蓓阿特丽丝在一旁满意地点点头。

“您真是令我惊讶,”拉夫说，“一开始您点了斯普利斯开胃酒，虽然您之前说不喝酒精饮料，现在您说要吃的东西让我无法跟您的身材联系到一起。”

艾薇转了转眼睛，把手机遮住，对蓓阿特丽丝说，“点斯普利斯是个错误!”

“这个男人脑子太灵活了,”蓓阿特丽丝叹了叹气，“丝毫线索都没放过。”

“我们这样说吧,”卡特琳娜回答，“今天我向您展示我私人生活的一面，工作是工作，喝酒是喝酒，我妈妈经常这样告诉我。”

记者转过身示意彼特罗过来，艾薇和蓓阿特丽丝马上藏到桌子下面，坐在旁边的一对退休夫妇看得很是好奇。

“我们什么都没做,”蓓阿特丽丝小声对他们说，“我们正玩儿呢。”

彼特罗微笑着走到卡特琳娜的桌前，“我可以为这一双璧人做些什么？”

“啊，我们看起来这样？”拉夫语气很是愉快，“现在这对璧人想尝试传奇的千层面。”

“没有前餐吗？”彼特罗显出失望的样子，“我们今天供应生鲜拼盘，还有新鲜的生蚝。”

“或者我们之后点甜点吧。”卡特琳娜引开话题，彼特罗耸了耸肩。

“按照您一贯工作第一的时间安排，不知道之后还有没有甜点时间，”拉夫说，“部长先生似乎对于工作的态度没有您那么重视，外面很多传言，说他个人作风不检点啊。”

艾薇和蓓阿特丽丝都屏住了呼吸。

“怎么说呢……”卡特琳娜刻意停顿了几秒，“流言这种东西总是有的，家人不在身边，也总是有些人做调查。”

“那您呢？您现在也在调查吗？他有没有什么愚蠢可怕的事情呢？”拉夫的声音突然有些激动。

“到现在还没有，”卡特琳娜回答，“或许我们的调查还不够主动。”

“哇噻，那我有一个好的建议！”

蓓阿特丽丝和艾薇激动地抓着对方的胳膊。

“什么？”卡特琳娜问。

拉夫往椅背上靠了靠，“我们现在把手机关上，把您的两位女同事送回家，一般我不会注意不到餐馆中间有两位女性，尤其是她们也像您一样魅力出众。”

第十三章

一封举报邮件

艾薇费了好大的劲才找到地址——林登路 8 号，马尔乔内塔尔区内，一个小时以前艾薇就出门了，而且已经开错了好几次，眼见这里一片平地，导航已经拒绝工作了，艾薇视野之内的除了树林就是草地，终于路边出现了一个路牌“房屋出售”。牌子下面的箭头指向朝右的方向。

艾薇看了下路牌，林登路，应该是这里了，这条狭长的街道两边长满了古老的树丛，艾薇把车子开到了一幢白色单层式别墅前，她不确定地又在后视镜里照了照自己，把帽子戴正，这顶带有深蓝色面纱可以遮住半张脸的帽子今天实在算是一个奇怪又不必要的装扮了。

卡特琳娜和蓓阿特丽丝已经站在房子面前手舞足蹈地交谈着什么，艾薇也赶快下了车。

“嗨，艾薇，你们的监控行动真是正中下怀！”卡特琳娜上来跟她这样打招呼，“我觉得，我都尴尬地可以挖个地缝钻进去了。”

“但是那个想法很不错，你必须承认。”艾薇自豪地说。

卡特琳娜一直用鞋子踩脚下入口处的石头子，“跟你今天这顶滑稽的帽子一样不错，这种便宜的把戏可能会骗到威尔纳，拉夫实在是瞒不过去，他太聪明了。”

“拉夫？”蓓阿特丽丝在空气中画了个爱心形状，“你们已经开始不用敬称，而是直呼其名了？”

“啊，我也不知道怎么开的头，”卡特琳娜说，“大概是吃提拉米苏的时候。”

卡特琳娜的脸颊有些泛红，艾薇和蓓阿特丽丝交换了一下眼神，真是难得的感动，可以看到卡特琳娜有些难为情了，一下子羞涩得像个少女。

艾薇满脸幸福地说：“至少你可以正常吃东西了，这就是一个好的开始。”

“有没有什么身体部位液体的接触？”蓓阿特丽丝严肃得像高等法院的律师。

“亲吻了脸颊，”卡特琳娜没有透露更多，“我们到这里要干什么？我特意推掉了一个会议。”

她看了看周围，刚刚傍晚，微风拂过脸颊，远处听到鸭子呱呱的叫声，天堂，艾薇心想，远离城市，远离喧嚣，远离所有。

“我们来看看汉斯海尔曼的法场，”蓓阿特丽丝解释说，“这块不动产他要买下的。”

她穿了一件宝蓝色的风衣裙子，戴了金色的首饰，看起来很是昂贵，就像那种做指甲跟用晚餐之间的片刻工夫就能买下一幢房子的人，“最好的地方你们还没看到：湖！”

蓓阿特丽丝走在前面，绕了这幢房子一周，这幢单层别墅是建在水上的，还有个独立停靠船只的码头，一只带滑翔桨的船正好漂在水面，别墅的后花园有些杂草丛生，正中有座游泳池。

“中介的人在哪？”蓓阿特丽丝把一只脚搭在另一只上，“她早就该在这里了。”

“这幢房子有几间屋子？”卡特琳娜问。

“十间，”蓓阿特丽丝回答，“四间浴室，所有加在一起大约三百平方米，谁会注意到杂草丛生的这么一块地？”

卡特琳娜笑笑，“或者一个香肠生产商，刚破产那种，必须得卖掉自己的宫殿，一共多少钱？”

“六十万，”蓓阿特丽丝回答，“我刚继承了些遗产，前段时间汉斯海尔曼在证券交易所有个不错的帮手，是一家银行的CEO，所以我们有内部消息是关于黄金的，不合法，但是可以赚钱。”

艾薇坐在花园的长椅上，湖上一群鸭子游来游去，“我们真是希望他愿意投资买这栋别墅。”

“我跟他说我从现在开始工作上不会投入太多精力，一周四天出来到这度假，这样他也可以自由自在过他的日子。”蓓阿特丽丝苦苦地说，“为了摆脱我，他什么都愿意做。”

几分钟以后汉斯海尔曼和中介走了进来，中介是一位年纪稍长的女士，穿了一件灰色套装，她明显很高兴这么快就找到了感兴趣的人，因为这幢房子的广告登出去还没几天。

汉斯海尔曼出现时艾薇选择待在了别处，没有什么见到老朋友的兴奋，相反，汉斯海尔曼在桑拿俱乐部的表现倒是让艾薇有些避讳，尽管今天她戴的这顶帽子足以让别人认不出她，想来想去她还是更愿意待在这个长椅边，而其他人都消失在这幢大房子里了。

“这对您来说非常的划算，”艾薇听到所有人从房子里面出来，中介说，“克拉梅尔夫人和先生，如果决定买，请你们尽早决定，你们已经看到了，还有两户感兴趣的买家。”

“我也想考虑一下的，我可以再加钱。”卡特琳娜很酷地说。

“不行不行，”汉斯海尔曼说，“您就别掺和了，我夫人想要这幢房子，所以她会得到，就这么定了。”

“我甚至可以加很多钱。”卡特琳娜说。

中介有点困惑地看着他们，“女士们先生们，请保持冷静，我们是一家……”

“一万。”汉斯海尔曼说。

卡特琳娜把手插在裤子口袋，“两万，我们这位中介朋友可以在奢华酒店度过一个周末。”

“五万！”汉斯海尔曼喊，“五星级酒店四个星期的度假，该死的合同在哪里？”

中介赶紧从文件夹里掏出笔递给汉斯海尔曼。

“是我的！”卡特琳娜喊着一把抢过合同。

“六万！”艾薇坐在那边的长凳上。

汉斯海尔曼一脸仇恨地盯着两位如此感兴趣的买家，“还有一位这么贪婪的买家？我们现在到底是在哪？”

他迟疑了一下，掏出钱包，看着卡特琳娜时嘴憋着成了一条线，“一千欧，如果您把合同给我。”

“两千，我把合同给您。”卡特琳娜笑笑。

汉斯海尔曼憋红了脸数出四张五百欧元扔到卡特琳娜脚上。

“非常感谢您的慷慨，”卡特琳娜特意慢慢捡起扔在地上的钱，递给汉斯海尔曼合同，“您值得拥有，请！”

汉斯海尔曼嘴里嘟囔些话，大致是骂卡特琳娜“臭婆娘”之类，他签好合同递给蓓阿特丽丝，蓓阿特丽丝刚刚一直站在旁边观望，一句话都没说。

“六十五万！现在满意了？”他咆哮着。

“你也同意了啊，”蓓阿特丽丝小声说，把她的名字也签在合同上递给中介，“谢谢你，宝贝儿，在这你也会感觉很舒服的，绝对是理想的投资，你从来没有这类打算吗？剩下的手续我帮你处理。”说着在汉斯海尔曼的脸颊上亲了两下。

“你办吧，”汉斯海尔曼冷冷地回答，“别等我，我今天很晚才回去”。

说完，大步流星地离开了。

“您丈夫，真是，很有性情，”中介说，“那我们在公证处见。”

“一言为定，”蓓阿特丽丝整理了一下自己的裙子，“很高兴认识您，公证的时间定下来之后请您再跟我联系，那么再见了。”

一分钟以后听到发动机呼啸的声音，汉斯海尔曼扬长而去，蓓阿特丽丝和卡特琳娜坐到艾薇身边，渐渐地她们都放松了下来。

“绝对是天才，”蓓阿特丽丝说，“你们太厉害了！我完全没有想到事情会进展得这么顺利。”

“给你，”卡特琳娜把叠在一起的钱递给蓓阿特丽丝，“你的钱，我刚才扮演了一个恶角色！”

“他才是那个坏人，”蓓阿特丽丝纠正她朋友的话，“明天我们一起去银行把六十五万转了。”

“但是你怎么能把这笔钱之后再弄出来？”卡特琳娜问。

“她根本不用再取出这笔钱”，艾薇把面纱往后拽一拽，笑了笑说。

“亲爱的，这笔钱会到我新开的账户上，”蓓阿特丽丝解释。

艾薇享受地弹动自己的手指，“不合法，但是可以赚钱！”

“谁能给我讲一下，我没明白其中的奥妙，”卡特琳娜问，她动了一下眉毛，“难道这是……”

“这是威尔纳很多幢不动产中的一幢，他就像集邮一样收集这些，”艾薇解释，“中介那个女的我不认识，我们只通过电话，但是合同里账户号写的是蓓阿特丽丝的，我只管安排了这个，只要钱一到账，蓓阿特丽丝就会退出这份合同。”

“这简直……”卡特琳娜无话可说地举起了手。

“特大号复仇计划。”蓓阿特丽丝把句子补充完整。

她们互相拥抱了对方，接下来一阵欢笑。

“你让我太激动了，卡特琳娜！”蓓阿特丽丝笑着说，“你怎么想到往上飙价的？”

卡特琳娜笑了，“你还记得在桑拿俱乐部的时候，他是怎么争取艾薇的？我当时就明白了：这个男的是不能忍受失败的！他有着猎人的猎性，一定要收获到猎物，比如鹿，当他一旦得到胜利，他就开始放松警惕，在周围闲逛了。”

蓓阿特丽丝把钱装好，“一位身经百战的女政治家，我们的卡特琳娜，复杂的女性啊。”

这会艾薇正陶醉地欣赏那艘划桨船，“这里真的好美啊，有人有兴趣一起去划个船吗？”

“我刚才也想这样建议。”蓓阿特丽丝回应。

她们踩着草地走到湖边，尽管穿了高跟鞋，蓓阿特丽丝还是敏捷地跳上小船，伸出手拉艾薇上船，“你上得来吗，亲爱的？我已经饿了！”

等卡特琳娜也上了船，蓓阿特丽丝抓起了划桨。

“你划得到对面的酒馆吗？”艾薇问，“那应该有很好的东西，叫Hugo。”

蓓阿特丽丝有点惊讶，“你又在理想男孩网站上有了什么新的发现吗？”

“哎呀，那个不是男人的名字，是一种饮料，”艾薇回答，“普罗塞克酒加上薄荷和接骨木浆果的糖浆，味道特别好。”

艾薇擦了擦灰，她可是收藏了一批清洁毛巾，各种用途，擦家具的、擦玻璃器皿，以及其他按照自己命名归类的东西，擦拭尘土可以让她放松身心，其他人是去做瑜伽，艾薇是打扫。

她心情本来非常不错，时钟指向中午不到十二点，或许此刻蓓阿特丽丝刚处理完那笔账，这才是公平。

门铃响的时候艾薇丝毫没有准备，吓得打了个激灵，悄悄走到走廊门口看了看猫眼，以防万一警察长布莱梅尔和那个警惕感超强的警员到家里来喝热巧克力。门外站的是卡特琳娜，脸色惨白，艾薇马上把门打开。

“你怎么来这了？发生了什么？”

“我做了，”卡特琳娜肩膀都在抖，平时梳得一丝不苟的发髻现在凌乱得都要散开了，她把一撮掉下来的头发别到后面。

“你说什么？”

“我昨天给霍尔斯特寄了一封匿名信，有一张那个录像的屏幕截图，还有一些相关的短信：把衣服脱了，我马上到之类的话。”

艾薇起了鸡皮疙瘩，“啊，然后呢？”

“他今天早上先是假装镇定，没有让人察觉任何反常，之后我找他说话。”

“继续说！”艾薇喊道。

“先给我来点喝的。”卡特琳娜叹气。

艾薇扶她到厨房，给她倒上一杯水，卡特琳娜觉得腿软，倚在洗碗机上。

“奇怪的是现在感觉一点都不像我想象得那么好，”卡特琳娜继续说，“但是没有退路可言了，我跟霍尔斯特说，据我得到的消息还有一位《施普雷报》的记者收到了类似的资料。”

“真的吗？已经给他了？”艾薇有点担心。

厨房的钟敲打得让人感觉吵得慌，像定时炸弹一样，她们都要眩晕了。

“信在我包里，”卡特琳娜说，“贴好了邮票写好了地址，我要寄出去吗？霍尔斯特肯定想遮掩一切，他甚至想好了一个策略，他觉得这是竞争对手的阴谋，不正当的竞争。”卡特琳娜喝了一口水，“你知道吗他想出来了什么吗？让我辞退工作，这样会引开公众的注意力。”

“不可以！”艾薇喊道，“这是凭什么啊？”

“权力的目空一切”，卡特琳娜有些垂头丧气，“他觉得自己权居高位，而且他还想继续呆在那个位置，我现在到底要不要把信寄给拉夫？”

艾薇觉得自己完全招架不住，“我们得给蓓阿特丽丝打电话，现在是决定命运的时刻，艾薇连早上打扫穿的大褂都没换下来，带着卡特琳娜跑向车库。”

艾薇把车开到路上发现路边停了一辆黑色旅行轿车也正要启动。一般在这样一个安静的别墅区不会有车停在那个位置，所以很不寻常。

“你看着点后面，”艾薇说，“我们被跟踪了吗？”

卡特琳娜转过身，“不知道啊，但是我们能试试看，你乱开一会儿，向右转，再向左，然后再向右。”

艾薇按照卡特琳娜的要求开，那辆黑轿车果然保持一定距离但是紧跟脚步地开。

“你能不能从后视镜里确认是谁坐在里面？”卡特琳娜问，声音有点颤抖。

艾薇激动得连方向盘都不能控制好，“离得太远了，里面的人穿的深色衣服，一个男的，还有一个女的，会是谁？”

卡特琳娜咬着嘴唇，“警察，便衣侦探，媒体，我完全没有思路，看车牌不是这里的。”

那辆车就像一道黑影一样跟着艾薇她们穿过城市，来到蓓阿特丽丝工作地点附近的一家喝冰咖啡的店，没有什么时间找合适的停车位了。艾薇和卡特琳娜低头下车走进店里，难道已经有狗仔队准备好拍卡特琳娜了吗？此刻一切皆有可能。

咖啡店的墙壁刷的是蓝绿色，这里主要聚集了年轻人，嘻哈音乐让店里的杯子都发颤，蓓阿特丽丝已经坐在里面了，正用吸管喝着冰拿铁，不耐烦地看着表。

“姑娘们，你们真让我时间很紧张啊。我现在需要一个好理由，为什么我必须把我最好的顾客晾在一边，而且为什么艾薇看起来像打扫卫生的。”

卡特琳娜简短地汇报了事情的进度，她已经寄出一封信，还有一封在包里，而且第二封信会影响深远。

蓓阿特丽丝没怎么犹豫，激动地站起身，“信给我，这条街就有一个邮筒，我现在就把它投递了，想得越久就越烦躁。”

卡特琳娜没有反对掏出信，蓓阿特丽丝小步跑着出去了，等她回来时，脸色和刚才比也有些苍白。

“投出去了，”她说，“现在就不要软弱了，狗屎一样的事情总会发生，如果不这样做，以后你自己会陷入霍尔斯特这个烂泥滩里。”

卡特琳娜不禁打了个寒战，“整件事情会导致政府的危机，我们应该……”

话说到一半走过来一位身着黑色风衣的瘦小女人，一张表情苦闷的脸搭配了红色的卷发，嘴角说话时微微颤抖。

“我能坐过来吗？”她问。

“我不知道，为什么，”蓓阿特丽丝回答，“我们是要和谁一起分享接下来或许有趣的对话呢？”

这个女人还是坐下了，“我叫艾美莉·霍夫内尔，家庭部部长霍尔斯特·霍夫内尔的妻子。”

艾薇已经记不得之后坐了多久，无力地，谁都没说一个字，那场可以成为永恒的沉寂。最后还是艾美莉打破了沉默。

“所有的事情我都知道，”她说着转向卡特琳娜一侧，“您和霍尔斯特我观察很久了，我会整夜站在您的公寓外面而没有勇气按下门铃，但是当霍尔斯特……”她有些哽咽，“今天早上给我打电话说收到了恐吓信时，我就马上出门了，三百公里的全速，我无论如何都要跟您对话。”

“这一切我都感到非常的抱歉，”卡特琳娜小声说，“我本不愿意……”

艾美莉沮丧地举手示意卡特琳娜，“随意了，如果不是您，也会有其他人，霍尔斯特从来没有忠诚过，我们的第一个孩子出生以后他就和竞选时的助手好了。”说着眼里已经充满了泪水。

可怜的人。艾薇已经充满了同情，而且对这个女人充满了尊敬，虽然一直受伤害，却还能这么坚强并且看起来很正直，蓓阿特丽丝也动容了，有点不安地摆弄着吸管，直到吸管被她玩坏。

“能不能找出恐吓的人到底想要什么？”家庭部部长的妻子问。

卡特琳娜抬了一下肩膀，“政治原因，我估计。据我所知，并没有涉及金钱要求。”

“我有三个年幼的孩子，”艾美莉·霍夫内尔抽泣着说：“这个丑闻我经受不住，而且霍尔斯特，天呢，他从来就没学习过什么是正当的，可他是政治家，从一开始就是。”

如果您早进来五分钟的话，艾薇绝望地心想，我们会把那封信撕了，那么一切都好，这位勇敢的、瘦削的，为自己的家庭、名誉，甚至她的存在而坚持的女人让艾薇心疼。

“或许只是有人开了个不怎么样的玩笑。”她说。

“那就不会有这些照片，”艾美莉·霍夫内尔小声反驳，“一定是有人蓄意针对霍尔斯特。”

很有可能是这样的，三个女人坐在各自的椅子上，没什么可以说的了，结果会让霍尔斯特的政治生涯画上句号，而她们也做不了什么可以挽救的。

艾美莉·霍夫内尔站起身，“谢谢您能听我说完这些，我现在要回家了，回到我的孩子身边。”她系好风衣的腰带。

“如果我可以为您做些什么的话……”卡特琳娜站起身，走向霍尔斯特的妻子，“请您，请您原谅我，我不是一个坏人，如果我知道所有的后果会是这样，我是绝对不会让我自己做出这些的。”

艾美莉·霍夫内尔哀怨地看着对面的情敌，“原谅？噢，您还是去别处请求宽恕吧，像您这样的女人拥有所有的一切，您智慧，您有一份出色的工作，您可以得到任何一个男人，为什么一定要是霍尔斯特呢？”

卡特琳娜无言以对，她的眼里也噙着泪水，悔恨的泪水。

艾美莉没再说什么转身离开了，三个人盯着艾美莉身后许久，突然蓓阿特丽丝站起身。

“我们得把那封信拿回来！”她喊道，“我觉得我们可以把那个该死的邮筒点了，照片绝对不能到拉夫手上！”

她把一张纸币放在桌子上，冲向门外，艾薇和卡特琳娜也跟着跑了出去，老远就看见黄色的邮筒，旁边一辆黄色车子，还有一个身着蓝色制服的邮递员，正把邮筒的信收到邮政包裹里，然后回到车里开走了。

威尔纳还是像往常一样睡着，而且打鼾，床单被他不规则形状的身体扭得不像样子，露出绿色的病号服，病床周围被机器和注射装置所包围。

"我今天早上给他动了手术，他状态现在看起来很平稳，"罗伯特说，"难道这不是很神奇吗？你本想报仇，而现在却救了他，没有手术的话他早晚都会死掉，我很少见到这么一个戏剧化的病例，身体里的垃圾多到一个垃圾筒都不够装。"

艾薇心不在焉地盯着眼前这么一个庞大的肉体，艾美莉·霍夫内尔的样子总是出现在她眼前，还有她脸上无尽的忧伤，怕被完全消灭的恐惧。其实从复仇计划最开始艾薇心里就不是很舒服，可现在事态的发展似乎没有别的出路了，或者还有？

"罗伯特，我亲爱的，"她说，"我从心底感谢你，但是我现在脑子里总有个问题挥之不去。"

虽然艾薇已经脱了打扫卫生的那件大褂，但里面灰色的裙子还有她整个人的萎靡不振都完全不是她盛装打扮时的样子，这一刻她忽然觉得自己很苍老，身体里所有的能量都变得微弱了。

"什么？我的小宝贝儿？"罗伯特摩挲着艾薇的脸颊，他似乎没有被艾薇反常的行为所打扰，"你还需要更多的时间吗？那我可以把威尔纳送到康复中心，那么你至少还可以摆脱他三个星期。"

"不是这个，"艾薇回答，"你能不能暂时离开一会儿？"

罗伯特温柔地看着她，"为了你随时都可以，你到底有什么问题？"

"一封信，一封不该让收信人收到的信。"艾薇黯然地说。

五分钟以后艾薇来到了医院的咖啡吧，蓓阿特丽丝和卡特琳娜已经在那里等她了。医院的咖啡吧是个看起来不能再冷漠的地方了，刚好适合这三个女人，咖啡吧里陈列了一些附着了尘土的塑料家具，不知道是哪个虐待狂摆在了灰色混凝土的入口处。

"你们看起来就像有人拿走了你们的玩具似的，"罗伯特抿嘴一笑，"有什么紧急情况吗？或者是什么色情相关的小状况？"

蓓阿特丽丝用胳膊肘支着桌子叹了口气，她现在心里最受煎熬，因为她是那个投出致命信件的人，卡特琳娜一直不停地掸着自己衣服某个位置上不存在的灰尘，艾薇一直攥着出汗的手。

“事关生命和死亡，”蓓阿特丽丝开口说话了，“我，该死的，投出了一封信，而这封信可能毁掉整个家庭，还不包括可能造成的政府危机下的混乱情形。”

“噢，天，这封信是寄给谁的啊？”罗伯特问。

他跟两位经过桌子的年轻女护士打了招呼，目光重新转向卡特琳娜。艾薇心中莫名生气，一股醋意，每天罗伯特都会被这些漂亮的女人包围，不过难道不是这个道理吗？多数情侣都是在工作中相识。那么艾薇自己到底有什么特别的地方可以吸引到罗伯特？但是，现在这些都不重要。

“寄给了一个记者，”卡特琳娜回答，“《施普雷报》的，如果他打开那封信，就会造成灾难性后果。”

“你们让我越来越好奇了。”罗伯特说。

罗伯特真的可以信任吗？他不会泄露秘密吧？或者如果她们告诉罗伯特真相，他会让一切变得更糟？艾薇开始说话了。

“你说，作为医生有沉默义务是不是？”艾薇问，“无论关于什么？”

罗伯特也严肃起来，“我要事先声明：原则上我不做违法的事，不做违背医者道德的事，不做堕胎，不致人残废，不做威胁人类生活的事。”

“罗伯特！”艾薇喊出声，“我们不会要求你做这些！”

蓓阿特丽丝推给罗伯特一杯咖啡，罗伯特一口饮下，“好的，好的，抱歉，不过你们有时让我觉得很神秘，到底是为了什么？”

艾薇不确定地看着另外两位女士，“我们要让他知情吗？”

“我们似乎也没有什么别的选择”，卡特琳娜表示赞成，“好吧，信里有一张照片是家庭部部长霍夫内尔的床照，不是跟他的妻子。”

罗伯特脸上露出了会心一笑，“那么这张照片出自一只摄像头，而且是我亲手安装上的。”

卡特琳娜闭上眼睛，大概表示默认。

“那么现在女士们跟之前的想法不一样了？”罗伯特语气有点挖苦的意味。

三个人都有点负罪感地点点头。

“哎呀，”他把咖啡杯在手里转来转去，“恐怕，我也不能帮你们做些什么，如果你们想炸了邮政总局的话，请绝对不要带上我。”

“或者还有另外一个办法。”艾薇小声说。

《施普雷报》编辑部的大楼是一幢丑陋的七十年代建筑，大楼的正脸还喷满了涂鸦，罗伯特和蓓阿特丽丝在汽车里观察卡特琳娜和艾薇在门卫传达室的动向，尽管时间很早，但两个人仍然像剥了皮的鸡蛋，卡特琳娜穿了黑色裤子和上衣，艾薇也选择了一身黑色套装。

“就跟要去参加葬礼一样，”蓓阿特丽丝自娱自乐地说，“两个黑寡妇。”

罗伯特眼里只关注艾薇，“漂亮的人怎样打扮都不会难看，”他简短地说，“卡特琳娜一直很完美，你穿着护士服来到这个世界，艾薇可以背一袋土豆，她总是那么独一无二。”

“独一无二确实是个合适的词。”卡特琳娜笑着说。

他们俩紧张地观察着入口处，罗伯特压住了刚要打的哈欠，从七点开始她们就守在这里等着邮递员了，远处看到邮递员和他的推车了，行动开始了。

门卫速度不怎么快，这是一位年老的先生，花白的胡子，而且要先戴上眼镜才能辨别清楚每一个名字，他慢慢查看今天登记的访客名单。

“是谁？国家秘书塞维尔琳博士和艾薇·玛利亚·武特克？”他自言自语道，“啊，对，找到了，我能不能看一下二位的证件？”

“看一下什么？”

“身份证件。”

卡特琳娜把拿铁玛奇朵的纸杯放到传达室的窗台，“如果登记时间再长点，我们上去咖啡都要凉了，”卡特琳娜朝艾薇一边抱怨，一边从包里掏证件。

门卫把眼睛眯成一条线以核对证件照片和面前这两个人，“可以进去了。”他说。

艾薇聚精会神地观察邮递员送过来堆在门卫桌子上的信件，“有给拉夫·布鲁门科恩的吗？我们要去找他，刚好把给他的信就带上去了。”

“不行不行，”门卫摇了摇手指，“听过所谓的秘密信件吗？”

“当然，”卡特琳娜回答，“那我们走吧。”

拉夫·布鲁门科恩的办公地点在三楼一间很大的办公室里。这里交杂着编辑们打电话的声音和各种敲击键盘的声响，写字桌堆满了各种文件、咬了一半的面包、还有水杯、满了的烟灰缸，空气里一股食物和不新鲜的咖啡味道，四周墙壁高高低低挂了些海报。

“我一点都不惊讶那个记者想离开这个环境，”艾薇小声说，“正常人怎么可以在这么一个垃圾堆里工作？这里得彻底做一次大扫除才行。”

拉夫·布鲁门科恩从后面的一个角落跑过来，他今天穿了一件T恤，前面印着“对不起，我很性感”的字样，刚好与他肌肉型男的形象相得益彰，他也刚好与霍尔斯特形成鲜明对比，似乎是命运特意为卡特琳娜所准备，艾薇心想，为我们这位神经紧张的朋友预备的放松良药。

他邀请式地伸出了手臂，“嗨！总编辑很高兴你们能过来！满满一页都是关于这个城市最受人喜爱的女政治家！从一个小时之前他就在谈论这个话题。要先来杯咖啡吗？走廊上有一台自动咖啡机。”

“我给你带来了杯更好的，”卡特琳娜说，“给你，从咖啡店刚买的！”

“你真好！”他压低声音说，“我们最好用敬称，二十分钟以后会议开始，你们要不要先在四周看一看？”

卡特琳娜伸手递给拉夫咖啡，“先喝杯提神醒脑的吧！”

拉夫举手拒绝了一下，“我早上只喝茶，对不起啦，不然我的胃会抗议。”

艾薇深吸了一口气，其实很好，她心想，两个喝茶的人，很合适，只是现在这个时刻有点不合时宜。

“您是一位喜欢和女士交谈的人，不是吗？”她小声说，“人人都是这样说的啊。”

拉夫捋了捋他冲浪式的头发，诡秘地看着卡特琳娜，“嗯，勉强可以。”

“那您就不应该拒绝一位女性的礼物，更何况只是一杯拿铁玛奇朵。”

身边走过一个胖胖的年轻男子，胸前抱了一个塑料容器，装满了信件和包裹，开始闷闷不乐地分发到各个桌子上。

时间到了，艾薇心中有点恐慌，开始行动吧！

“哎呀，如果是这样的话……”布鲁门科恩拿起纸杯，好像是一份多余的礼物的感觉，“那我也就不能拒绝了。”

“您不能拒绝。”艾薇说。

拉夫接过杯子的时候手轻轻碰到了卡特琳娜的指尖。艾薇觉得自己像一个台球运动员，此刻正观察着她的球怎么朝着正确的方向移动，她快要坚持不住了，额头火烧火燎。

“不能只抿一小口，喝下去!”她要求拉夫。

他喝下一大口，“只是需要一点适应，里面加了什么特殊的香料吗?”

“杏仁糖浆，”卡特琳娜笑着说，“特意为甜美的人准备的更甜的东西。”

这句话似乎让拉夫很受用，他喝第二口的时候指了指后面的墙，“来看看我的办公桌，你们会发现每天早上有多少工作等着我，人人都写信给我，每个人都觉得地方版面编辑就是负责倾倒苦水的。”

艾薇和卡特琳娜打起十二分的精神环顾拉夫的办公桌，不放过任何东西，刚好这时送信的小伙子把几封信和包裹堆到拉夫桌子上，拉夫随手拿起信件，迅速浏览了一下寄信人的位置。

“我从笔迹就能判断一封信是骚扰信件还是真有什么严肃亟待解决的内容，”他解释说，“但最扣人心弦的是没有寄信人信息的，比如这封!”他把卡特琳娜的信拿在手里，“这封看起来有内容，很好的信纸，整齐的印刷体字母，肯定是匿名消息，我们经历过这种的。”

拉夫放下手里的咖啡杯，那封信还一直攥在手里，艾薇有点着急了，“咖啡不好喝吗?我再给您换杯新的?”

“您就跟我妈妈一样啊”，拉夫·布鲁门科恩有点惊讶，“都好，很好喝。”

拉夫又拿起杯子继续喝直到杯里一滴不剩，太好了，艾薇心里轻松了，希望这个混乱的地方有足够多的厕所纸。

拉夫又拿起了那封信，“我们打开看看里面是什么，怎么样?”

卡特琳娜呼吸都有点困难了，“我觉得前面那个包裹更神秘一点，或者，是女粉丝寄给你的夹心巧克力。”

“也有过这种情况，”布鲁门科恩笑着说，接着他用手摸了摸自己的额头，“不好意思我要失陪一会儿。”

“当然。”

拉夫匆匆忙忙跑开了。

卡特琳娜正要伸手去拿信，身边出现了一位身着优雅的男士，“国家秘书女士！非常荣幸见到您！”

卡特琳娜马上收回自己的手，“计划 A 取消，那么开始计划 B，”她小声对艾薇说。

“请允许我自我介绍一下，君特·菲令，我是这家报纸的总编辑，您的来访让我们感到受宠若惊，不过这也正是您亲民的最好体现。”

“我一直都关注与贵媒体的合作，”卡特琳娜回答，“您认识艾薇·玛利亚·武特克夫人吗？新的妇女活动支持者？”

总编辑摸摸自己的额头，“武特克，武特克，您跟威尔纳·武特克先生有联系吗？”

“是我丈夫，”艾薇回答，“您知道，家里的孩子马上就要成年离开家了，我也希望能从事一份充满意义的工作，妇女事业方面还有很多可以做的。”

如果让我使用自己的办法的话，艾薇心里默默地想，那么都是彻底的解决办法。艾薇最新研制了泻药和安眠药的混合制剂。

君特·菲令把西服口袋的手绢摆了摆正，说道：“我们可以进会议室了，这边，请您跟我来。”他手指一扇开着的门，里面是一张椭圆形的桌子，“布鲁门科恩到哪里去了？”

“去洗手间了？”艾薇打趣地说。

“他一会就该回来了。”卡特琳娜说。

但事实上拉夫·布鲁门科恩消失了，会议室里明显得很，他还没有到。

看得出总编已经生气了，“谁去通缉一下我们这位年轻同事？”

一位身材高挑、穿着牛仔裤的年轻女士站起身，“我去找拉夫。”

“不可原谅，”菲令对身边一位光头的男士说，然后他又朝卡特琳娜的方向做了一个道歉的手势，“我们已经可以开始了。今天版面的标题您还满意吗？很有轰动力，不是吗？”总编一脸自负地笑着，“我总是强调标题的重要性，没有好标题的报纸就好比站街女郎路边没有招牌！”

“快来帮忙！”那个年轻女孩匆忙跑了回来，“我们需要一位医生！一辆救护车！拉夫在男厕所晕过去了！”

艾薇早就把手机掏出来准备着了，“我来！我这里有急救医生的电话！”接着艾薇拨通了罗伯特的电话。

大家议论纷纷乱成一团，一些同事跑了出来看拉夫出了什么事，卡特琳娜焦急地看着自己的手表，现在关系到蓓阿特丽丝和罗伯特多久能通过门卫的身份核对，或者计划 B 会被门卫的审查搅黄？

没过多久罗伯特和蓓阿特丽丝就到了会议室。

“病人在哪里？”罗伯特喊道，他穿着白大褂出现在这里依然那么的赏心悦目，他身后站着蓓阿特丽丝，穿着那件浅蓝色的护士制服，手里提着铝制的急救箱。

他们往厕所方向走的时候，后面跟了一堆人，拉夫正蜷缩着躺在满是秽物的地上，看起来已经没有生命体征了，罗伯特扒开拉夫紧闭的眼皮，用手电照了照瞳孔，这时拉夫身体下面飘出一股屎味，罗伯特跪在失去意识的拉夫身边，所有人都充满期待地看着医生。

“所有人都马上出去！”罗伯特大叫，“腹泻伴随循环功能障碍，目前判断是新流行的传染性病毒引起，所有人都要找医生检查自己的身体！所有人！”

总编站在一旁目瞪口呆，“新传染性病毒？为什么我们一无所知？作为媒体人我们应该是最先就了解到的啊！”

罗伯特阴沉着一张脸，“这里是一家报纸，对不对？那你们一定有充足的经验，如果出现人命事件，上级一定不会放过，这是我了解的情况，我认为这里已经被感染了，如果我可以给你们建议的话……”

罗伯特话还没有说完，这里已经乱成一团，大家都慌忙跑开了，于是一下子周围安静了。

“他们都走了，”卡特琳娜说，“我现在终于可以拿走那封信了，拉夫真的不会有事吗？”

“救护车已经在路上了，”罗伯特安慰着卡特琳娜，“你的拉夫会住进单人病房，预计两个小时就会醒来，如果他醒来时能看到你，一定很高兴。”

“那我坐救护车跟他一起。”卡特琳娜叹了叹气。

“绝对不行，”蓓阿特丽丝插话，“我们还有更急的事情要处理，亲爱的。”

“还有什么比拉夫更重要呢？”

“对家庭部部长的最终裁决，”蓓阿特丽丝说，“我们现在要去跟他说清楚。”

她们叫了出租车来到家庭部部长办公的地方，快步走进大楼，蓓阿特丽丝路上把护士制服换下来放在了纸袋里，露出一身绿色丝质长裙搭配了合身的外套罩衫。

因为卡特琳娜的特权，安检在这里完全是小儿科，访客的证件已经别在了艾薇和蓓阿特丽丝的领襟上，紧接着通过一扇安全门，她们就站在里面了，这里是权力的中心。

各大部委办公的地点真是庞大得惊人，艾薇跟卡特琳娜和蓓阿特丽丝一起走在走廊的时候甚至有些恐惧，迎面走过的也都是一些表情严肃的男男女女，在政治的世界里看起来没有什么幽默元素。

“我感觉很不舒服。”卡特琳娜哀怨地说。

“一定是因为那个可怕的病毒，”蓓阿特丽丝说，“别怕，我们等会简明扼要，威胁他然后杀死他，我们现在玩的是限时象棋，王的位置已经不安全了，马上换女性上任。”

走过长长的过道，卡特琳娜站在门前，“就是这里了，”卡特琳娜从来不会轻易出汗的，现在紧张得额头都是汗珠。

“你会搞定的，”艾薇给卡特琳娜打气，“你可以办到，而且我们也在你身边。”

“想想他有多混蛋，想想当时他让你去那个诊所，”卡特琳娜冷冷地说，“干掉他，准备好了吗？”

没有敲门，卡特琳娜走进办公室的前室，这间一点都不人性化的屋子，像医院的手术室一样冰冷，一张办公桌、一把椅子、一个放置文件的柜子，光线透过百叶窗一条一条地打入屋里。

秘书抬起头说，“哦，塞维尔琳博士夫人，您来的不是时候，您必须等待一会，霍夫内尔博士先生正在里面会客。”

“那错了，里本纳夫人，霍夫内尔博士已经在等我们了。”卡特琳娜说。

卡特琳娜继续往里走向家庭部部长的办公室。

“塞维尔琳博士夫人！”秘书在卡特琳娜身后喊。

“早上好，先生们！”卡特琳娜跟坐在浅蓝色沙发上兴奋交谈的两位男士打了招呼。

霍尔斯特·霍夫内尔对她们的到访看起来一点都不高兴，“这是什么意思？您不能这么随意地就进来的，塞维尔琳博士夫人，还有，您的两位妇女工作代表是想要干什么？”

“要求女性的平等权利，”蓓阿特丽丝回答，她看着霍尔斯特的访客，“出去，亲爱的，你有三秒钟的时间，否则我会想起我上自卫课学习的内容，那么第一步绝对朝向最珍贵的身体部位，如果你明白我的意思的话。”

蓓阿特丽丝怎么突然这么说话？艾薇不敢相信自己的耳朵，这样的蓓阿特丽丝她还从来没见过，她的心底此刻是有多么大的怒火。

“我……我们差不多也谈完了。”访客结结巴巴地说，他战战兢兢地看了一眼霍尔斯特，站起身走出办公室。

秘书马上站到门口，“部长先生？有什么不合适的地方吗？需不需要我叫保安部门？”

“出去！”霍尔斯特·霍夫内尔咆哮着喊道。

门慢慢关上了。

“您疯了吗？”霍尔斯特憋红了脸盯着卡特琳娜，“刚在是我们制药业的重要客人，健康礼盒项目的重要合作伙伴，塞维尔琳博士夫人，我给出重大警告，我将马上……”

“不会奏效了，”卡特琳娜打断他，“你已经倒计时了，忘了吗？或者你还认为那封信就不翼而飞了？”

他听到自己没有被用敬称称呼时，紧张了一下，“啊……那个，”霍尔斯特有些拘束地看着艾薇和卡特琳娜，“那个我们已经解释过了。”

他站起身，把一只手搭在卡特琳娜的肩膀上，“我们最好马上跟你的新同事解释一下，您看……”霍尔斯特把两只胳膊交叉在胸前，“就是有不安好心的人，我今天早上收到一封恐吓信，一个疏忽导致的错误，但是不是没有风险的，塞维尔琳博士夫人将承担全部责任，她明天将会宣布辞去国家秘书的职务。”

现在艾薇也觉得忍无可忍了，这个挨千刀的霍夫内尔真该被拉去直接砍了，她心想。艾薇开始说话了。

“您现在听好，您，霍尔斯特！或者我该称呼您小青蛙？”霍夫内尔又紧张了一下。

“癞蛤蟆更合适一点。”蓓阿特丽丝说。

“我只从电视上看过您，”艾薇说，“但是在我了解您的全部作为以后，真是不得不说，您是我见过最垃圾的人。”

“卡特琳娜，这是什么意思？”部长喊出口，“让她闭嘴，还有那个《施普雷报》的记者，你们串通好的是不是？你的魅力！或者我说得明白点，你勾引了人家！”

艾薇受不了了，简直太可耻了。她又想起了艾美莉·霍夫内尔，男人怎么可以这么残忍？

“您不只强迫卡特琳娜跟您发生关系，”艾薇说，“而且您也根本不懂得怎么能让女人在床上感到幸福，您杀死了一个孩子，您自己的孩子！”

这一下子让部长先生接受不了了，“什么？”他喊道，“什么？什么？您在说些什么？”

“你早就听懂她在说些什么了，”卡特琳娜说，她沉默片刻又说，“都过去了，我是那个在床上安装摄像头的人，我这里有整段你的录像，超级不利于你的影像，我媒体的朋友现在只等着把它们放到Youtube上公之于众了。”

“除此之外，很快外界就会知道您的博士头衔是买的，”蓓阿特丽丝说，“从一个完全不存在的大学买的，到时候所有人都会发现您所有的一切都是伪装的，估计到时您承受不住这一切。”

霍尔斯特像一块石头一样一下子坐到了沙发上，有一瞬间他看起来甚至想哭，“为什么，卡特琳娜？你为什么这样对我？我可是一直提拔你！”

“你是利用我，”卡特琳娜冷冷地说，“谁帮你写了广受好评的演说词？谁彻夜翻阅文案，为你的工作添光增彩？谁想出了所有的项目和实施理念……还有所有的所有？你告诉我，是谁？”

部长都要窒息了。

“您有没有想过您的妻子？想过您的孩子们？”艾薇双手插着腰，“我们昨天见过了她，一位伟大的女性。”

霍夫内尔就像刚被人用针扎了一下之后撒了气的气球。

蓓阿特丽丝接过话，“她们也要一起跟着观看自己丈夫被称为视频网站的三级片明星吗？还有那些昔日的老友，一边拍着大腿一边欣赏这段视频录像吗？”

霍尔斯特呻吟地抓着自己心脏附近的衣服，“一场噩梦啊！”

“那你现在就醒过来，”卡特琳娜回答，“你也不需要从我们这里得到救心丸。”

霍尔斯特·霍夫内尔马上更换了自己的策略，“那我们谈谈吧，”他提出建议，“我还有什么选项？”

“只有一个，”卡特琳娜说，“你辞职，声明由于身体的原因，并且举荐下一任……”

“什么？”霍尔斯特·霍夫内尔整张脸都拉成了一个问号。

“举荐我为下一任。”

现在终于说出口了，部长的脸像粉笔一样白，“那你是做梦。”

卡特琳娜什么都没说，只是掏出手机，打开储存文件，举到他面前，里面两个人的呻吟声还有图像展示了剩下的所有，卡特琳娜对此不需要再解释什么了。

“如果你想知道得更确切一些，媒体还没有得到这些，完全没有，但是这一切都会突然改变，”卡特琳娜看起来还是很淡定，“勒索信是我写的，所有的信息来源都在我这，我有你的邮件，你的短信甚至那个伪造的大学地址，这些足够让你整个人被毁灭得一干二净了。”

霍尔斯特·霍夫内尔的眼里生起熊熊怒火。

“我还为你准备了告别礼物，”卡特琳娜仁慈地宣称，“我写好了发布会的讲稿，明天早上你开新闻发布会宣布这个消息，如果稍有差池，那么你只能向上帝寻求宽恕了。”

每个词的打击都让这位部长心更沉，他的嘴角已经僵硬得朝下了很久。

“您现在可以离开了，”蓓阿特丽丝说，“卡特琳娜要适应一下她的新办公室，您的其他东西之后可以到传达室拿走，现在，走人。”

这个男人就像一条被人追赶的狗一样离开了，一刻钟之前他还是那位成功的家庭部部长。

卡特琳娜走到办公桌前，拨通了秘书的电话，“里本纳夫人？您能为我们送些喝的过来吗？不，不要咖啡，请您拿瓶香槟过来，一定要冷得像北极熊屁股一样的香槟。”

第十四章

一场新闻发布会

威尔纳的出院得到了医院上上下下的慰问，上至主治医生，下到清洁卫生的阿姨对此都表示很高兴，因为他们终于可以摆脱十号房间的这位恶霸了，他们在楼道站成夹道欢迎的队列，或许希望这位著名的建筑商人能为他之前的一些过分要求发放点儿小费，其实他们不知道，这个等待只是白费工夫。

艾薇一边把威尔纳的东西一样样塞进箱子，一边颇有兴致地哼着小曲，刚刚跟默根特哈勒博士协商的最后一些项目也处理好了，基金会已经正式建立起来，所有的资产转移到位。

“祝您一切都好！”罗伯特礼貌地说，“您再休息一些时间，不要急着马上工作，好吗？”

“也就是您会这样，真可笑，”威尔纳嘟囔着说，“现在开始全速前进，工作在呼唤我！”

“我什么都没听到。”艾薇小声跟罗伯特说。

“为了对您负责，如果您可以在出院证明上签一个字的话？”罗伯特把一支圆珠笔和一份打印得密密麻麻得文件拿到威尔纳面前，“只是例行公事确保病人知情，因为您要求提前出院，不然一般情况还要再住上一个星期。”

“拿过来，”威尔纳嘟囔着签上了自己的名字，“现在一刻也不能停留，马上走，我在这个荒凉的地方已经浪费了太多的时间。”

“当然，乖乖熊。”艾薇说着朝罗伯特挤了挤眼，“非常感谢您，教授先生，您给予了我极大的支持和帮助。”艾薇的目光顺带看了看浴室的门。

“不客气。”罗伯特回答。

“这里一定花了很多钱，全部！”威尔纳穿上大衣，“我希望我们再也没机会见面了。”

罗伯特笑笑，“我也希望如此。”

整个回家的路程威尔纳都在骂这家倒霉的医院，艾薇也完全没有打断他一丝一毫，中间艾薇只是回应“哦”或者“啊”之类的语气词。威尔纳坐在车里都出汗了，这天真是非比寻常的热，而且这辆车还没有空调。艾薇出门时考虑了一下，特意选了这辆小红车来接威尔纳出院，不能让他觉察出艾薇生活中发生了任何的变化。

一到家威尔纳就去了客厅，“白兰地，”他发号施令一样，“把雪茄也拿来。”

艾薇丝毫没有反抗，“马上，乖乖熊。”

威尔纳坐在沙发上喝酒抽雪茄时艾薇依偎了过去，而且也给自己倒上了一杯，不为别的，因为现在整个复仇计划最难的一个章节就要开始了，但是难也要做，必须让威尔纳在艾薇彻底消失在他生活里以后，还会无限怀念艾薇。

“干杯！”她说，“为我们。”

威尔纳面露不悦，“这才早上九点，这个时候你从来不喝酒的。”

“因为今天是个好日子，”艾薇保证说，“我们要庆祝！”艾薇尝了尝那杯白兰地，味道可怕，因为威尔纳总是喜欢掺一些劣质酒到名酒里，艾薇鼓起最大的勇气，一饮而尽。

“你说庆祝是什么意思？”威尔纳问。

艾薇解开上衣领口的扣子，“我们要不要从上次结束的地方继续？”艾薇指了指身上穿的黑色文胸。

“哦，那孩子他爸又觉得满身活力了，”威尔纳很是激动，“马上去卧室！”

还好时间不是很长，估计也就两分半吧，然后威尔纳就气喘吁吁地躺倒了。

“啊，我的天，你个小母马，你的威尔纳总是那么厉害！我们现在要经常这样做做。”

“好的，乖乖熊，”艾薇小声说，“好的。”

艾薇走进浴室，往浴缸里放满了热水，洗了好久，似乎只有这样才能让威尔纳的味道彻底从身体上消失。不知道什么时候孩子突然回来了站在她的面前。

“爸爸又回来了。”斯文安有点吃惊。

卡利噘起了嘴，说道：“他刚才骂我们不该带朋友回家。”

艾薇又往浴缸里滑了滑，直到泡沫可以盖住整个身体，“你们怎么没去学校？”

“因为太热所以放假了，”斯文安说，“现在家里又要恢复到跟之前一样了吗？家庭独裁重新回归，还是？”

艾薇捧起泡沫又把它挤碎，“过去已经过去了，你们不需要担心。”可是我要跟孩子们怎么说呢？艾薇心想，最好还是让他们有点心理准备吧。

“如果爸爸有段时间住到别的地方，你们怎么觉得呢？当然你们想去的时候随时都能看望他。”

“没这个需求！”斯文安说，“他总是有事没事地抱怨，如果他消失的话，我倒是很高兴，而且他不在的时候你也很不一样。”

“是的。”卡利也在一旁说。

“不一样？怎么不一样？”

斯文安笑笑，“世界上最棒的妈妈。”卡利点点头。

艾薇一个字一个字地重复刚才的话，世界上最棒的妈妈，她的眼里充满了泪水，有感动也有释然。

“那么，如果是这样的话……我给你们做了可口的肉丸，你们可以跟朋友在厨房吃，然后之后去露天游泳池怎么样？等你们今天晚上回来的时候，事情就都处理好了。”

“真的吗？”两个孩子都张大了嘴站在那儿。

“真的，”艾薇保证说，“然后我带你们去一家很棒的意大利餐厅，那里的千层面是世界上最好吃的。”

艾薇把自己特意打扮了一番，做了个头发，仔细化了妆，穿上了新买的裙子，橙黄色的，还有高跟鞋，她特意买的。

那个之前身着灰色老年衣服的家庭主妇已经是过去时了。

艾薇笑着走进卧室，“亲爱的，我有个惊喜给你！”

威尔纳睡眼惺忪地看着艾薇，“天啊，你看起来还挺美的，小艾薇，你是特意为我打扮的吗？快过来，我可以再来一次了。”

“以后吧，乖乖熊，我们十二点有个安排，必须要准时，为了欢迎你归来准备的派对。”

“什么烂主意！”他不高兴地说，“你还是去做饭吧，还好你做的饭还可以，不像医院提供的饲料。”

汤已经准备出来了，艾薇心想，是你自己酿成了，你之后有足够多的时间一勺一勺地享用，直到你再也不想。她从衣柜里拿出一套威尔纳的西装、衬衣，还有领带。

“场面会很欢乐的，”艾薇解释，“我还请了摄影师，留下美好回忆，毕竟这是你正式回归的重要时刻。”

威尔纳不情愿地穿好衣服，艾薇替他打了领带，一如既往这些年，这是最后一次了。

“好了，乖乖熊，我先去把车子开出来，你会玩得很开心的，绝对的！”

这次艾薇开出了保时捷，威尔纳上车时有些不满，“这是什么意思？你开保时捷完全不搭。”

“就算不搭也已经这样了，”艾薇回答，“我们要给别人留下一个好印象，不是吗？”

艾薇给足了油门马力，半小时以后他们来到政府所在区的一个停车场，艾薇出示了一下自己的证件，保安就放行了。

“喂，艾薇，我们到底要去哪儿？”威尔纳问。

“给初学者普及一下国家概况，”艾薇回答，“这里是召开联邦新闻发布会所在的大楼。”

艾薇指了指一幢方块儿形状的建筑，前面已经聚集了一些人，拿着照相机的记者，电视媒体代表已经在那开始架自己的设备了。

威尔纳紧了紧自己的领带，“这些人都是因为我站到这里的？”

“不止是因为你，不过你也有份，”艾薇神秘地说，“我们最好从后面的入口进去。”

艾薇把车停好，带着威尔纳从远离人群的一个不起眼的入口进去了，楼里面也已经有很多人等着他们了，没有进一步的检查他们就进来了，蓓阿特丽丝已经站在门厅里了，艾薇进来时她们拥抱了一下。

“很差吗？”她小声问，“告别的那次？”

“我觉得桑拿俱乐部的热身都比这次好，”艾薇小声说，“不过威尔纳很享受。”

蓓阿特丽丝笑笑，“这样就对了。”蓓阿特丽丝朝威尔纳伸出手，“蓓阿特丽丝·克拉梅尔，欢迎来到新闻发布会，我为您和您的夫人在中间预定了座位。”

威尔纳越来越一头雾水了，他不解地看着蓓阿特丽丝，看了看大理石地面，吧台旁边中式设计的花园，还有端着盘子整齐站在旁边等候的服务生们。

“还有香槟酒，”他开玩笑说，“那我要马上倒一点。”

蓓阿特丽丝深吸一口气，“过一会儿吧，请您跟着我，马上媒体的同事们就要进来了。”

威尔纳昂首挺胸地跟在蓓阿特丽丝后面走进大礼堂，这里预备了至少两百个客人的位置，等艾薇和威尔纳就座以后，大厅各个方向入口涌进了一大批人。

“我之后要说什么吗？”威尔纳问。

“你放松吧，”艾薇回答，“今天有人替你做这件事。”

不到两分钟大厅里就装满了人，墙边挤着密密麻麻的记者，走道里还有年轻的记者蹲着，有的膝盖上架着笔记本，还有高高扬着手举着录音设备的，到处都是沸沸扬扬的。

艾薇看了看表，正好十二点。

蓓阿特丽丝坐到艾薇旁边的空位子上，她带了汉斯海尔曼一起，“灭亡的时刻！”她小声对着艾薇的耳朵说。

艾薇朝汉斯海尔曼甜甜地笑了笑，似乎他一下子理解了是谁坐到了他面前。

讲台上的灯光已经亮起，家庭部部长霍尔斯特·霍夫内尔博士和国家秘书卡特琳娜·塞维尔琳博士走到讲台上，卡特琳娜穿了一件米色套装，看起来跟墙壁的颜色一样白。她挺直腰板走上讲台，而霍尔斯特看起来似乎不在状态，头发乱作一团，脸颊位置还贴了一个创可贴，似乎是刮胡子时不小心刮到了。

一个年轻人走上讲台，摆了一下麦克风，旁边的牌子上写着“新闻发言人”。“女士们、先生们，欢迎来到家庭部部长的新闻发布会！”他说，“请大家安静，部长先生现在要宣布声明，然后您有问题可以提问。”

“这是什么？”威尔纳问，“你为什么把我拖到这里？我以为我是主角。”

艾薇没有看威尔纳，只是回答说，“等等看。”

霍尔斯特·霍夫内尔打开一张准备好的纸条，艾薇看得出来，他的手抖得都拿不住那张纸。霍夫内尔看起来就像个没睡好的男人，估计前一天晚上他根本就没合眼。

“尊敬的女士们，先生们！”他的声音听起来很微弱，“很遗憾我必须……”他中间咳嗽了一下，几架照相机不停地在拍照，“宣布我的离任……”照相机拍得更频繁了。“……不再担任家庭部部长一职。”

台下惊讶的声音越来越响，有几位摄影师甚至冲过保安跪在离讲台最近的地方拍照，这是媒体最关注的时刻，政客每一个细微的表情变化摄影师都会毫不留情记录下来。

“我离职的原因……”霍夫内尔看了一眼卡特琳娜，“……是健康的原因，我请求在场各位的理解，也希望大家不要再继续追问细节。”

家庭部部长伸手端起麦克风旁边的水杯，好像这杯水还能拯救他一样，他闭着眼睛一饮而尽。“当然我会把这个重要并且深受尊重的职务交给最合适的人选，因此在政府成员讨论过后以及我与联邦总理商谈之后……”他的声音出卖了他，脸憋得通红。

“谁？”台下一个记者喊道，“谁将成为您的下一任？”

“……决定，”霍夫内尔用尽最后一丝力量，“一位能力出众的女政治家接管我的指挥棒，国家秘书卡特琳娜·塞维尔琳博士！”

一下子台下很混乱，有的媒体代表用手机通知自己的后方，有的通过笔记本远程操控新闻播报。

“请安静！”新闻发言人说，“否则要清场了！”

会场果然安静下来，“现在请塞维尔琳博士夫人讲话。”

艾薇和蓓阿特丽丝紧紧抓着对方的手。

“女士们，先生们，我深知今天会是多么戏剧化的一场讲话。”卡特琳娜看了看霍夫内尔，“我们对工作极其尽心尽力的霍夫内尔博士提前离任。在此请允许我向您保证，我会充满责任感以及爱心来完成这项崇高的使命。”

台下响起了掌声，只有艾薇和蓓阿特丽丝没有鼓掌，实际上她们都起了鸡皮疙瘩。这个历史性的时刻不仅仅是在政治圈里影响重大。

“在您提问之前，”卡特琳娜继续说，“请允许我向您介绍我未来工作中的一个项目，在此，请艾薇·玛利亚·武特克夫人上台讲话。”

艾薇心脏都要停止跳动了，蓓阿特丽丝推了推她，她这才意识到要上台，走到台上空着的那个位置，在卡特琳娜和霍尔斯特中间。

威尔纳错愕地看着艾薇，汉斯海尔曼也惊呆了，艾薇发现后面一排坐着艾美莉·霍夫内尔，正朝她的方向感激地笑着。

“武特克夫人？”卡特琳娜冲着艾薇鼓励地点了点头。

“现在，”艾薇有些紧张，“我其实不习惯公开讲话，一般我都喜欢待在幕后，但是我今天有话要说，长久以来我都很敬佩塞维尔琳博士夫人的工作，特别是她在妇女工作方面作出的贡献。”

她看了看艾美莉·霍夫内尔，“尽管妇女已经解放，但是她们仍然在很多情况下处境艰难，特别是被抛弃、被欺骗以及被虐待的妇女，所以我丈夫和我决定建立一项基金，威尔纳·武特克纪念基金。”

威尔纳听得下巴都要掉下来了。

“这项基金的监护人是即将上任的家庭部部长。”艾薇补充，“借此机会我也恭喜即将上任新职位的您。”

卡特琳娜苍白的脸上露出一抹笑容，“非常感谢，武特克夫人，也感谢匿名捐赠人为单身母亲在马尔乔内塔尔地区提供的一处住所。”

艾薇看了看观众席的第一排，汉斯海尔曼愤怒地抓着蓓阿特丽丝的胳膊，蓓阿特丽丝把他甩开了，就像甩掉胳膊上的一只昆虫一样。

卡特琳娜把这一幕也看在了眼里，她笑了笑继续说：“在此，我衷心感谢威尔纳·武特克先生向基金会捐出自己的全部财产。”

威尔纳整个人差点从椅子上摔下来，他痛苦地抓着自己的肚子，“我的全部财产？天呐！不要！不要！”他的声音早已被淹没在震耳欲聋的掌声和台下喝彩的声音中。刚才不停拍摄讲台的记者都转向观众席把照相机对准威尔纳。

蓓阿特丽丝把胳膊搭在威尔纳的肩膀上，“保持微笑，不然会死得更难看。”

急救医生来得很快，礼堂清空以后威尔纳就已经躺在担架上了，他已经快说不出话来了，毫无血色的嘴唇间勉强挤出一些诅咒的话语。

急救医生把威尔纳固定在担架上时，艾薇俯下身，“你觉得不舒服吗，乖乖熊？”

“混蛋，臭婆娘！”他还骂着，只是剩下的记者没有听到，他们正忙着要离开礼堂了。

“他难道就没有好好说话的时候吗？”蓓阿特丽丝问，“他情感上真是有缺陷！”

卡特琳娜还在外面接受采访，蓓阿特丽丝跟艾薇待在一起，谁知道威尔纳还能干什么，他已经动弹不了了，急救医生还能看懂他的手势。

艾薇朝威尔纳笑了笑，“在那些你住院的黑暗时刻，我担心过你的生命，我就想了这些解决办法。”

他不高兴地冷笑了起来，“想了这些？那你做得太过了！”他看了看蓓阿特丽丝，“家庭主妇做得很好，床上表现很好，但是其他……”

“我理解不了你！”蓓阿特丽丝气愤地说，“有的人通过跟别人上床，让自己进入更高社会阶层，其他人因为婚姻反而让自己地位变得低了下去，艾薇明显是第二种。”

艾薇继续说话之前让急救人员暂时出去了，“谢谢你，乖乖熊，总是那么有魅力，现在怎么办呢？我在想，我应该做些什么？”她看了看礼堂的天花板，“首先我想到了我们的财产。”

“什么？”威尔纳又喊了一句。

“因为当时看起来你好像不久就要离开人世了，我就这样做了，似乎也是最好的安排，我第一项完成的任务就是把保时捷转到了我的名下，接下来是我们的房子。”

威尔纳扯着担架的固定绑带，“说你没有这么做！”

“肯定已经做了！”艾薇说，“威尔纳·武特克纪念基金只是之后的一件事而已，塞曼岛的账户我也转到了德国，不动产都已经卖掉了，还有股票也是，所有的这些都受到了胡伯特的巨大支持。”

“默根特哈勒？你们两个合起伙来？你办不到的！”威尔纳喊得脸色苍白。

“我已经办完了！”艾薇高兴地宣布，“你今天早上还在医院签过同意文书，有很多在场证人，并且我随时都可以拿出你贿赂建筑部门官员的证据。你呀，我为你在养老院准备了一个房间，坐落在一个公园里，绝对的田园景观。”

“为什么？你为什么要这样对我？”威尔纳咆哮着说。

蓓阿特丽丝屏住了呼吸，艾薇站直了身子，“因为你把我当奴隶一样对待了二十年，还有我们的孩子，你这个罪大恶极的人，因为你偷偷计划了要跟我离婚，而且之后我要像乞丐一样一分钱拿不到，因为你想从我身边夺走所有我爱的东西，我说的这些够了吗？”

威尔纳闭上眼睛，嘴里还嘀咕些什么，只是让人无法理解了。

“我想我们可以把急救人员再叫进来了，”艾薇说，“威尔纳·武特克要好好歇息了。”

“你这样对待我！”威尔纳深沉的声音中还依稀辩得出的一句话。

艾薇按了按他的手，“你也这样对待我的。”

湖景城堡酒店里一片节日的气氛，艾薇把保时捷停到了停车场上，身上的深蓝色晚礼服在夜晚的微风中轻舞，新做的发型让她看起来光彩照人，而艾薇自己也知道这一点。

关于合约的事情艾薇早就都解决好，昨天晚上她还带了斯文安和卡利到阿莫尔密欧庆祝新的自由。彼特罗给两个孩子准备了一份巨大型号的甜品，还插满了蜡烛。

艾薇心情颇好地从行李箱里掏出一个手套软皮一样质地的旅行包，走向酒店入口处。

服务员俯身向艾薇问好，“我能帮您拿行李吗？总统套房已经准备好了，要来一杯香槟作为欢迎酒吗？”

几个星期前这位服务员还对艾薇视而不见，不过都已经过去了。

“当然愿意！”艾薇回答，“我的客人们都已经到了吗？”

服务员又俯身表示尊敬，“她们已经在吧台处等您了。”

蓓阿特丽丝和卡特琳娜都穿了晚礼服，蓓阿特丽丝身着低胸的紫罗兰色晚礼服，搭配了耀眼的金色首饰，所有人的目光都被她吸引。卡特琳娜穿了一件及脚踝长度的黑色长裙，露出洁白无瑕的双肩。

“为了我们可以一直这样！”艾薇颇为正式地朝她们走过去。

“永远！”卡特琳娜喊道。

“为我们！”蓓阿特丽丝高兴地说，“宝贝，你看起来太棒了，永远的艾薇！”

一切都从这里开始，在这个让人眩晕的吧台里，在她们二十五年后又一次见面的时候，在她们互相粉饰自己过往的幸福人生的时候，大概那时候她们不会知道，这个老土的同学聚会却让她们的命运改变了。

“我们亲爱的汉斯海尔曼怎么样了？”艾薇问。

蓓阿特丽丝笑了笑，“我从新闻发布会回家以后，发现他大怒，各种咆哮，当然还有眼泪，那么我呢？把他赶了出去，就是这么简单，现在估计睡在不知道哪个小旅店了，完全破产，再没什么道德可言。”

吧台的服务生把三杯香槟放到桌子上，他都不知道自己应该先朝谁看，三个人都太引人注目了。

艾薇端起酒杯，“愿我们度过一个难忘的夜晚！”

“愿女性都拥有平等的权利！”卡特琳娜补充。

“愿我们都有一个好的新开始！”蓓阿特丽丝说，“重置模式，然后再次开启！”

她们端着没喝完的香槟走向总统套房，套房里面真是装饰奢侈，各种鲜花，还播放了轻柔的音乐，窗边的餐桌已经为三个人摆好，餐具和酒杯都让人感到这会是一场盛宴。

“菜单已经准备好了，”艾薇说，“八道菜，八种酒，还有一份勃兰登堡奶酪拼盘，你们知道我此刻有多幸福吗？”

“重点是我刚因为宣誓就职人很清醒，”卡特琳娜一边看着酒杯一边说，“不过今天晚上一定要狂欢起来！”

报纸上到处都是关于新任国家秘书的报道，关于艾薇的基金会也是浓墨重彩的介绍，还有关于匿名捐赠的不动产的报道。卡特琳娜给关于霍尔斯特的报道归了归类，都是关于告别仪式以及提前退休的消息，没有什么丑闻。

饭桌上一道又一道地上来新的菜式，都是不一样的服务生，酒店里的所有人都注意到她们的到来，她们的笑声回响在整条走廊里。

甜品上桌之前，艾薇用小勺敲了敲酒杯，“贝拉·蓓阿特丽丝！卡特琳娜！没有你们的支持我现在还沮丧地坐在厨房里，没有你们我今天仍然是那个邋遢的家庭主妇，两个孩子早已把我当成保姆，我要感谢你们的话太多太多，所以……”

蓓阿特丽丝和卡特琳娜仔细地听着，现在要发生什么了吗？

“所以甜点我准备了非常特别的东西。”

艾薇站起身，走到门口，“准备好了吗？”

卡特琳娜疲惫地摸了摸肚子，“我想我已经吃不下了。”

“我觉得可不是这样噢！”艾薇笑着说。

她打开门，蓓阿特丽丝和卡特琳娜都伸长脖子等待着，艾薇到底叫了什么？一个冰淇淋炸弹？一个蛋糕？

“请进吧，我的先生们！”

卡特琳娜打翻了酒杯，蓓阿特丽丝拿起纸巾不停地扇风，好像一下子好热啊，太热了，她们都不知所措地盯着门口。

三位男士一个接一个地走进套房，身着礼服，手捧玫瑰。

“我想你们会喜欢这份零卡路里的甜品。”艾薇解释说，“谁知道呢？或许今天这个晚上会对曼妙身材的塑造起到至关重要作用呢。”

罗伯特拉起艾薇的手，温柔地在她的脸颊上吻了一下，“真没想到我又到这里来了。”

“不是说多数的情侣是在工作场合相识的吗？”艾薇问话的口气就像个青春期的小女生。

“怎么呢，嗯，你怎么把彼特罗拉到这来了？”蓓阿特丽丝问，她好像还没从刚才的惊喜中恢复过来。

“这就像拼出租一样。”艾薇回答，“彼特罗马上就同意了，困难的是把拉夫从编辑部搞出来，他的老板还想着他能先把新任家庭部部长的故事写出来。”

“我是来搜集资料的。”拉夫·布鲁门科恩顽皮地笑笑。

服务生上了一个冰桶，里面冰好了一瓶香槟，第二个服务生送来了新的杯子。

“谢谢！”艾薇说，“我们这里不需要其他服务了，确切地说：如果在明天中午之前我们都不被打扰，我们会很感激的。”

服务生会心一笑转身离开，估计关于总统套房的故事他们又有许多给没到场的同事讲了。

彼特罗倒了一杯香槟递给蓓阿特丽丝，“你不生气吧，贝拉·蓓阿特丽丝？你朋友昨天邀请我的。”

“生气？”蓓阿特丽丝摇了摇头，“我快要开心死了，意大利语非常那个词怎么说来着？”

她把彼特罗的头往自己近处拉了拉，轻轻吻了过去，彼特罗的嘴唇暖暖的，也软软的，他回吻的时候，蓓阿特丽丝享受地闭上了眼睛。

卡特琳娜僵硬地跟个木头一样坐在桌边，观察着这两对儿，好像她不知道接下来事情会怎样进展一样。拉夫·布鲁门科恩走了过去，把手里的玫瑰递给卡特琳娜。

“是不是有点儿太多了？”他小声说。

“太多了但是还不够。”卡特琳娜小声回答，“不过绯闻在这个时候不太合适，你懂吗？”

拉夫坐到了她身边，“谁说是绯闻？好吧，我们认识的时间还不长，但是总是经过这一步的，而且我想要得更多，我想要一个家庭，还有孩子，你呢?”

“孩子……”卡特琳娜眼里迸出了泪花。

拉夫轻轻摸了摸卡特琳娜的脸颊，“不是马上，但是，我们可以先练习练习……”

艾薇幸福地看着这一切，即使之后或许并不按照她们的想法发展，但今天这个夜晚也足以载入三人组合的史册。永恒是什么?难道不是去享受眼前的片刻美好吗?

罗伯特搂着艾薇的腰，小声说:“你今天下午去做头发时，我去跟你的儿子们踢球了，我觉得，他们是喜欢我的。”

“我也喜欢你!”艾薇耳语着说，她拉起罗伯特的手，带他走向卧室，向最开始的那个时候一样，只是简简单单地觉得幸福，但是现在，她对彼得堡雪橇运动姿势有着排山倒海一样的兴致。

图书在版编目(CIP)数据

算账/(德)伯格(Berg, E.)著;杨媛译.—上海:上海人民出版社,2015
("女性情感逆袭"系列)
书名原文: Du mich auch
ISBN 978-7-208-13087-6

Ⅰ.①算… Ⅱ.①伯… ②杨… Ⅲ.①长篇小说-德国-现代 Ⅳ.①I516.45

中国版本图书馆 CIP 数据核字(2015)第 141666 号

出 品 人 邵 敏
责任编辑 任 柳
封面装帧 赵 瑾

世纪文睿 Century Literature 出品

算账
[德]埃伦·伯格 著 杨 媛 译

出 版 世纪出版集团 上海人民出版社
(200001 上海福建中路 193 号 www.shsjwr.com)
出 品 世纪出版股份有限公司上海世纪文睿文化传播分公司
发 行 世纪出版股份有限公司发行中心
印 刷 启东市人民印刷有限公司
开 本 890×1240 1/32
印 张 7.5
插 页 1
字 数 187 000
版 次 2015 年 8 月第 1 版
印 次 2015 年 8 月第 1 次印刷
I S B N 978-7-208-13087-6/I·1398
定 价 28.00 元